雨
Hujan

[马来西亚] 黄锦树 —— 著

后浪出版公司

四川人民出版社

图书在版编目（CIP）数据

雨 /（马来）黄锦树著 . -- 成都 : 四川人民出版社，
2017.12（2024.10 重印）

ISBN 978-7-220-10513-5

Ⅰ . ①雨… Ⅱ . ①黄… Ⅲ . ①长篇小说—马来西亚—
现代 Ⅳ . ① I338.45

中国版本图书馆 CIP 数据核字 (2017) 第 273115 号

四 川 省 版 权 局
著 作 权 合 同 登 记 号
图进字：21-2017-664

雨 ©2016 黄锦树
中文简体字版 ©2017 银杏树下（北京）图书有限责任公司
由 宝瓶文化事业股份有限公司 独家授权出版

YU

雨

〔马来西亚〕黄锦树　著

选题策划	后浪出版公司
出版统筹	吴兴元
编辑统筹	梅天明
责任编辑	唐婧
特约编辑	王介平
装帧制造	墨白空间·张静涵
营销推广	ONEBOOK

出版发行	四川人民出版社（成都三色路 238 号）
网　　址	http://www.scpph.com
E - mail	scrmcbs@sina.com
印　　刷	天津中印联印务有限公司
成品尺寸	143mm × 210mm
印　　张	8.5
字　　数	175 千
版　　次	2018 年 3 月第 1 版
印　　次	2024 年 10 月第 18 次
书　　号	978-7-220-10513-5
定　　价	48.00 元

Laut mana yang tak berombak, bumi mana yang tak ditimpa hujan.

大海何处不起浪，大地何处未遭雨——马来古谚

本书献给

宝瓶

感谢他多年来对马华文学的支持

【推荐序】迅速之诗——读《雨》

朱天文

"无边无际连绵的季风雨，水獭也许会再度化身为鲸。"

这是黄锦树的句子。

句子从知识和想象的沃土里长出来："鲸鱼的祖先是鱼类上岸演化成哺乳类又重返大海者，它的近亲是水獭。"

衡诸同代人小说之中，锦树小说写得精彩的地方，应该说，只有他有而别人没有之处，是"变形记"。尤其自二〇一二年以来，他着力发挥、厚积薄发的各式各样的马共小说，无论以高蹈（high-brow）来看，抑或一般约定俗成认为小说便是长成这个样子的中品（middle-brow）来看，最佳篇，我的偏见，都是"变形记"。

不，不是卡夫卡的《变形记》。那样的卡夫卡，独坐于昨日的明日的瑰丽古欧洲的巍峨大殿上，沉思着一个人有一天早上醒来发现自己在床上变成了畸形昆虫的生存处境。

然则，马来西亚雨林？人的稀薄的文化就是跟茅草在拉锯战。"茅草在园中出现向来不被允许，即使是一株。"简直可列入十诫第一诫："草也不许靠近屋子。一律清除。叠在火堆上烧出浓烟，好熏蚊子。"家族人丁旺盛时候，园子与邻家园子之间稳稳立着界碑，挖界沟防火般防阻茅草野树长过来，五脚基屋子端整坐落其中。但人老了，坐藤椅上望着门前的草已快到门边，曾经，他可是不止一次听到妻子向儿女夸耀："有我在一根草都不准在屋子周围二十尺内出现。"他自己也曾把着锄头在界碑旁大呼小叫让妻子来看，那一丛丛偷渡的茅草："奇怪，昨天才锄的啊，怎么全长回来了？"（写于一九九〇延毕期间的《撤退》）

锦树小说里的家，予我强烈印象者莫过此。变形记，所以是奥维德的《变形记》。

六步格史诗十五卷的《变形记》，歌唱形体的变化，百多个故事从开天辟地一路编到当今，当今他被罗马皇帝奥古斯都流放到黑海海边，在那里拉丁文毫无用处。

无以数计的变形，少女拒绝阿波罗的求爱奔逃中长发变成叶子，手臂变成树枝，敏捷的双腿黏附在地上变成了月桂。各种逃脱，变成芦苇，变成没药树。悲伤哭泣，直到水仙化成泪水溶在自己的水池里。村女跟工艺女神比赛织绣（各据一方架起织布机的纺织细节真是太精彩），女神织的是雅典命名权的竞争，村女则织出男神们的风流罪状而且胜赛遂被变成蜘蛛。马其顿公主说了敌对观点的故事版本给变成喜鹊。不参加酒神的狂欢只管辛勤纺纱工作，三姊妹被变成蝙蝠。洪水过完，石头变形为人，岩石中的脉仍然是人体的脉。特洛伊战后一伍船队来到意大利西岸顺台伯河直上，跟原住民大打其仗建立起最初的罗马，弗吉尔花了半部史诗讲这件事，而《变形记》只几个故事松脆搞定。至于遭毁灭的城地，在持续焖烧的灰堆里飞出一只前所未见的鸟，不停鼓动翅膀拍打余烬，其叫声、其瘦小、其苍白，都引人哀思这个被掳掠的城，乃至这城的名字便遗留给这只新生的鸟，阿德阿 Ardea，当作普通名词它叫作苍鹭。（吕健忠译注之《变形记》）

　　胜者自胜，败者的一方却开启了故事。

　　这些让人想到谁？我想到黄锦树的马共小说，和他的马华文学。

　　变形，它扎根在不同世界的模糊界线上。神明、人类与大自然之间相互渗透并非阶级性的，而是一径地夹缠不清，力量在之间冲撞或抵消。主导奥维德笔写热情的并非系统性的结构，而是累积，用频换观点和改变节奏来增进，一景叠一景，一事接一事，经常类似，到底又不同。滔滔不绝要将一切变得无所不在，且近在手边。它是一部迅速之诗（语出卡尔维诺，《奥维德与宇宙亲近性》）。

　　迅速吗？自卡夫卡以来的现代小说，从精神到样貌，总是跋涉。现在读了锦树的小说，竟是迅速之诗。可说来辛酸，能够迅速，正是因为马华文学的文化资产欠缺，甚或没有。"我们必须继承那沉重的没有，那欠缺。"

　　反之，文化资产丰厚得压人的卡夫卡，早已写出他当代的也预言了未来世界的困境，科层累累，分工过细又门禁森严，不同领域谁也跨不过谁。相对于马华，亦身处发达资本主义时代里的（班雅明语）"民国"台湾，写小说，最叫人陶醉获得奖赏的时刻，便是在以小说为支点欲把这个比地球重力还重的现实世界举起来的奋勉苦活中，终于，举起了那么两三尺（举头三尺有神明）。

是因为没有，所以迅速？

锦树一篇《母鸡和它的没有》，写几只刀下留鸡从菜市场解放出来的母鸡公鸡之事迹。是说总没生蛋的黑母鸡，开始生蛋，家人捡蛋来吃，捡捡不让捡了开始孵蛋，抱起来看并没有蛋，仍孵，家人说哦原来母鸡在孵它的没有。另一只黄母鸡亦然，家人就去市场买了两只小鸡，趁夜晚鸡眼不能视物塞进母鸡发烫的腹下，次日醒来已见母鸡兴高采烈咯咯咯带着小鸡，在园里各处掏开泥土找虫给小鸡吃。

我在小咖啡馆下午的安静里读到，只能一直闷笑。心想唯高度自觉的锦树，唯他一人，在孵他的马华文学的没有。

他本属学界，那几本核量级的文论（我读了不止一次《文与魂与体／论现代中国性》），即使没读过，方圆内也感受得到辐射能。才华有余，他写着小说，故而比他的任何一位马华同行都洞察着这个没有，并戮力善用之，那成为他的"变形记"体。如果记得，他曾在大学部开过一门选修课"文体练习"，还说想用名家文体来写马共，调度驱使譬如爱伦坡体、卡夫卡体、博尔赫斯体、昆德拉体……说下去他也要笑了，又不是体操特技表演。当然，怎么能不马共呢？锦树的父亲辈那一代，只要你识字，你读书，读华文书，差不多你就会走进森林做了共产党。你没做，你总也有同学老师朋友做，走进"月光斜照着的那条上坡路有一段没入阳光也照不透的原始林只有四脚蛇和山猪能走"。

《土与火》小说集出版之后八年，连着这四年，锦树一年一本小说，且应故乡之邀首度在马来西亚出版自选集，没错，书名叫作《火，与危险事物》。都是马共小说也都溢出马共小说，除了最新这本，《雨》。

季风雨，以前就一直下，下在乡愁的深深郁郁里人亦化为鱼。这回合，照锦树自己说，是借用绘画的作法把雨标识为作品一号、作品二号、作品三号……至作品八号，在小画幅的有限空间和有限元素内，做变奏、分岔、断裂、延续。推前更早，"写作发动机故障了"的几年，他像修检零件的试试这试试那，"设想一家四口，如果其中一个成员死去，剩下的人会怎样继续活下去？如果每个成员都死一次，也即是每回只少一人，得四篇。如果每次少两人……"

挺犯傻的起步，一下去，下得比创世纪那场雨还大。八篇雨作品，这篇里已死的，翻过下一篇又活了。却篇篇贴住牵动人的细节，不离现实。那胶树上划出的胶道，落雨时白色乳汁不走胶道了，顺水迹沿树皮呈网状漫开，整片林子的树被着那样蜘蛛网的白，浪费了啊，父母发出忧伤的叹息。

也有方舟。从沼泽深处拉回来的鱼形独木舟，仿佛有示兆的能力，月光檐影里告知着父亲什么，次日那死去儿子给搬开石头空了的坟，是耶稣版的复活。"然后大雨又来了。日本人也来了。"

　　如果，洪水退后高高树顶上挂的鱼形舟，却划舟出去说是救人的父亲再也寻不得，最终他会以什么样的形貌回来呢？最具故事性的雨作品二号，不睬错综复杂的心理因素，每一刻当机立断，裹挟在强力可信的叙事节拍里。

　　或如果，父母不在的洪水夜，没多大的哥哥护佑着妹妹爬上舟，手电筒耗尽了，四野漫漫，一丛丛黑的是树冠，"这才发现满天星斗，他们抬起头。无穷远处，密密点点细碎的光，无边无际布满穹顶。竟然是放晴了。"兄妹俩已封神，他们将会像看雪景球地看着球里自己的家。他们让我想到荒昧神话里那对兄妹，在洪水大灭绝后重新把人类再生回来。

　　再如果，老虎。上述那个小哥哥在雨一号中，"男孩辛五岁，已经看过大海了。"辛常梦见金黄的毛色墨黑的线条从门外油然划过，老虎！心脏怦怦响醒来，辛央求父亲给他养一头虎。天大雨，森林那头淹大水了，他们土丘上的家成了诺亚方舟。山猪一家也来了，公猪竖起鬃毛跟狗对峙作势一冲把狗冲得倒退，母猪冒雨翻了一整畦木薯让七八只小山猪欢快地吃。然后有着火的颜色的虎和两只小虎也来了，大雨里，母虎朝挤成一大团毛球的山猪家摆动着尾巴，往左走几步，往右走几步，公猪母猪低头护着仔猪绷得好似会炸开来。也许为躲雨，小虎突然像两团火朝屋子跑来，小虎看来和家里的猫一般大小。我要养！辛从后门跑出去迎向两只小虎。我忍不住整段照讲，实在是两边动物的肢体语言写得太准确啦。

　　然而雨四号，老虎把熟睡的妹妹吃掉了。没听到狗吠，"蚊帐被拨开，而不是粗暴地扯掉的。如此温柔。"安静慢食，让我想到是一个惜物之人把碗里吃得一粒饭不剩干干净净。所以，肯定是白老虎拿督公吃的了？四位神明，观音嬷、土地公、大伯公、白老虎坐在五脚基上垂头不语冒着烟，从大火里逃出的，因为日本军已登陆半岛北方击退英国军，分两路南下沿半岛东西岸推进很快已到半岛的心脏。拿督公，一九九五年写的《非法移民》提过他："枉我身为拿督公……我身份暧昧，处处尴尬。属于这块土地，不属于这个国家。无奈无奈！鬼神不管人间事。"可怜的拿督公，看见即将到来之掳掠血腥，至少至少，他可以把辛妹妹先带走吧。

　　不但雨作品，连其他篇，一概卷入这大雨小雨里。如果走男孩辛的观点，就称父亲母亲妹妹大舅二舅外婆外公祖父，辛很多时候是五岁。也有青年时或风霜的壮年时，则常用第二人称你。如果采第三人称观点，便父母叫阿土阿根土嫂根嫂，妹妹叫阿叶，多出的妹妹叫子、午、末。父亲的四名大汉朋友叫甲乙丙丁。大家作为基本元素，从事着众多不同结合，展现出一次从精神到样貌，无碍无阻的变形记，迅速之诗。

　　只是，这次雨，为何刷上了抒情的悲伤？

　　过往锦树的精彩篇，每是戏谑（《追击马共而出现大脚》），黑色（《隐遁者》《螃蟹》《蛙》《公鸡》），搞笑（《火，与危险事物》《还有海以及波的罗列》），狂欢节（《如果你是风》），荒谬现实主义的那一块。那么这次，从何而来的悲伤呢?

　　开头两篇也许是题旨。"她是所有伤心的女孩。你会再度
遇见她。另一个她。"《W》里,另一个唤做阿兰有着淡淡茉
莉花香的女孩。基本元素,伤心的她,变成不同的形貌出现在
你眼前,你"仿佛对她有一份责任"。

　　《归来》里爱车大炮的二舅,"一片叶子就可以讲成一片
树林,一根羽毛讲成一只鸡。"他对辛讲了一个又一个故事,
扑朔迷离,像渐渐起雾飘下来一场无雨却湿人的雨。栩栩生猛
的二舅名字叫谈,莫非书里的故事都是他车大炮出来的?

　　又有一篇《小说课》,女孩在写她那写不完的小说作业,
困惑着"自传性必须藏在背景深处,像只暮色里的灰猫。"似
乎也在说这本书?

　　唯我感到踏实有料不会被小说故事车大炮车到无趣乌何有
之地的,是二舅二舅妈的生活背景。他们在半岛深处油棕园工作,
那里英国人留下的种植园,都配给砖造宿舍,有小学,简易加
油站,杂货店兼小吃店,足球场,羽球场。从外头小镇开车进
去得几小时,不然只能搭工人的货车,辛多次学校大放假时去
那里跟他们住。辛坐二舅载满油棕果的啰哩车到更远的提炼厂
去,故事便在车上说起来。那已是油棕世代。之前,"甘蜜世
代,胡椒世代。咖啡。橡胶,可可,油棕。"辛的南方小镇,"胶
林好些翻种成油棕了,已经不容易见到整片完整的胶林。橡胶
树至少还有个树的样子,油棕像一扎扎巨型的草。一个时代又
快过去了。"

　　形变矣，原来的还在，但又受拘于形而不能识。我读着前一篇里跟这一家人有了联系生出感情，却在下一篇，物换星移如何竟不算数了？另一轮人生，我仍深刻记得他们发生过的事却如何他们并不记得了？这是所有前世今生、似曾相识的母题，悲伤从此来。

　　诗人雪莱："我变化，但我不死。"

　　一切的变形，都是上一回灵魂的归来。给人希望，也给人怅惘。也许辛还记得那首马来残诗，诗云如果你是风，如果你是雨，如果你是火。

目录

雨天

久旱之后是雨天，接连的

仿佛不复有晴

湿衣挂满了后院

沉坠着。母蛙在裤角产卵

墙面惊吓出水珠

水泥地板返潮，滑溜地

倒映出你的乡愁

像一尾

涸泽之鱼

书页吸饱了水，肿胀

草种子在字里行间发芽

书架年轮深处探出

发痒的

蕈菇的头

就像那年，父亲常用的梯子

歪斜崩塌地倚着树

长出许多木耳

大大小小，里里外外

倾听雨声

风声

在他死去多年以后的雨季

只有被遗弃在泥土里的那只橡胶鞋

还记得他脚底顽强的老茧

那时，胶林里

大雷小雷在云里奔逐

母亲幽幽地说，

"火笑了，那么晚

还会有人来吗？"

二〇一五年六月一日

仿佛穿过林子便是海

　　女孩在慌张地奔跑，车缓缓驶离，南下的长途巴士。米色洋装，奔时裙摆摇曳，有鱼的姿态。她看起来非常年轻，至多二十来岁，长手长脚的，五官细致，异常白皙，反衬出街景的灰色黯淡。她气喘吁吁地向车上某男子猛挥手，红着脸颊，微张的薄唇艳红，脖子淌着汗，倒有几分情色的意味了。你不由得羡慕那男子，他就坐在前座，侧影看来也很年轻，发黑而浓密，耳旁蓄着短短的伪装成熟的鬓须。

　　她一度差点被异物绊倒，迅速爬起来，重新调整步伐。那男子一度站起身，但随即坐下。

　　虽然车已缓缓开动，但如果他向司机要求下车，应该是来得及的，但是他没有。

　　你猜想他们说不定刚经历一夜缱绻，尽情地缠绵，彼此身上都还留有情人的温度和气味，女孩因而眷恋不已，但伊醒来时男人已悄悄离去。

　　一定是不告而别。

下一次见面将在许多个日子以后，甚至难以预期。未来令她忧伤。

车窗经过她面前时，你看到她流下泪水。她的目光一直紧跟着他，高举着手，终至掩面。他也侧身，朝窗外挥手，一直到看不见为止。那楚楚可怜的目光也曾掠过你那面窗。虽无意停留，但却已在你心里深深留下刻痕——不应该是那样的，不该让那样美丽的一个女孩伤心。你仿佛也共同经历了，也仿佛对她有一份责任。绝美的伤心。伤心之美。

但你不曾再见到她，不知道他们后来还有没有故事。那也许是分手的告别。你会在自己的故事的某个时刻想起她。就好像你也爱过也伤害过她。她是所有伤心的女孩。

你会再度遇见她。另一个她。

经过那样的事后，也许她再也不是以前的她了。

不会再那样单纯地爱，单纯地伤心。

但愿别就那样枯萎了。

我会想念你的。

也许

最好的时光已经过完了

剩下的只是午后的光影

干涸殆尽的水渍

风过后树叶的颤动

路渐渐暗下来了。

两旁的树影也变深，树叶被调成墨绿色，变得目光也难以穿透。游览车开着大灯，但路仍是弯弯曲曲的，车灯无法照得远，灯光老是被阻隔，而滑过坡壁。

车前方好似飘过一阵烟，那是初起的薄雾，迅速沿着车体散开。稠密的夜包覆过来，有一股湿润的凉意，从敞开的车窗渗了进来。同行的六个人几乎都睡着了，睡得东倒西歪，甚至还流着口水。除了她，即使睡着了也还能维持矜持。

之前的活动太紧凑了，天又热，每天都晚睡，一再地开会讨论、记录，为了做好一个专题，让年轻的你们都累坏了。

那是个被历史遗忘的群体。你们偶然从文献中瞥见他们的踪迹，但那是已然被不同的力量刷洗得形影黯淡的、近乎传说或幻影那般的存在。家住在国土北陲的友人，信誓旦旦地说，在他们的家乡，那并非大脚山魈般纯粹轶闻般的存在。他们早已化身平民百姓，像一片叶子消融于树林。只是那稍微显得庄重的服饰——不嫌热，深蓝或黑色的袍子，帽，布腰带，黑布鞋——仿佛在为什么事维持着漫长的守丧，像披着黑色头巾的阿拉伯人。像日本人那样多礼，寡言，像影子那样低调。他们自称hark，自成聚落。他们务农。种稻、木薯、番薯和各种果树，养鸡猪牛羊和鱼。他们破例让你们在山坳里住了几天，只是你们得签下守密的同意书，他们拒绝被报导——拒绝被文字表述，也拒绝被拍摄。

但你觉得他们和你们其实没有太大的不同，只是对现代生活刻意保持距离。那仿佛就可以维护一种时间的古老刻度，借此守护什么他们认为最值得珍视的。像古老的守墓人家庭。

变化也许不可避免地发生着，但有一堵无形的墙让它变慢了。

高海拔，恒常有一股凉意。云往往垂得很低，沿着山壁上位置高低不同的树冠，与浮起的雾交接。

每每有飞鸟在那古树的最高处俯视人间烟火。

那里的女人的青色素服（青出于蓝的青）特有一种守丧的庄严之美。在云雾缭绕的古老青山隘谷里，她们默默地低着头，锣鼓铙钹唢呐，领头的摇着金色神轿，那确实像是神的葬礼。多祭。大员的唐番土地神，因水土不服又死了一次。

再重生。再死。

那队伍的末端，青衣少女垂首走过，绑着马尾，偶然抬起头，微微一笑。你发现她们竟然有几分神似——伊听罢即给你一个重重的拐子：

——是啊。那你去追她啊。

——那你去问她们肯不肯收留你，让你可以留下来和她一起生活。你可以跟她们说，你最会洗刷马桶了。还好他们都不用抽水马桶，不然你就没机会发挥专长了。

在告别的营火会上，你还真的打趣着去问了那女孩，她利落地烤着沙爹。

年少轻狂。

——想留下来也可以的。她竟然轻松地回答。火光中，脸颊烧得通红，双眼映着几道火舌。

——只是再也不能离开了。我们的降头也是很厉害的。

她嫣然一笑。口音如异国之人。然后红着耳朵小小声地说：

——而且一定要行割礼。

她顽皮地挥动双手，比了个提刀切割的大动作，朝着伊眨眨眼。

次日临别，她在你耳边小声吹着气说，千万别让姐姐伤心哦，别忘了你已经吃了我们的降头。她又露出那顽皮的神情。

仿佛不经意地，送你一根黑色的羽毛。像是拔自昨天吃掉的那只黎明叫醒你们的公鸡，又有点像乌鸦，但她说是犀鸟背上的。

所有青春美丽的女孩都相似。那时你如此认为。

同一与差异。差别的也许只是温度和亮度。

恰巧，历史翻过了一页。

那些以为消失在历史暗影中的人重新走了出来，走到阳光下，都是些略显疲态的老人了。

失去的时光无法赎回，曾经青春年少，但四十年过去后，生命中多半再也没有什么重要的事。所有重要的事都过去了。

四十年，一个人可以从零岁成长到不惑。

你听到他们在反复地诉说过去。过去。重要的都在过去。然后，幸或不幸，你们遇到了那自异乡归来的说故事者。他的故事有大森林的雨声，猿猴的戾叫，犀鸟拍打羽翅的扑扑响。

他说了多个死里逃生的不可思议的故事。他是那归来的人。从死神的指掌间。

……奋力一跃，行李先抛过去。像鹿，或像猴子那样，跃过一处断崖，几百尺的深谷，过去就是另一个国度了。黑暗中什么都看不到，只听到小小的水声，在很深很远的地方。边界线，自然的断界。那夜很冷，起着大雾。但敌人已然摸黑逼近，前无去路。只好拆了帐篷。胆小的、体弱的、衰老的、脚软的、主义信仰不坚定的、衰运的，就大叫一声掉下去了。底下是河，铁一样硬的大石头，斧头一样利的石盾，身体撞上去就开花了。运气好的抓到树枝，或跌到树干上，但很难在敌人乱枪扫射下幸存。

"我那时还很年轻的美丽妻子也掉下去了。死在两国边界线上。流水边界。"

微微哽咽。火光映照出他脖子上的疤痕，一道道曾经的撕裂，粗略的缝合，宽广薄嫩。

其后经越南远走北京、莫斯科，见过胡志明，毛泽东，斯大林，冰天雪地……

你看到她听故事时眼里的迷醉，同情的眼神，悦慕的笑颜。

风吹过紫阳花。

骗子！你心里喊道。营火摇晃间你看到他眼角闪过一瞬狡狯。两鬓灰白，多半是个老练的勾引者。用他的故事。

车行过深谷。灰色的树冠在云间缓缓移动。

难得有这么一趟漫长的旅程让你们好好地睡个觉。你也反复在昏睡与清醒之间，觉得脖子几乎撑不住你沉重得失控的头了。睡时烂睡，还多梦，纷乱零碎的梦，像午后叶隙疏落的碎光。

清醒好似只有一瞬。那一瞬，即便是在黑暗的车厢里，你每每还是能看到她目光炯炯地望着窗外，那美丽沉静的侧颜，若有所思。

咫尺天涯，曾经如此亲密，但而今冰冷如霜。那常令你心口一阵阵抽痛。你原以为那是梦的局部，然而当她起身，摇晃走向驾驶座，把那显然也睡着的马来司机唤醒，给了他一片口香糖，在驾驶座旁的位子坐下，和他有一搭没一搭地聊起来。她的声音隐隐约约传了过来，黑暗中熟练地说着马来话的她仿佛是另一个人，甚至笑声也好似转换成另一种语言。

马来青年变得健谈起来，单词和语法被风剪接得支离破碎，但语音中有一股亲昵的气味，也许是在尽情地挑逗。他们有四个妻子的配额。

你知道那不是梦。你心口有几分酸楚，唾液大量分泌。

雾浓，车窗外已是墙般的黑。夜变得不透明，深沉而哀伤。但你也知道，只要车子转弯时一个微小的失误，你们就可能坠崖，早夭，成为深谷里的枯骨游魂。

某个瞬间，你发现车里没有人，司机的位子也空着，方向盘也剥落了。除了你，其他人都不见了。椅垫残破，铁骨锈蚀，处处生出杂草。有树穿过车体。白骨处处，套在残破的衣物里。

未来与过去、虚幻与真实迎面而来，折叠。

她说，我要搬家了，到更远的南方。我们也许不会再见面了。

那里的海边平静无波。

沙子洁净，风细柔，马来甘榜[1]里什么事都没有发生。椰树一动也不动，人悠闲，大鸡小鸡安定地觅食。

不知何故，每个路过的华人小镇都有葬礼。有的还只在自家门口搭起蓝色的帐篷，道士铿铿锵锵地打着斋。老人的葬礼。或者已然是出殡的行列，披麻戴孝黑衣服，垂首赤足，为首的孝子捧着灵位，几个大汉扛着鲜亮的棺木。漫长的送葬行列堵满了最长的一条街，几代孙子队伍越是排在后头衣服的颜色越鲜艳，有几分喜气。冥纸纷飞，好像那是小镇本身在为自己办的葬礼。

好像有什么糟糕的事情已然发生过了。

事情都发生过了。

她在夜里翻了个身，像鱼那样光滑的肉身，末端仿佛有鳍，轻轻拍打着你的背。

你乃听到海涛之声。

暴雨崩落。

你忘了那个台风的名字。

那一年。落雨的小镇，仿佛每个巷口都在办着悲戚的葬礼。

1.　马来语 kampung，乡村，尤指马来村庄。

　　□□：

　　……今天又锄地植草，遇到下雨，弄得一身泥巴，疲累得没心情洗。反正你也离开了。就那样一身泥巴上了公车，上衣裤子都有一层厚厚的泥。司机竟然没有阻拦，他不怕我弄脏车子？遇到个好心肠的年轻人了，戴着顶蓝色鸭舌帽，年纪看来和我差不了多少。好像在做梦。

　　其他乘客都像看到鬼一样，我一靠近，连阿婆都给我让座，让出好几张塑胶椅。可能是怀疑我刚从坟墓里爬出来。我不客气地一屁股坐下去，屁股"纠"地一声，从两旁挤出一摊泥巴水。我知道我头上、脸上都是泥巴，泥巴水弄到眼睛会有点刺痛。实在太累了，我把流到眼睛的水抹掉，脱下沉重的黏黏的泥鞋踩着以免它们逃走，闭上眼，抓着铁杆，就流着口水呼呼大睡了。

　　到站拎着破鞋下车时，我看到我身上流下来的泥水在地板上留下一道刺眼的轨迹。回头一看，我坐过的位子到处是泥巴。如果我是司机，我一定不能忍受。这司机真是个菩萨。说不定是个泥菩萨，也许是怕被我砍。他不知道我其实是个心肠很软的人。

　　所有的乘客不知道什么时候走光了。好像没有新乘客上车，但我印象中车子一路停靠。雨也一直下着。多半以为车上载着的是一具尸体吧。我后来是横躺在三四张椅子上，是我平生坐车最被"礼遇"的一次。

　　车一停下，我就赤脚冲进大雨里。可是大雨没能洗净我身上的泥巴，只是让我变得更湿而已。

　　那时很多事还没发生。但有的事还是提早发生了。你还不懂得时间的微妙。它不是只会流逝，还会回卷，像涨潮时的浪。

　　然而你的人生好像突然也到了尽头。宛如车头驶出了断崖。

　　你看到她毅然转身离去。

　　也许你也该随她回去。过一种更其安定的日子。

　　附近的庙又清清呛呛地不知道在庆祝什么。古老的小镇，庙和电线杆一样多。那些小庙的神好像老是在庆生。好似一年到头都在重生。每根电线杆都不务正业。或警世：天国近了。信主的有福了。或放贷：免抵押，低利率，轻松借。或租赁房屋，贴着一整排的电话号码，裁成一条条的，有的还限女学生。

　　你曾经找到过那样的一个房间，四面都是挑高的灰白的墙，没有窗。你喜欢那种监狱的感觉，也许终于可以专心读书，发呆，学习写作。

　　□□：

　　我又梦到骑脚踏车去找你。

　　真奇怪，我从这里出发，骑没多久，转一个弯，就到了。我喜极而泣。忘了我们之间隔着一个太平洋，要见个面谈何容易啊。

　　同样奇怪的是，一处铁栅门的入口，高处挂着铁丝扭成的"新嘉坡"三个生锈的字。但你明明就不在新加坡啊。

　　你没在梦里出现，但如果我的喜悦是烟，你的存在应该就是那火。也许轻易的抵达就够让我的欢喜充塞整个梦了。

　　□□：
　　我在这里的工作是帮忙搬石头，在地上挖洞，砍树、植树。
　　我们住的地方都没有新的报纸可看，所有的报纸都是过期的，都是昨日，昨日的昨日，的昨日。
　　但对我来说没差，昨日的新闻就是纯粹的故事了。纷纷扰扰的政治，情人换来换去的演艺界，交换着的交配网络。
　　反复的凶杀案，故事的结构都大同小异。
　　因为是旧闻，还蛮好看的。人一死，就掉到故事的外边了。
　　旧报纸就是废纸了，论公斤卖的，老板买它来也不是为了让我们看的，包盆栽用。
　　每天都在等待你的信。
　　和看门的小黄一样，都认得邮差的摩托车声了。总是失望得多，因此只好重复读你的旧信。但我不能一直就你旧函应答啊。
　　如果那样我就是疯了，也就掉进昨日的深渊里去了。

　　□□：
　　你的信怎么都那么简略呢？
　　都只有几行，字又大，而且没有细节。
　　常常每一封都差不多一样，最大的不同是日期。
　　每天都过得像昨日？

看不出你的生活究竟是怎么样的。

□□：

你每一封信说得最多的是我未曾谋面的你的外婆，你年幼时她照顾了你几年，你说了又说，好像那样可以让她重新再活回来。

说她一直昏睡在卧床中，一两年了，早已不认得人。

以为她就要死了，以为她会在夜里死去，第二天去看又是好好地呼吸着。

但对我来说她只活在你的话语里。

这是唯一重要的事吗？

她终于死了。

你说那是个解脱。我当然同意。活到那样真是没意思。

活着有时真没意思。

有时晚寄的信先到，收到她的死讯后，又收到她活着的讯息。时间真是奇妙。

你的事业经营得如何？

听说返乡以后你追求者众——

突然看到月光。月牙高挂，月光清冷。夜更其冷了。

车子轰隆地驶过一片空阔的地带。右边是片广大的水域，看不到对岸。水面泛着粼粼光波，凉意更盛。挺立在水中的，是一棵棵犹然坚毅的死树。那巨大的水坝，大得像这新世界本身，快速吞噬了大片古老的森林。水面上升后老树逐一绝望地被淹死，但枝干犹高傲地挺立，只有鸟还会在枝干上头驻足、栖息。

山影像巨大的盆沿，盆水盛着绿树的倒影，枯树的前生。

水里盛着的是一个颠倒的世界。

那前生也只不过是回忆。

就好比那回你们决意穿过一座岛，那是座由繁花盛放般的华丽珊瑚礁环绕的、南太平洋上小岛。沿着小径走了一段路，经过一处小甘榜，迎面而来的村人无一不和善地微笑致意，男女均裹着纱笼[1]。

路旁好多叶子稀疏的树上都盘着蛇，蜷曲成饼状。午后酣眠。

流向海的清水沟里，枯木下，淡水龙虾自在地探头探脑。

沿着字迹剥落的路标，高脚屋旁潮湿的小径。你们沿着许多人走过的旧径，反复上坡下坡，两旁是雨林常见的植被，挨挤着、甚至交缠着密密地长在一块。处处是猴子与松鼠，不知名的野鸟。

没多久就置入小岛古老蛮荒的心脏。

小溪潺潺，深茶色的流水，溪畔有垂草，溪底有落叶。当树愈来愈高，林子里就忽然暗了下来。浓荫沉重。你双眼一疼，眼一眨，口中一咸，那是自己的汗水。上衣湿透。你听到自己

---

1. 一种服装，类似筒裙，由一块长方形的布系于腰间。纱笼盛行于东南亚、南亚、阿拉伯半岛、东非等地区。狭义的纱笼仅指马来人所着的下裳。在缅甸等地，称作"笼基"。

咚咚的心跳声。好像这世界只剩下你和她。世界暗了下来。你
听到自己沉重的喘息声，你听到她的呼吸，她的体温。淡淡的
森林野花的气味。鸟在树梢惊呼连连，猴群张望。你们走进一
条分歧的，更其隐蔽的小径。

你好大胆。女孩说。

树的高处闪过一团黑色事物，轻捷如豹，叶隙间，一条黑
色尾巴上下摆动。

不可能是猫。

竟然出现数十棵橡胶树，疏疏地散落于高低起伏的坡地间。
不会是野生的吧？她说。那些树看起来很老了，祖先的样态。
身躯巨大瘿肿，疤瘤累累，大片泛黑如遭火炙。刀创直入木心。
你看得出持刀的人技艺低劣，唯利是图。老树已受伤沉重，多
半榨不出什么汁来了。

有几棵波罗蜜，一身硕果。你闻到果香。

灌木丛再过去，是一片褐色水泽，黄梨似的长而多尖的叶
子如蟹足。那是你那时尚不知其名的林投。

涛声隐隐，那时，穿过林子应该便是海了。但小径沿着那
一摊隔夜茶般的积水，里头有倒树枯木，有大群鱼快速游动。
你们仔细看，那是古老的鱼种，会含一口水，准确地喷落水面
上方枝叶上的昆虫，再纵身一口吞下。

许多水泡咕噜咕噜浮起。水底落叶里或许有大鱼蛰伏。

落叶被拨动，那是四脚蛇熟悉的脚步声。

看到海了，不只是涛声。就在不远处，但走了好一会，都被一片杂木林和水泽阻隔。看到马来人的高脚屋了，疏疏十数间，想必是另一个小村落。有的房子就搭在海上，你看到多座伸向海的简略木构码头，像简洁的句子，没有过多的动词和形容词。

远得像是蜃影。

应该有一条路可以穿过去的，还应该有道小桥，那就可以快速地穿越。即使是棵倒卧湿滑、留不下脚印的枯树。但小径却异常固执地只是沿着、绕着而不穿越，像一篇写坏的文章，因过于年轻而不懂得技艺的微妙。

你犹豫着要不要退回去。但那时你太年轻，也太疯狂固执了，只会一意前行，即便那路已不像路——也许是条被遗弃的路，早已被野草收复，只隐约留下路的痕迹，也许更像是路的回忆。

新生而尖锐的茅草芽鞘且刺破你的脚缘，血渗出。

但她的身影已远远地消失在路的那一头，其后更出现在码头的尽头，像一个句点。

你甚至不知道她何时已然转身离去。

村子被遗弃，高脚屋倾斜崩落。

潮水已退到远方，深色的礁石裸露，像一片天然的废墟。

海的气味黏黏的，像鱼鳞那样生硬，令你泫然欲泣。

风吹过叶梢，如蓬尾鼠在树枝间高处走动。

她一身白衣白裙，从苍苔阶梯上款款走下。朝阳给她身缘着上一层明净的光。她身后是林立的大树，杂草和灌木，其间有雾气扰动。风吹过，裙裾微微飘动。草花上有露珠，蜘蛛结网于草间，网得水珠晶亮晶亮。

女孩的形象映现在水珠球形的表面。

树影的紫阳花沿阶盛开，那蓝色带着笑意。

穿过水雾，那是父亲葬礼的锣鼓唢呐。没有人哭泣。

如果有冬天会更好，最好是降雪。然而连雨都没有。干渴的故乡，风卷起沙尘。云太远，太高，而且不成形，不成象。只是百无聊赖地散布在天空，看起来有点脏。母亲说，你还是回来吧。故乡饿不死人的。

但故乡太热。像一口锅。像笼子。

那尖鼻的女孩呢？母亲问。

好热。她说，快被煮熟了。

她骑着脚踏车，进入林中小路。也许太多树根横过，她不适应那不断的弹跳，而速度放得极其缓慢，始终和你离得远远的。你老是得停下来等她，尤其是上坡时。蓝色的裙子，一棵树一棵树减去的旅程。

衰老的家，破败的旧铁皮被阳光锤打得发亮，像是全新铸就的。

她说，很好奇呢，没收过胶。

没烧过柴火。

没从井里汲过水。

体验林中极致的暗夜，昏暗的火。

那么多的果树，红毛丹熟果红垂了枝，山竹果转褐了藏在叶的荫影里。

还有小溪。溪中有鱼。有虾。螃蟹。适合让孩子成长，就像是个土地之子。

可以学习生火。烤番薯。爬树。

爱上榴梿、红毛丹与杧果。

一抔土在悠悠地冒着烟。有人在朽余的树头处生了火，再覆以草，覆以土。

内侧的土被烧红，烧黑，有的遂逐渐崩落成灰。

土中的草率先被烧成烬，烟乃沿着那黑色的缝窍徐徐升起，一缕缕白烟如魂魄。

最后的家土。

黑色羽毛夹在传承久远的标点版典籍里。

母亲的葬礼。艳阳天。

火车南下，火车北上；天明以前，黄昏以后。响动如暴冲，没入森林，穿过小镇。钢轮狂暴地咬啮着铁轨，拼了命地震动。三等车厢里弥漫着尿骚味，一整排敞开的车窗，微凉的夜风也吹不走它。随时煞车停下。在某个熟悉或陌生的站。

她睡着了，头往你肩上靠。她醒过来，尴尬地笑笑。光穿过窗来，照着她脸庞。一时明，一时灭。

就如同那次的营火会。

你们都太年轻了，还不懂得爱，不懂得珍惜，不懂得悲伤。

雨后夜里，风沁凉，温婉的昙花奔放地张开雪白的花瓣，优雅地颤动。

花气熏人。

她说，头好晕。

我会想念你的。

你心底那根脆弱的弦在颤动。

那个午后，白鹭鸶在新翻土的稻田觅食。烂泥味。焖熟的稻草野草有一股极致的衰败气味。烂芭味。生命在那里滋生。

车子轰隆地驶过一片空阔的地带。右边是片广大的水域，看不到对岸。死去的百年老树，枯枝伸向清泠的夜空，无言的呐喊。繁星晶亮晶亮，有一钩孤独的刃月，寒气浸透你肤表，疙瘩像爱抚。

水里盛着一个颠倒的世界。

我会想念你的。

祝你幸福快乐。

二〇一四年九月初稿

收入童伟格编《九歌一〇四年小说选》

归来

白莲教某者,山西人,烧巨烛于堂上,戒门人恪守,勿以风灭。漏二滴,师不至。儵然而殪,就床暂寐;及醒,烛已竟灭,急起爇之。既而师入,又责之。门人曰:"我固不曾睡,烛何得熄?"师怒曰:"适使我暗行十余里,尚复云云耶?"

——《聊斋志异·白莲教》

有空去看看二舅吧,他提了好多次了。母亲一面提着红色塑胶水桶,浇着那几盆种在废铁桶里的菜说,难得你这次回来的时间较长。

伊说,舅妈过世后,他更孤独衰老了。但他好像有什么话要和你说。

近年你们其实并不常见面。自从你离乡之后,往往得隔上几年才见得上一次,和所有离乡的孩子一样。虽然你之离乡念书,有赖于他无私的支持,但你和妹妹都尽量避免多花他的钱,飞机票并不便宜。因此你不常回乡。返乡时就会尽可能长时间和他聚谈，听他"车大炮"¹，就像是和父亲相处。

你们一直借住他在镇郊的那间房子——那是间标准的新村屋，后院有一口井，屋后还有一小块空地。母亲长年在那儿种着香蕉、芋头和几畦菜，养十几只鸡，靠帮人割胶养大你们。

大舅一生下来就死了，所以你们当然都没见过他。

从小他给你们的印象是生性风趣，爱"车大炮"，是亲戚里极少数会讲故事的人，不会板着脸教训人。不知是先天的残疾还是后来受的伤——也许是那场车祸——他看东西有点斜眼的坏习惯。斜眼看人，一向会被误会是有轻蔑意味的。

你们也知道他的故事荒诞不经，不能太当真，但那也是百无聊赖的生活必要的调剂，可以让索然无味的日子变得略有滋味。但也许因此，你们更爱听他说故事。

他们在你们心目中一直是完美夫妻的典型，相较于亲族里其他的夫妻档——那各式各样的怨偶，辗转传来的种种怨怒。他们之间似乎总是客客气气、开开心心的。但二舅妈没有生小孩，也许终究是一大遗憾，因此对亲族里的孩子们都很好，对你们尤其是。这在过年包红包时最为清楚。

外婆在世时，常会私下讲衰²他们因为太年轻就谈恋爱，她的身体一定是"被你二舅'玩坏了'"。但二舅显然很爱她，自石器时代以来。他常以一种夸张的语调、目中无人的姿态对

1.　广东、客家方言。即说大话、吹牛。
2.　粤语，指说坏话。

你们说，他和舅妈是小学同学，她的位子就在他前面，她每天都绑着两条辫子。而他每天最快乐的事就是可以一整天看着她的背影，抚弄她的发辫，一直看着她长大。但他有时候也会作弄她，就像任何那年龄的孩子那样，把黏人草的种子偷偷埋入她的辫子里，"看看会不会发芽"。

"我每次都拿全班第二名。"二舅总是喜滋滋地指着舅妈，"她第一名。"

听他重述这些话时，舅妈即使中风后疲惫不堪，脸上还是会露出一股说不出的得意神情。那妩媚的回眸，年轻时必伴以辫发轻扬的吧。但那笑容，一直保留到风烛残年，脸皮皱了，目光依然明丽动人，好像是个什么信物似的。

说不定小学时她就经常那样转过头，回应坐在后头痴望他的目光。那让他们早熟。

但那一班只有八个人。全校六个年级还不到五十个人。荒漠般的园丘里的华文小学。

小学念完他们都没能继续升学。和那时代大部分的孩子一样，家里各自为他们找了认为他们可以胜任的工作。女的帮佣，男的到芭场[1]里去出卖劳力。但那时他们可能就在一起了，一直厮守到晚年。

1　指栽种如橡胶、油棕等经济作物的种植园。

1

二舅长年都在半岛深处的油棕园里工作，带领一大批工人，负责管理种植园。那种洋人（或洋人留下的）的种植园，里头都有个几乎自足的生活小区。有配给的砖造宿舍、小学、简易加油站、杂货店（兼小吃店）、足球场、羽球场等。他和舅妈长年住在那里，从外头的小镇驱车进去都要耗上好几个小时。除了由他亲自开车接送，就只能借搭工人的货车，相当不便。从小学到中学，你曾多次在较长的学校假期（俗称的"大放假"）到那里与他们同住，跟随他到原始林大河边钓巨大的吉罗鱼、美味可口的苏丹鱼、笋壳鱼、多鳗；他还向经理借来猎枪打山鸡、鼠鹿和四脚蛇（偶尔的）。在舅妈绝妙的厨艺烹调下，那都成了美味的盘中飨。

你在那里学会钓鱼、钓虾、抓螃蟹、游泳、打鱼，甚至打猎（初次体验猎枪的后坐力）；初中后也学会了开车，在红石子路上横冲直撞，一任尘土飞扬。那里没有任何警察，更别说交警。

英国人来之前，那里广大的园丘是绵延百里、古木参天的雨林，但如今几乎砍得一棵都不剩了。虽然油棕园里时时可见尚未完全朽灭的巨大黑色树头，一任白蚁啃蚀。夜里灯火掠过时，常会误以为是什么巨大的怪物躲在树林里。

当然你也学会以长刀割下油棕叶、切下大串球果、以铁叉把果甩上卡车尾……诸如此类的。高中后你几乎就可以独当一面，以简单的马来语带领一批印尼劳工，完成他指派的任务。他付给你可观的工资，好让你去买一部中古摩托车、收音机。如果没离乡念书，凭着那些年跟他学习的技能，大概也足以谋生。但你渐渐地不耐油棕园景致和生活的单调了。

你油然地佩服舅妈，她的生活更其单调，也许因此把心力都花在精细地烹调食物——尤其是极费工夫的娘惹菜——单是切小洋葱头就搞上大半天；残存的篆学，临帖，抄佛经，抄写《金刚经》。

有一回跟着舅舅，坐在载满油棕果的啰哩[1]车副驾驶座上，到遥远的提炼厂去。那得穿越仿佛无边无际的油棕林。那一身身鳞疤创痕的树，其实像是一株株巨大的、恐龙时代的草。树与树间疏疏地间隔开，但夜来时填塞其间的是无尽的、稠密的黑暗。还好一路顺利。只是那路的漫长令人昏昏欲睡。就在那晚，长夜漫漫，他说了许多故事。有的是说过的，大概他忘了自己曾经说过，譬如那耳中小人的故事。有的是说过的故事的变奏，譬如那眼中小人的故事、茅山道士的故事。森林鬼火的故事，这是他说了无数次的，但因为身在相似的旅程中，多了层身历其境的感受。那不仅仅是故事，好像随时会具现为现实。既期盼遇上，又祈祷别遇上。

他说有一回他载着满满一大车果，可能载太多了——那是个大丰收的季节——他和跟了他很多年的工人阿狗，车子竟在

---

1. 马来语 lori，指卡车。

穿透那林中之时在途中出状况了。轮子陷在黄泥路雨后被辗烂的旧辙里，卸下一半的果后还是起不来，两人都给轮子溅一身泥，全身汗。而时近黄昏，他们怎么弄都起不来，然后天就黑下来了。唯一的希望是有另一部啰哩经过，帮忙拉一拉。但那只能看运气，只能等待。在无尽的暗夜里，抽着烟驱赶蚊子。除了尿急不得已外，都躲在车上，怕肚子饿的虎豹出来找吃的。

　　不知道过了多久。大团橘黄的火就从林中深处飘来，悠悠荡荡地，直朝着他们而来。一团、两团、三团……有的大，有的小，有的颜色深些，有的偏黄，或带绿，就像是一家大小、叔伯兄弟，赶赴什么盛大的宴会。他们吓得拧熄了烟，把车窗玻璃牢牢地旋上。只见鬼火在车玻璃外滋滋作响，绕了数匝。他们吓得频念观世音菩萨阿弥陀佛，把从泰国古庙求回来的佛像坠子紧紧握在手心，然后听到手心里轻微的爆裂声。好一会，那些鬼火方一沉一沉地，下坠又浮起，浮起又下坠，好像有一群鬼提着灯笼。就那样远远地离去，只留下无尽的黑暗。他俩吓出一身冷汗。也许因为车窗绞紧了，太闷的缘故。鬼火走后，只见各自的佛坠都裂开了。车玻璃旋下，让凉凉的夜风进来，再度各自点上一根烟，气喘吁吁的。看看手表，赫然已是午夜。然后他们紧急拧熄香烟，快手快脚地把车玻璃旋上。二舅说他闻到一股强烈的骚味，而且非常迫近。然后什么巨大的东西跳上引擎盖，车前方一沉。一把极其尖锐坚硬的东西刮着玻璃——从左上方到右下方，听得他们浑身发抖，令人起鸡母皮——还有那股刺鼻的骚味。

　　二舅大胆地打开手电筒，但立即关掉。那瞬间他们看到两颗碧绿的大眼珠，有拳头那么大，在挡风玻璃外荧荧发着光。虽然是稠密的黑暗，但依稀可以看到它呼出的气在玻璃上成了薄雾；挤得蜷曲的粗韧的须，张开的大口，大而尖的米黄色齿牙，在玻璃上滑动。咬着咬着，咔嗞咔嗞地咬掉了雨刷，后来也咬掉了照后镜。后来它还跳上了车顶，还在被压扁的地方留下一大泡恶臭浊黄的尿。玻璃上密密麻麻错杂的刮痕，以后在大雨中开车，雨水就再也不曾刷净。

　　他说几乎吓到尿裤子的阿狗，脱险之后就回家乡结婚了，那女孩被他玩大肚后他就远远地躲开，孩子都五岁了。他说他才不想那么早当爸爸。养家多辛苦啊，钱不够用。当了妈的女人又很烦的，会像你妈那样管东管西，不能赌又不能喝酒抽烟，又不能再去找别的女人，还会被一起出来玩的死党笑。但被鬼火和老虎围困时，他对佛祖和观音许了愿，如果他逃过这一劫，他将返乡承担该承担的一切——就算那孩子是别人的种他也愿意承受。他怀疑那女人不知道去拜了什么四面佛。

　　在即将穿过那片树林，已可遥见前方的小市镇时，他说了个外公的故事，还说是他父亲亲口告诉他的。

　　外公年轻时曾经是猎人。从唐山下南洋后，结交了三个同为猪仔[1]的好友。一个务农，也是最早成家的，老婆小孩都是从

1.　指被拐贩到国外的苦工。

唐山带过来的。另两人也是很好的猎人，一直是单身。那最早成家的房子，是好友协助到原始林去砍伐成材当栋梁盖起来的，但那地方以前应该有人住过，有废灶、废井、老坟、一片老橡胶树。那人从家乡带了几个金条过来，经宗亲介绍，就把那小片地买了下来。小房子盖好后，一家三口过着安居乐业的日子，后来更添了个女儿。老朋友也会不定期地造访，尤其是他们需要帮忙的时候，搭鸡寮、挖井、砍树、围篱笆。

可是那一回，在一场漫长的季风雨后，他们想说好久没见到那朋友一家了，几个朋友就相约去拜访——那个年代交通不便，顶多就是骑着脚踏车。穿过雨后泥泞的路，抵达那地方。一如往常的，两只狗以吠叫相迎。因为认得他们的味道，很快地就朝他们摇尾巴了。狗链在屋旁寮子的柱子上。那家人的脚踏车安静地摆放在五脚基[1]上，前后的车轮都还是结实饱胀的。

房子门虚掩，推开后，只见里头都没人。猫也在，高高地躲在梁上。房间里衣服、床都收拾得整整齐齐的。当年从中国带来的皮箱也还在床底下，衣服看来没少。厨房的锅碗盘等都收拾得很整齐，米瓮里还有半瓮米，米里还埋着五六颗已经软熟泛出甜香的人参果。眼看放下去会烂掉弄脏米，他们就把它们分着吃了。

仔细地，上上下下地检视过了，他们判断那一家人只是短

---

1. 意指店铺住宅临街骑楼下的走廊，在新加坡或马来西亚的闽南移民习惯称之为五脚基。

暂地离开，很快会再回来。但也可能离开得太匆促。但即使那艘从森林沼泽里捡来的圆滚滚的雕着鱼鳞的独木舟，也都好好的系在屋旁。那木头啊，他强调说，硬得像化石。他小时候还摸过的。很重很重，一下水一定沉底的。

狗看来饿了好几天，他们只好煮了一锅稀饭，用饲料诱捕了只到树旁草丛到处找吃的鸡来杀了，人狗分了吃。狗应该知道些什么，他们带着狗四下搜找，却一无所获。当然，脚印到处都是。几口井也都找过了。

为了弄清楚到底发生了什么事，他们四人决定暂时住下来，等待朋友一家的归来。

有人负责到镇上去补给些米粮、食油、煤油、盐，带了几套换洗衣服。经常到附近沼泽去钓鱼、射杀那些到处飞的野鸡、好奇的猴子，有时也捕获大山猪。那一带邻近原始林，野兽极多，貘、穿山甲、石虎、果子狸，几乎要什么有什么，似乎迫不及待地想变成他们的食物。三个猎人得以发挥所长，经常捕猎山猪到镇上去卖。甚至渐渐建立了名气。英国人枪管得严，打猎多是设陷阱，用标枪和长刀，只有一位猎手有一张弓。一个月、两个月、三个月过去了，但那一家人一直没有回来。然后是四个月、五个月、半年、七个月……那家人竟然都没再出现。

二舅说，那是外公平生遇过的最奇怪的事情之一，一直到临终了还念念不忘。他们几个就是因为这样才从邻镇搬到这里来，而后各自成家，几乎都放弃了以打猎为业。一直到许多年后，几个弟兄都还会轮流到那里去住上一段日子。再后来，是不定期地去看看，打扫打扫。让它好像还有人住，多少可避免附近闲逛的人去破坏，拆了墙去盖鸡寮什么的；甚至更大胆一点的，搬进去据为己有。

虽然后来有谣言说，是他们几个合谋杀了那一家人，就近掩埋了，虽然尸体一直没有找到。虽然是无稽之谈，但那种荒郊野外，埋藏几具尸体还真的不容易被发现。

但二舅强调说，外公和那几个朋友都是非常讲义气的人，应该不会做出那样有损阴德的事。外公那三个朋友，二舅幼年时还常见到他们到家里来打麻将，他们的孩子也多是他幼年的玩伴、同学，住在同一新村的不同条街。"你妈妈也认识的。"

再后来干脆从黑水河畔的观音庙请了个分身安在里头。你外公手巧，那尊观音像还是他亲手刻的，木头是他们从沼泽里拖回的千年大树头。他年少时拜师学过几年手艺，那观音的muka（容貌）据说还是照他妈妈年轻时的样子来刻的喔。

但二舅说，他有一回听杨伯伯在喝了酒以后红着脸说，那观音微笑的嘴角，是那家失踪的叫阿霞的女主人的。那是个有着美丽胸乳的白皙女人，常当着他们的面大大方方地给孩子吃奶。如果单独在森林里出现，会让人以为是遇到女鬼。他有一次讲故事，讲到樵夫偷瞧见仙女下凡游泳，偷偷藏起其中一人的羽衣，强迫她给他当老婆，"就是那样不属于那世界的女人"。

说到那间庙，你就知道了。那地方离你母亲工作的胶园并不远，在一座小山坡上。虽然偏远，但香火鼎盛，熏得屋宇黑漆漆的古意盎然，好似在那里坐落了千百年。母亲不只常到那里上香，还经常去打扫、整理，因此你和妹妹都是熟悉的。你们甚至多次在那里夜宿，在庙后方的小房间里。你一直以为那是外公的产业之一。

以庙来说，它的前厅其实嫌窄，雕着龙凤的大香炉和观音像就几乎把它塞满了，容不下几个人。你一直纳闷怎么把庙盖到那么偏远的地方。而且有着及膝高的厚实原木门槛，原来是为了防止学步的幼儿偷跑到外头。

这故事让你想到母亲说关于二舅的一句评语：一片叶子他就可以讲成一片树林；一根羽毛讲成一只鸡。

他学会讲话不久，就很会讲一些有的没的。外婆很不喜欢，怀疑他投胎前没洗干净。外公也有几分怕他。

如果他是他们亲生的，多半就会让他多念一点书，或许会是个出色的历史学家也说不定。

2

母亲说，舅舅在楼上书房等你呢。

在当年为了让你们念书而摆置的简陋书房里，他戴着黑色粗框眼镜，垂首专注地提笔写着毛笔字。舅妈的父亲过世得早，但她父系亲族里出过著名的书法家，据说海峡殖民地会馆店家招牌多的是叔公的手迹。家道中落后，舅妈书虽念得不多，但竟也爱好磨墨临帖写字，是她平凡的日常生活里少数与众不同的爱好之一。因此这书房特置了张长桌，在你们长大离家后，就只有她持续使用着。

书房墙上长年挂着的那几幅长辈亲手写的字，在这摆设简朴的家居里，大概会被视为寻常人家挂的大陆或台湾进口的奔马或荷花，胡乱地涂着几个"马到成功"之类的墨字，书局卖的廉价复制品。但这爱好似乎一直没能感染舅舅，但这回，他竟似认认真真地以小楷抄写着什么，一看，一旁摊开的竟是《金刚经》。你认得那是舅妈的字迹，她偏爱的《颜氏家庙碑》，你们成长过程中千百次地看她反复临写过。一旁搁着半瓶ＸＯ，三角形的瓶子。

无疑，他的头顶更光了，耳畔残剩的发都已化成银丝，但精神看来还好，粗框眼镜让他多了几分罕见的书呆子气。他取下眼镜，虽然斜视让他乍看之下有几分心不在焉。仔细一看，眉目之间依然流露一股机灵，像一道瞬间掠过的光。虽然难掩疲惫和悲伤，但却有一份看透世事的安稳。

你记得最后一次看到舅妈是在两年前，她中风后身体显得衰弱多了，更老了之外，一脸的衰败，动作迟缓。说话有气没力的，好像一丝风就会把它熄掉的微弱灯火。好像有什么话要对你说，却总是欲言又止。不知道是找不到词汇，还是难以启齿，或对"说话"本身感到厌烦。那阵子是母亲和妹妹照应她生活起居，进出医院，而妹妹有自己的家庭要顾，母亲自己也不年轻了，三方都很疲惫。

那火终于还是熄了。

但她的葬礼你也没空参与，人在婆罗洲人迹罕至的森林深处追踪研究一个濒临绝种的部族，因而也只能在事后给他写了张卡片致哀，那卡片印着遍地盗猎者遗留的兽骨。其后返乡，听说他独自回园丘里去了，说是去找老朋友打打麻将或钓钓鱼，也没见着面。

"你来了。"他微微抬起头，眼睛从镜框上头瞧瞧你。随即放下笔。"二舅娘留了点东西给你。"随着从身旁拎了个长方形、树皮色的破旧皮箱给你。"等我也不在了才能打开。"

"这是？"

你一肚子疑问。

他请你坐下，给你斟了半杯酒。"你再听我说个故事。"他给自己两眼各点了眼药水。

你已很多年没那么样安静地坐下来听他说故事了。

"那是三十，不，四十多年前的事了。"

二舅眯起眼，减缓窗外午后暴烈的光的侵害，努力回忆的样子。

那时他们都还很年轻，刚结了婚，舅妈怀了孕，挺着大肚子。他苦笑。"年轻人嘛，一有时间就玩，又不喜欢戴套子。你知道的，那年头的套子很厚的，像给 baby 吸的奶嘴那样的厚厚的喔。结果一不小心，就中了。我们也不想那么早当父母的。还年轻还想玩嘛。那时在油棕芭工作好多年了，久久才回一次新村的家，看看电影找朋友打麻将喝啤酒车大炮。但她肚子大后变得对那些事都没兴趣，整天想吃鸡肉丝菇，要我满山去找。

　　"也变得很黏我，老板派我出差她一定要跟——之前一直有带着她没错，虽然是工作，红毛老板笑笑的也没说什么，啰哩一开就五六小时很无聊的，只好一路给她车大炮。为此我还特地去买了一本有白话翻译的《聊斋志异》。《西游记》从头到尾不知讲了多少遍了。只有我和她时，我也会给她讲我自己编的，很黄的版本。还有一些台湾的言情小说。如果是大雨或夜晚，有时也会把车停在路边撩起裙子好好地玩一回，也不管黑暗中雨中是不是有老虎或山番在偷看，非常刺激就是。

　　"但她肚子很大了还要跟，说没看到我她会担心，会想东想西的，会睡不着。我猜她担心我去偷吃，一起工作的单身汉常在她面前大声地交换嫖妓的经验，芭里有的马来妹印度妹很随便的，几张红老虎就让你摸奶脱纱笼随便玩了，有的纱笼里面什么都没有穿，就一个热到发烫的屁股。不过性病也很常见就是，有的没药可医的。阿狗就中过几次标，多到医院去打针。

　　"想送她回娘家待产她也不肯，看到那么瘦小的身体肚子像球那样鼓起我压力真的很大。

　　"那一天一直下雨，路很烂，车子一直跳，大肚婆哪受得了。又入夜了，可是红毛说一定要我去，其他人没那么聪明嘛，不能解决问题。还送我一瓶喝剩一半的ＸＯ。默迪卡纪念酒是马来西亚建国那年没错，刚热热闹闹地庆祝完，还以为我们会有个和国家同龄的孩子。

　　"没想到真的出事了。有些事我不太记得了。喝了点酒，我们很可能吵了架。吵架后就会有一段长时间不讲话。我气她这种天气也要跟。她气我气她跟。说如果要死最好一起死。反正如果我死了她也活不下去。那时年轻嘛，感情很好又整天吵架。又是第一次怀孕。只是没想到也是最后一次。

"也不知道是不是我们都睡着了还是怎样，总之回过神来时已撞上了。那东西很硬。可能是大象的屁股、树头、石头，甚至都有可能。挡风玻璃全裂了，还好有一辆啰哩路过，把昏倒的我们救出来，送到最近的甘榜。但你舅妈下半身都是血。下体在大出血，可是那里都是很落后的甘榜，连电线杆都没有，哪可能有医生？回头载去吉隆坡？半路上一定死掉的。这时一个纱笼脏脏的老马来婆拉了拉我的衣服，说有个地方也许可以试一试。我只好抱着你舅妈一路滴着血跟着她肮脏的脚跟。

"那是个很平常的高脚屋，就在河边。一对长得像'咸酸甜'[1]的老夫妇从怪味的白烟里走出来，两人看起来都很老很老了。女的慈祥而微胖，就是个标准所有人的妈妈的样子；男的很瘦小，戴着白松谷帽，有一把几乎拖地的胡子，两眼黑黑的没什么眼白。最奇怪的是，那胡子带着点淡淡的蓝色，就像那种上了蓝色漆的木板屋脚雨淋多了褪色后的样子。

"那屋里烧着奇怪的烟，看来已经烧了一阵子。好像知道我们会来，捆了只大公鸡，鸡冠特别红特别大。水煮好了，病床也准备好了在等待。我把你舅妈放上竹席床，枕头是蓝染的藤蔓图案。你舅妈一身血，一直昏迷不醒。我们中国人不是有

---

1. 闽南语，指蜜饯。

句老话。'死马当活马医'。'孩子已经死了。妈妈看救不救得到。'挽起袖，老人双手竟然像鱼皮那样绿绿的，我还以为他戴了手套。那胖女人柔声细语地递给我半个椰壳，是香醇的椰花酒，实在有够好喝，是我这世人喝过最好喝的椰花酒。她一共给我加了三次，七分满，差不多就这样一杯。"他头一侧，比了比手上的酒杯。"我就倒了。倒下前我想，就让这霉运变成一场梦吧。我只求你舅妈能活下来，让我只剩一粒也行。醉倒前，我看到老人捧出一个黄布包。

"但醒过来后，还是看到那老人捧着一个黄布包。

"你舅妈的肚子消了，人也醒过来了，只是脸色很苍白，也没什么力气说话。老人说她的命是保住了，但没办法再怀孕了。她听了之后脸色很难看。我们在一起时，她就一直说要给我生五个孩子，二男三女，或三男二女，她喜欢热闹。

"那夫妻给我们吃一些奇怪的食物，有一道炭火熬的汤好像是用蚯蚓做的，黑黑的汤里面有一条一条的东西；有一道木薯糕上头洒的竟不是椰肉丝，而是咬起来酸酸的生的红蚂蚁。

"几天后，你舅妈的情况比较稳定了，应老夫妇要求，就留在那里住几个礼拜，调养身体，吃了不少只马来鸡，一年后我也大致依行情还了他们一笔钱。

"后来那个黄布包，就是你现在看到这个。是他们用古老的土著巫术炼制成的，非常珍贵，要求我们好好把它收起来，但不要把它打开，以免发生什么难以预料的事。

"但那之后，你舅妈的心情就一直好不起来，成天抱着那黄布包，呆呆地不知道想什么，也不再让我碰，我觉得她好像变了一个人。

"我们那个年代，如果你拿比较贵的手表去修理，SEIKO，CITIZEN，CASIO之类的，或者相机——那个年代还不普及，都会害怕里面的零件被偷换掉。外壳都还是原来的，original 的喔，外行人哪里看得出来？你舅妈给我的感觉就是那样。她好像什么零件被换掉了，不再黏我，我们之间也不再吵架，也很少讲话。我那时甚至想：我们之间是不是结束了？

"过了很多年她才终于肯告诉我（应该是你出现后的事了），大概是在昏迷巫医抢救时，她梦到我和另一个女人结了婚，还生了几个孩子。那女人是我和她都认识的，是镇上那家五金行'万利'的老板的女儿，小学比我低一年级，长得也不错，脸圆圆的，比你舅妈矮一点。也一直对我很好，常问我数学、英文，还偷偷和我说她长大要嫁给我。你知道我年轻时很英俊潇洒，很多女人都说要和我结婚。你舅妈一直对她很有戒心。她说最让她难过的是，她梦里的我对她很冷淡，好像并不认识她。

"那喜欢穿着艳丽而薄的裙子人称'姣婆'[1]的女人你也见过的，她嫁了个矮小木讷的男人，口才和体格都和二舅没得比。只是人很好，舍得请你们吃糖果喝汽水。她守着父亲留下的杂货店，迄今还会对不同年龄的男人放杂电。你看二舅的表情，也怀

---

1. 指轻佻、不纯洁的女性。

疑我和那妖娆的女人是不是暗地里有些一腿——我去杂货店找她补货时她都会笑得很大声，还一直大力拍打我结实的肩背。

　　"一怒之下，二舅妈和几个小时玩伴就跑到山里去当山老鼠[1]了。你妈竟然也在里面。

　　"最离奇的是，在艰苦的军旅生涯中，她们都各自和部队里的人结了婚——当然都是极简单草草的婚礼。而且竟然也都怀孕生了孩子。当然也都和部队里其他人一样，孩子都被送走了。她说她很伤心，但也无奈，和所有战友一样，重复地操练、巡逻、准备一日三餐、上课、开会……那日复一日的森林里的日常，那日日夜夜，几十年就那样过去了，几乎就要那样过了一生。也有做过离开森林的梦，但醒来后还是在那郁闷潮湿的森林里。森林的午后老是在下雨。尤其是那漫长的季风雨。那让她相当后悔。

　　"她说她想念我。也一直怨怪我让她走进那样进退不得的尴尬处境。梦里的她不能理解我为什么跑去和别的女人结婚。我们不是一直都在一起，同吃同睡，而且她还为我怀了孕。但她又记得，为我怀孕这细节和她走入森林这事，好像搭不太起来。有一天突然遭到大规模的袭击，她背上中了一枪，所属的小队还被敌人冲散了，大雨一直下一直下，她独自一人跑进一处臭豆榴梿红毛丹都很大棵的马来甘榜。

　　"那空气有股熟悉的甘梦烟味，河边一间冒着烟的高脚屋

1.　这里指马共。

前，有个很面熟的老马来女人向她招手。身心俱疲的她很悲伤，心念一动，就走了进去，好似毅然走进自己的冰冷的坟墓。

"醒来时看到我，她说那另一边生活的记忆太强，而让她以为这一端的才是梦（他说，那时他也做了个很长的梦），虽然早产生下死胎的身体还很痛。但那一边中枪的痛也很强烈。也许巫医让她活下来的方法是，把一种痛苦分割成两种。以致她一直有着不知哪边是真的的困扰。一直到你出现，一直到你从森林里被送出来。

"她说你两岁前是舅妈带的，但你可能不记得了；她原本想收养你，但不知为何由她照顾的你经常生病，跑遍寺庙求神拜佛却没什么用，交给你妈照顾，又好好的。阿妹的情况也类似。也许她煞气重。命中没有孩子缘。

"后来有一个厉害的算命师对你舅妈说，那马来巫师的布包里装着你们生命的变体，她早夭的胎儿的化石，你们的另一个。丢弃它，对她自己的生命很不好。留着它，对孩子不好。"

你这才注意到他抄写的汉字，每一个都是残缺的，都少了若干的部件。好像多年前你从电视上看到的出土残件，许多字都被吃掉一部分，或被吃得只剩下一小部分。

3

最后一次见面，不料二舅已衰老如斯，憔悴疲惫，一身肉都瘦掉了。舅妈的死亡还是彻底击垮了他。母亲说,他已渐渐认不得人了,"还好仍记得你和你妹。"但他生活渐渐无法自理,母亲不忍心把这个多年来照顾她的弟弟送去养老院,你们只好为他请了外佣,开支由你和妹妹分摊。

母亲说,他常独自在幽暗的房间里发呆,也养成了默默灌洋酒的习惯。

那是个早晨,但话语残碎。

侧过头,斜着眼,看到你来了还是很高兴,笑出一脸深深的皱纹。但说话的速度慢多了,常说了个句子就要停下来。好似对某门外语并不熟却又想用它时,要逐个字地搜找串联,拼凑好了还不是很有把握,反复地斟酌。但他还是千辛万苦地为你说了最后一个故事。

稍早,他抖颤的手费了好多工夫,方从裤袋里掏出一个几乎快要散掉的皮夹,两手都抖着,但神态极其认真地从那里头某个夹缝里抽出一张照片。黑白的,泛黄的,严重褪色,长年受汗水或雨水浸渍,仍可以看出是个绑着两条大辫子的年轻女孩,眼眉虽有部分剥落,但目光依然炯炯。

"是舅娘?"很像呢,伊青春美丽的时光罢。

然而他缓慢、吃力地摇晃那仿佛瘦弱的脖子已然撑不住的头,干果般的嘴角落出一抹神秘的微笑。斜眼看他处,那神情有几分俏皮,几分得意。

从他破碎的语字你拼凑起一个离奇的故事。

他说那张照片是他从某个树胶芭[1]里捡来的。捡来后就发生许多怪事，车上、家里好像一直多了个人。然后一直梦到她。生病、发烧、出车祸。庙里的师父说，有个女鬼跟着他，不娶她可能就会被弄死（他右手中指比了个弯曲的姿态）。去向附近村庄查询照片里的人，原来是被英国佬打死的女马共。只好向她父母提亲，安排了冥婚。森林里盛大的婚礼（他嘴里模拟敲锣打鼓声，两手高举、张高，舞动；双脚踩着某种舞步）。然后亲一亲那张照片，费尽工夫把它塞回皮夹里。

他的谈话里最让你觉得怪异的是，好似他一直都是单身的，二舅娘并不存在。

你想，也许他一直有外遇的传闻是真的。

他神情的顽皮和神秘，令你想起，多年前有一回，你带着初识的女友回家，听他车大炮。那时还身当壮年的他，眉飞色舞地向你们炫耀，年轻时身体锻炼得很结实，到现在手臂上的"老鼠"还很大只，而且没什么赘肉。也许见她的神情有几分怀疑，即问她如不信，要不要试着捏捏看。天真烂漫的她，忍不住真的去捏了他的手臂。看她认真地又摸又捏的，还真的皮是皮、肉是肉，皮薄肉坚实，皮肉之间没有多余的东西。他还夸口用单臂可以支撑起她的体重，她竟又试，就像只猴子挂在他单臂上，被他轻松地提了起来，还把裙子下白皙的腿曲了曲。笑得脸潮红，气喘吁吁的。

---

1. 指橡胶树种植园。树胶即橡胶树，芭即芭场。

你发现二舅看着她的眼神有一种奇异的光。女孩回望的目光也是。你隐约看到他斜斜的目光烙过她的胸乳、大腿和小腹，划过哪里，哪里便炽热地点着小小的火焰。

那之前，见到漂亮女孩话就多的他说了个连你也没听过的故事。

他说他以前工作的油棕园里有个比你们住的房子大七八倍的池塘，水很清，可是奇怪都没有鱼。他们就想说，这么大的一个水池空着太可惜，就请工人去捞了些生鱼苗来放。（"油棕园水沟里很多生鱼的嘛，大的有七八英寸长，小只的也有手指粗了。"他喜欢那样插入补充性的句子，一边用手指比画着。）想说养大了可以钓来吃。不到两个礼拜，"那些放进去的鱼通通不见掉了啰，和生鱼一起放进去的杂七杂八的鱼——锅斑啊、江鱼仔啊、什么假的打架鱼啊——反正水沟捞到什么鱼都丢进去，全部不见哦。"他讲得口水乱飞。

这才注意到那池塘连蝌蚪都没有，也没有青蛙，常见的水里的昆虫也没看到，只有水草、布袋莲。"你们就想，不会水里有怪物吧？于是试第二次，叫那些马来仔印度仔再去水沟给你捞一些鱼仔来，做实验嘛。"不到两个礼拜，"又是全部不见光哦。"

"里面一定有鬼，事出必有因嘛。"他笑着大力拍了一下大腿。还用了个成语。

他就叫工人沿着水池挖两条沟，把池水放干。

"水干后，你们猜我们抓到什么怪物？"他显得很得意。

但你们都猜不到，胡乱猜一通。

"两只大水鱼！这么大——"他两手一摊，比了个一米多的宽度。"从来没看过那么大只的。像桌面那么大。就躲在池底泥巴烂叶里，难怪鱼被吃到一只不剩。"

两只鳖的下场呢？当然是被杀掉分食了。"还是一公一母呢。肉也不会老。"

"应该是森林还没砍之前就住在那里了，那么大只，看来两只都有好几百岁了。"他们还喝了它们的血，分着和酒喝掉了。当晚那些工人全身热得快烧起来，冲凉后全都赶到镇上去找女人，玩到鸡叫天亮了才回来。

那天晚上一直下大雨，打雷闪电，天亮时发现到处都淹水了，去玩女人的男人好多个都摔摩托。你知道的，那种黄泥路。

但他补充说，两只鳖的表情看来都很悲伤。可能是一对老夫妻，在油棕园还是原始森林的时代就已经住在那池塘里，差不多都可以成仙了。

那之后，你们和女孩之间的交往就变得很奇怪。她会一直打听你二舅哪时从大芭那里回来。

有一次在某个街角，你看到二舅的车，车门打开，无故和你疏远、穿着短裙的女孩从后座下车。

4

二舅的葬礼后，母亲再度提起她其实有个哥哥叫作辛，和她感情非常好，小时候常偎着一起睡，他的身体比她温暖。她小时候以为一世人都可以和他在一起。她还答应他，将来如果他结婚有了小孩，她可以帮他带。

辛的手很巧，喜欢刻小东西。曾经用竹根给她刻过多须的老虎和狮子各一只，她都收着，天气好时会拿出来晒晒太阳。只可惜他没来得及长大就死了。死于日本人之手。日本鬼子看上他养来做伴的一只羽毛很漂亮的大公鸡，有十几斤重，那只鸡。他不肯给。鸡被抱走后，他还偷偷跟着用弹弓用石头弹日本人的屁股。外公外婆找到他时他已经靠着树死了。刀口从这里到这里（她比了比从左肩到右胁），身上已经有很多蚂蚁。

二舅其实是抱养的。战争年代到处都有婴儿被遗弃。草丛水沟里到处都有腐烂的婴儿的尸体，尤其是女婴，爬满红头苍蝇。有一天，外公早上起来就看到五脚基上布包里有个熟睡的婴儿。谁会那么大老远地把婴儿遗弃到山芭里？多半是附近割胶人家。二舅不知道有这么一个哥哥存在，失去独子的外公外婆太伤心了，从来不提起那死去的孩子。不得已时只好编故事，朋友们也很有默契。二舅从小就很聪明，这一点和辛很像。他们是把他当成辛来养了——当成是死去的辛的灵魂以这种方式归来——母亲的用词是"回来"。只要不再提起那死去的，就好像他从不曾死去。

以二舅的聪明，他多半早就知道了。以他的贴心，知道了也不会说破。只是不断地用故事迂回地诉说。你想起他郑而重之地反复说过的，二舅妈濒危治疗时在甘梦烟里他做的那个梦。

　　绑了块头巾的他被一个不可抗拒的声音派往某处偷取一种极其珍稀的药，以解救他患了不治之症的爱妻。沿着一条神秘的兽径，走入一处阴暗潮湿的地下室。不断向下延伸，滑溜的阶梯、像巴刹鱼档那样重的鱼腥味，好像是千年大鲈鳗的家。

　　石缝里透进月光，他看到一处墙上有多个壁龛，里头嵌摆着一尊尊神像一般的事物。他想起脑中的秘密指令，即摊开带去的两块黄布，各包了一尊，就快步沿着原来的路径离去。但就在离开地道、眼前一片明亮的那瞬间，一跨步，就发现自己不知怎地不能动弹，连眼珠都不能动，只剩下斜斜的一个角度——他说的时候比了个手势，约莫是左眼余光的角度。耳畔清脆的少女声："又抓到一个。"斜视，一面巨大的墙上挂着一幅幅裱好的画。都是些人物画。有的已经很旧，黑黑的，不知道是烟熏的，还是太潮湿长了霉。

　　看久了，其中一幅画里好像是年轻的外公牵着一个小男孩。——"我那时就觉得很奇怪，你外婆快四十岁了才生我的喔。你也许会怀疑我会看错。不会的，你知道我被挂在那墙上多久吗？至少有几十年。每年农历年他们都过得很盛大的，放鞭炮，敲锣打鼓的，我大概算了算，感觉就那样过了一生。我至少斜眼仔细看了那幅画几十年。后来看东西就有点斜，改不过来。"

　　挂在那里听得到声音，风声、雨声、读书声。每天都听到钟声，香味，拜神那种香，白天特别多，熏到眼睛都会痛。有很多人来拜的大概，可是我看不到，那些事情都发生在我的右边，那里应该有个大尊的观世音菩萨，我听到来拜的人跪在那里祈祷。

有的生不出仔的、有的女儿跟有老婆的男人偷生的、老公出门
很久都不见鬼影的、家里有人生病的，发神经的、中降头的，
被婆婆虐待的、给老公打的、老婆生的小孩像隔壁印度人的……
什么都有啦，几十年下来耳朵都听到结土蜂窝了。

　　也感觉得到冷热干湿。衣鱼咬的时候也会痒。夜深人静时，
常听到一个男人震耳的狂笑声，笑声停了很久以后屋顶还在响。
他听到许多女人哀求的声音。有一天，一个无比熟悉的女人的
声音，哀求："只要你放了他，我什么事都愿意做——我甚至，
愿意给您生孩子。永远留下来。""那是你舅娘的声音。但我
看不到她。但我流下很多眼泪。我知道。一时间觉得双手好重（到
现在都还是），那两个黄布包原来一直在我手肘上。'那幅画
湿了。'有人说。是不是屋顶漏水？"

　　原来外头正下着大雨。泪水模糊了他的视线，而他竟因此
睡着——因为眼睛闭不上，他几十年没睡觉了（你不得不承认，
他这次最唬烂），烟熏得太多，因此还得了干眼症。

　　几十年没做梦，睡着后却马上做了个梦。脚被什么硬硬的
东西绊了一下。

　　被挟着在梦里奔跑。听到风声、汗水味，女人身体独异的
味道，呛得头晕晕。往高处时缓而喘，往低处时跃起如风。好
一会，他才搞清楚是整个卷轴被那女人夹在腋下，汗水湿透了
大半幅，没命地奔跑。然后他听到一声枪响，人伏倒，卷轴从
她腋下滚落，那瞬间他看到她飘起的大辫子，后背涌出血，血
花飞溅。

　　醒来时已经在那两棵高大挺直的臭豆树下的马来甘榜入口，两腋夹着的黄布包和里头的事物都还在，硬，重。找到门口冒着烟的那处高脚屋，二舅娘犹昏睡未醒。交出黄布包时，竟从一个布包夹缝里掉出一张黑白旧照。一个绑着两条大辫子的年轻女孩。

5

　　那巫医人家呢？

　　母亲说，被一场大火烧掉了。有一天夜里，满山遍野的大大小小红的蓝的白的鬼火，巫医夫妇寡不敌众，化作一阵烟逃走了。但也可能在那场大火里被烧成了灰。

　　你费劲地掰开已然锈蚀的皮箱扣子——由一条皮制的带子联系着。然后是几乎锈得熔解成一片、齿牙不再分明的拉链，你得拿个扳手轻轻地敲它，敲掉一些锈屑，方能涩涩地勉强拉开，拉时异常费力。

　　打开箱子时，你看到一片黄色绒布，宽松地包裹着什么。你捧起它，沉甸甸的、硬实的。掀开布包打开一看，像是一副由漂流木雕琢成的物像，好像被大火烧过，表面焦黑，尺许长，有几分像鱼，眼部占的比率大，仿佛有鳞。又像是干枯的婴尸，四肢缩到躯体前，双目闭合如沉睡，看起来非常古老，神情有几分像二舅沉睡时的模样。

　　你记得二舅多年以前有一回提起，他曾以高价从卖老东西的朋友手上买到一个据说是南中国海深海底中国古沉船的废木，雕成了一个婴孩送给了舅妈，以代替胎死腹中的孩子。因为她一心想为他生个儿子传香火，所以雕成男婴。但其实自己更期盼舅妈为他生个女儿，所以也为自己依她微笑的模样雕了个女婴，舅妈过世后送给了你妹妹。

二舅葬礼后的一个黄昏，你和妹妹在郊外空地架了个柴火堆，点燃了，把它连同那黄布付之一炬。大火烧了一整夜，柴烧尽后，只有它依然金灿灿地发着光，红通通如炬。然后冉冉浮起，一团火奔向森林的方向，终至化为一道光，飘飘荡荡地，在浓稠的夜暗里固执地淡淡地亮着。

远方有雷声。时不时乍亮。雨哗地落下，在你看得见、看不见的所有地方。

那年的雨季开始了。

二舅的名字里有两个火，但不是炎，言部。不知道谁给他取的名字。在他最后的时光，这些部件都被他自己拆开了，再也合不回去。

二〇一四年六月十三日初稿，九月补

老虎，老虎

《雨》作品一号

男孩辛五岁，已经看过大海了。

第几天了，夜里下起大雨。好似一口瀑布直接泻在屋顶上。他们全家就安睡于那轰然一气的雨声中，平时的虫声蛙鸣大人的鼾声梦话等等都听不到了。雨声充塞于天地之间。雨下满了整个夜。无边无际，也仿佛无始无终的。

被尿意唤醒时，男孩和父亲发现应该是天亮了，但鸡鸣也被雨声压得扁扁的，像缝隙里的呻吟。打开大门，劲风带来雨珠飞溅。狗挨着墙睡。屋檐下奔泻着一长帘白晃晃的檐溜，远近树林里更是一片白茫茫的水世界，水直接从天上汩汩地灌下来，密密的雨塞满了树与树间的所有空隙。

他和父亲都是这样的，站在五脚基上，各自掏出阴茎，一泡急尿往檐雨中射。雨珠溅湿了小腿，甚至脸。事后一转头，关上门，擦擦脚，又回到床上去睡。父亲掀开母亲房间的花布门，钻了进去。男孩辛多次向父母抱怨，干吗要分房睡，他也想和妈妈睡在一起。但母亲说，床挤不下了，也怕你压到妹妹。

反正你也不吃奶了。

　　在妹妹出生前，可都是一家人睡在一起的。母亲胆小，有时睡到半夜会把父亲叫过去。男孩有时半夜醒来发现父亲不在身旁，也会大声叫唤，父亲过一会即气喘吁吁地跑回来。他知道母亲怕老虎，伊说因为伊是属猪的，因此特别怕。男孩说，我属羊，我又不怕。他甚至曾央求父亲给他养一头虎。这附近听说有时还会有老虎出没，追捕山猪猴子。但从来没见过。还有家里的三只狗都很凶，老虎都不敢靠近的。养不成老虎，虎斑猫也好。

　　平时母亲去割胶，总有一段时间把妹妹交给男孩看顾，黎明时他会被叫去睡在妹妹身旁，以防她翻身滚下床。有人睡在一旁，她就会一直睡到天亮。

　　伊会抓准时间赶回来喂奶、换尿布；有时妹妹哭闹哄半天还是没效，男孩就会朝树林中大声呼喊。伊会火速赶回来。

　　下大雨就不必赶早割胶，全家都起得晚，起来还猛打着哈欠。母亲把妹妹放进挂在从屋梁垂吊下来的弹簧里的纱笼摇篮里。

　　母亲草草弄了早午餐，炒了个米粉。而外头除了雨还是雨。母亲叹了口气，叫唤父亲撑伞去喂喂鸡鸭。而后辛负责让摇篮保持晃动，她打扫房子。好一会，父亲回来了，擦拭了被淋湿的身体，竟又回去睡午觉了。

　　天一整天阴沉沉的，好似不曾天亮，很快辛也昏昏欲睡了。

　　一如往常，辛做了个梦。梦到他在大雨声中醒来，家里空无一人。辛找遍每个房间、每个角落，都不见他们的人影。甚至连床底下、门后、杂物堆里、屋梁上都找过了——沿着平日有一年表兄弟来时玩捉迷藏的路径。父母亲的鞋子都不在，显然是出去了。妹妹呢？连她也不见踪迹。他们到哪里去了？为什么丢下我？外头下着大雨，但辛仿佛看到金黄的毛色、墨黑的线条从门外油然划过。老虎！辛的心脏激烈地怦怦作响。然后闻到一股非常熟悉非常讨厌的骚味，那竟然是祖父的味道。"辛"这名字还是祖父取的。

然后在梦里哭醒。醒来辛发现母亲笑嘻嘻地在一旁看着他，"做梦啦。"有小水滴从板缝喷在他脸颊，被凉意轻轻戳了几下。辛发现自己和大黄猫睡在木床上，猫放肆地打着呼噜。也许是它屁股朝着他鼻子放了个臭屁吧。

妹妹大声地吮吸伊鼓胀而白、看得到蛛网状蓝色静脉的乳房。母亲一直是白白胖胖的，妹妹生下来后就更胖了。

"还想不想吃？奶太多，妹妹吃不完。"母亲问，指一指裹在衣物里的另一粒奶。男孩辛坚决地摇摇头。同样的话，他曾听伊小声地问过父亲（大概以为他没看到没听到），"会胀痛呢，你儿子又不肯吃。帮帮忙，滴出来了。"伊会以哀求的语调朝着他露出胀大的奶。

男孩即曾瞥见父亲埋在伊胸前大口大口咕噜咕噜吮吸吞吃着伊的奶。伊的脸上露出一种难以形容的、不知是快乐还是痛苦的表情，一只手很温柔地来回抚摸他浓密的黑发。

但辛却似乎记得他也曾看过祖父那颗白头埋在伊胸前，贪婪地吮吸。

　　那时他还很小，可能还在学爬的阶段。印象中他曾使劲地想把那颗毛很粗很刺的头推开，但它一动也不动，就像它原本就长在那上头似。

　　此后那粒被污染过的奶他就不敢再吃了，用看就知道它的味道不好了。

　　那颗毛刺头还一直散发出一股强烈的、非常讨厌的，猫屁一般的味道。

　　但这早上，那味道久久萦绕不去。"阿公回来了？"男孩问。

　　母亲脸色一变。"敢有？"

　　男孩也知道，为了远离祖父，父亲不惜带着他们一家漂洋过海，来到这蛮荒的半岛上。但奇怪的是，他记得母亲生下他后，有非常多的奶水，他根本吃不了，因此伊曾经把奶水挤在海碗里。那碗画着大公鸡，好几口摆开，都有八分满。那白发老头跷着脚，大声地喝了一碗又一碗，喝罢还侧身以衣袖擦擦嘴，嘴里还不断地咂响着，很满足的样子。喝罢，他拍拍肚子，用一种难以形容的古怪表情看着母亲的领口，打了个长长的嗝。接着挥动手臂，或伸长双手，扭动上半身，浑身骨节格格作响。枯瘦如槁木的身躯好似重新获得济养。然后深呼吸，吸—吐，吐—吸，做着长长的吐纳。

　　在那大山边的阴暗宅院的晒谷场上。

　　有时他大概就迫不及待地扑了上去，当父亲外出时。

　　"流掉了多可惜啊。"这可能是男孩平生听懂的第一句话。

　　后来当他看到胶树皮被割开后也流着白色乳汁，落雨时乳汁被水迹吸引而沿着树皮呈网状漫开（而不是顺着胶刀在树身上划出的胶道）。当整片林子的树被那样带着蜘蛛网状的白，父母不自禁地发出"浪费了啊"的惋惜时，男孩都会想起那张贪馋的脸。遇上那种情况，胶杯里收到的是稀释过度的奶白的水而已，都只好倒在地上。

"什么事情？"父亲从床的另一端醒来。母亲摇摇头。她说，雨看来不是三天两天就会停的，胶没得割，这个月的收入就会少很多了，而忧形于色。

"雨如果一直下下去，"他从床上坐起来，抱过婴儿，辛看到他双眼直盯着母亲兀自鼓胀的奶子，一直到它们被衣物遮蔽，他才把目光投向窗外，檐下林中仍是奔腾的暴雨。"我们就可能都要变成鱼了。"但他的表情是笑笑的，好像心里总是藏着什么开心的事。一如往常，好像没什么事是大不了的。但有时在那笑容的末尾，会闪过一丝暗影，像有一只小虫飞过。

他们也都知道如果雨继续下着会怎样。

远方有间歇的雷声，天空被撕裂了数秒，又密合了。然后入夜了，家里点了油灯。看不到外头的一切，除了隐约流动着白的雨。天被撕裂时可以短暂地看到被淋湿的树，湿透的树皮颜色变得更深了。有时风呼号，枯枝被扯断，伸展的树干相互击打，好似树林里有一场暴乱。有时雷电直接劈在树干上，把它撕裂，从中"拔喇"地一声折断，树冠哗地崩落。

没事干，辛和父亲下象棋。父亲以椰壳自制的棋子用力打在从原始林搬回的老树头刻就的棋盘上，发出沉闷的声响。楚河汉界，兵卒将帅车马炮，这些都是辛最早认识的汉字。然后是为他讲《西游记》，一场雨下来，西天取经已经走到半途了。"身落天河三十七难鱼篮现身三十八难"。母亲则在一旁缝补衣服，或以收集的碎片缝制百衲被，或用滚水烫杀避雨搬进墙角的一窝窝，红的黑的、米粒大的芝麻大的、饭粒大的各种蚂蚁。

各种不同品系的蚂蚁不断试图搬进屋里来，好似天地之间就只剩此处是干的；蜈蚣、蝎子、蛇、四脚蛇、穿山甲、刺猬、果子狸，甚至石虎……纷纷跑进寮子，有的钻进鸡寮，鸡鸭一直发出惊恐的叫声。父亲说，森林那头应该淹大水了。石虎会咬鸡呢。只好把家犬小黑拴在鸡寮，让它阻吓它们。

但如果山猪也来，就麻烦了，说不定真的会引来老虎。

一天又一天，雨没有停的意思。地吸饱了水，树叶盛了太多雨，有的树撑不住了，发着抖，轰然倒下。有时，雨小歇了一会。

平时，每隔数日，父亲就得骑着他的脚踏车，到数英里外的镇上，去买一些肉和米、酱油或盐。经常是猪头肉，可以制成五香卤肉，吃上好几天；一大串鸡冠油，可以炸出一大锅猪油，Q韧的油渣用豆瓣酱炒得干干的，配饭也可吃上许多天。

然而每当父亲离去，辛的心也就远远地跟着父亲的背影远去，看到他顺着斜坡滑下去，一直望着他拐过林子，逐渐变小以至消失在某棵树后。

接下来就是等待。

　　没雨时，辛常带着狗到斜坡的尽头去等待。在那里的小水沟里玩，那里有浅浅的流水，有时有螃蟹，有小鱼。去树叶后找豹虎，连同叶子装进塑胶袋里。

　　然而一旦下雨就哪里都去不了，就只能从门或窗望着雨，无聊地等待他披着塑胶衣、穿过雨归来。如果是乌云密布的阴天，母亲会把他唤回来，在家里，默默地祈祷念着："天公保佑莫落雨"，但愿他能在暴雨前归来。虽然，雨是避不了的。

　　而今父亲回来了，雨暂时停歇了。

　　辛很高兴，好似这回老天有听到他的祈祷。

　　父亲顺利地带回米肉，还有大袋饼干。他说镇上好几个低洼的地方都淹大水了。马来甘榜那里也被淹掉了。都说是场空前的大雨。整条路都变成烂泥，有桥的地方桥都浮起来了，很危险。说着他换了衣服，衣裤都星星点点地溅着泥巴了。

　　雨又轰地打在屋顶上。暴雨突然降临。

　　父亲把包裹着那艘拴在屋旁与屋子同长的独木舟的帆布小心地缓缓剥开，里头果然藏着蜈蚣，百足齐动——以竹杖击杀了抛进雨中。有若干白色小石卵般的壁虎蛋掉了下来，就摔破了几颗，几颗没破的给了辛玩。他好奇地挑掉摔破的蛋的壳，肉红色的小壁虎身躯已成形，大大的眼珠像小轮子，它在残存的蛋清里兀自抖动。接着几个土蜂的窝跳了出来，摔破了两三个。只见土窠里摔出一筒筒的青虫、蜘蛛，和若干已长出羽翼但仍睡眠着的幼蜂。剥到一半，看到更里处有一团草，"哦！"父亲叫了一声，"有老鼠。"果然就有一窝粉红色的幼鼠七八只，还未开眼，辛说好可爱可不可以养，抓了两只在掌心玩，直说软软的。母鼠匆忙逃走了，逃到屋梁高处眺望。父亲说老鼠不可以养。要他观察粉红皮下小鼠的心脏，它规律地有力地跳着。父亲随即发出"喵呜喵呜"的声音叫唤猫，它很快就从屋里走出来，高高地翘起尾巴，见到小鼠，一面咆哮着，一口一只地咬噬着吞下去。小鼠被咬时发出细微的吱吱悲鸣。母鼠在高处慌张地走来走去，发出尖锐的吱吱声。辛大声斥骂猫，猫咬得嘴里都是血。辛的爱犬小黑摇着尾巴过来。

猫一见一身毛炸起，身体也弓着。

父亲小心地把积聚在木舟上鼠窝的枯草落叶扫除，说，这次说不定真的会用上。

多年前有一天，辛一家来到这地方不久。

为了盖这栋房子，父亲和几个朋友到沼泽深处去寻找一种适合的树，砍来做梁和柱，还有做屋顶的亚答叶。却偶然在沼泽深处找到这独木舟。它半埋在烂泥里，原以为是根倒树，一摸却发现形状好像不太对，似乎有加工过的痕迹。那形不似树干，有特殊的弧度。泼水洗一洗再仔细瞧，竟有类似鳞片的弧形刻痕。再摸到端点，发现它深进烂泥莎草里。挖开泥巴，它是尖的。那时父亲就想，如果是船，他一定要把它弄回去，这可是个难得的礼物呢。

那时辛还勉强会站立而已，一家人暂时挤在茅草寮里。

但船的这一头破了个洞，从破洞里长出一丛浑身尖刺的黄藤，把那破洞撑得胀大，显得更开裂。为了砍除那丛黄藤（为免伤及船，父亲小心翼翼地挥刀），他被刺伤多处，再寻另一个端点，卡在枯木下方，清开后，赫然是个鱼头雕刻，拳头大的眼睛夸张的浮凸。而且张着嘴，龇着牙。

几个大男人费了好大工夫把它从烂泥里挖出，翻过来，竟是完好无损的舢板。翻船时，以沼泽水泼洗去泥巴，见出它里侧的色泽是黑中带红。而且质地非常硬实，船壁有好几英寸厚，竟看不出拼接的痕迹。"说不定是艘百年古船呢。"友人甲说。更幸运的是，在附近野生黄梨长而多刺的叶丛中还找到两把桨，深深插进烂泥里，也是乌沉沉的，沉水，看得出是上好的硬木。

父亲爱强调说，翻过船时，轰的一声一只大鱼从里头窜了出来，激起的水花吓了他们一跳，以为是蛇。它啪啪啪地冲游进深水区。大概那覆舟一直是它的家，说不定船翻过来时它正在做梦呢。

盖好房子后，为了补那破洞，父亲费了好多心力，到处找适合的木头，刨成相似的厚度尝试拼接。但一直都有落差。后来友人从咸水芭给他送来一段很重的乌木头，找工厂切割了竟然相宜。请教过木工师傅，最后决定用铆钉嵌合。船仔细刷洗干净后，好天气时，父亲给它上了一道又一道的漆，每一道鳞纹都不放过。因为很重，父亲再三警告辛不能到这玩，会被压扁的。

沿着墙给它特制了个架子，头中尾端柱子上都钉着粗大的钩子，再分别以麻绳牢牢系着它。那时辛不只会说话，也会带着狗到处跑了。

　　雨把所有的路淹没后，父亲即冒着雨摇桨，乘着舟子到镇上去，补些米粮。回来后他叹口气说，水很大，非常危险，最好天公别再下雨了。

　　又一天醒来，发现水淹到红毛丹树旁了。胶房也淹水了，舢板就系在那里。还好房子盖在小土坡上，一时间淹不到它。但放眼四周，树林里都是土黄色的水，附近的园子都淹了。果然，狗狂吠，一窝山猪有公猪有母猪还有七八只有着可爱线条的小猪出现在井边，公猪竖起脊背的鬃毛与两只狗对峙，它一作势要冲，两只狗都紧张地后退了好几步。

　　母猪冒着雨翻了一整畦的木薯，瘦长的薯茎东歪西倒，壤土狰狞地蓄了一汪汪黄水。小山猪欢快地吃着。

　　突然一股强烈的怪味，辛第一次看见父亲露出惊恐的神色。狗的叫声变了，变得狂乱。公猪也改变獠牙指向，小猪群聚到母猪腹下。老虎！

　　父亲连忙把大门关上，还上了门闩。即从门后锄头堆里掏出一支长矛，七八尺长的木头一端嵌着梭状的、利森森的矛头。

　　真的是老虎。母亲苍白着脸。辛和父亲母亲各自透过板缝窥看：一只有着火的颜色的大虎和两只小虎。山猪全家挤在一起，挤成了一大团毛球。

　　"是只母老虎呢！"母亲上下排牙齿格格地打了起来。

　　大雨里。大虎摆动着尾巴，对着山猪一家发出吼声；它往左走了几步，再往右几步，好像在试探。公猪和母猪则低着头，护着仔猪，绷得好似随时会炸开来。

　　也许为了躲雨，小虎突然像两团火那样朝房子这里跑来。

　　小虎看来和家里的猫一般大小。

　　"我要养！"辛开心地说。

　　不知道什么时候从后门跑了出去，欢快地朝着两只小虎迎了上去。

（字母H，偶然 hasard）
二〇一三年十月十三日埔里

树顶

《雨》作品二号

　　雨停了。但父亲没有回来。那天冒着雨划船出去后，就再也没回来。许多天过去了，水也退得蛮远了，但父亲就是没回来。

　　那天夜里他匆匆披了雨衣，提了手电筒，卸下墙边的船和桨，说听到呼救声——我们也依稀有听到，但水声哗哗，其实不是很清楚。但父亲的表情非常笃定，好像他听到的比所有人都多。母亲哀求他别去。甚至试图拉着他的手，苍白着脸，带着哭音，流下泪来："会不会是……水鬼？……"但他的态度非常坚定，甩开母亲的手。"别闹了，再迟就来不及了。去去就来，门闩好。我回来会拍门，会叫你们。"转头吩咐辛，"你长大了，要给你妈做胆。"

　　那时雨还很大，雨声风声里，那声音相对微弱，但有时像一根铁丝那样冰冷清晰。女人。马来语。

　　小船像一尾鱼那样地很快划入雨里、水中，只有手电筒的光柱略略划开暗夜，摇摇晃晃地移向远方，向那声源而去。然后那声音没了，雨声依旧。那一痕白光远去，时映时现地，逐渐消失在林中。他们都知道那儿有条河。平日是无伤的细流，而今必然是汹涌的巨灵了。

那一晚他没有回来。连续七天大雨，父亲没有回来。

辛晚上去和母亲和妹妹一起睡。

他们没有一天能睡好，老是做梦，或被什么轻微的响动吵醒。

雨停后每晚都有月光，从不同方位的板缝硬塞进来。还有风，夜里的雾气，那股凉意渗进来渗进来，即使和母亲妹妹挤着，盖上毯子，也觉得冷，从内心里冷出来。他想念父亲膀臂的温热。

只有妹妹依旧无忧无虑地吃着奶。吃饱睡，睡饱吃，还会脸露微笑。虽然她已经三岁了，不必包尿布，已经会说一些简单的句子，有时也会找爸爸了。母亲忙家务时总是黏着辛，缠着要他陪她玩。

夜里常听到母亲啜泣。

如今妹妹睡在辛和母亲的位置，记得妹妹出生前，这是父亲的位置。靠外侧的位置。外头一有风吹草动须即刻翻身下床，拎起门后沉沉的木棍，或者巴冷刀。

辛想问的话母亲倒先问了：

——爸爸是不是不回来了？

或者：

——你想你爸是不是抛弃我们了？为什么他会抛弃我们？

——不会的。爸他会回来的。

——那个马来女人……

辛只好像个成年男人那样回答她，虽然他自己的内心好像裂开了一个黑色的大洞，凉凉的，慌慌的。

他脑里有父亲和一个马来女人亲密互动的印象，只不知是幻象，是梦，还是在哪里看过。

河水满溢。高脚屋。

美丽的马来女人乌溜的长发，包裹着纱笼的身材像黑鳢鱼。父亲划着鱼形独木舟，靠近她家门前，她单手抓着柱子，俯身把脸迎向他上仰的唇，黑发庇护着他们。像一页电影海报，印度片，洋妞片。

上学途中会经过电影院，常有各式巨型海报。不日。本日放映。半夜场。与及陈旧过期褪色的。

辛已念完一年小学，下午班。眼看再过不久就要开学了，每天他都认真撕下一页日历，薄薄的日历纸上有大大的数目字。平日是蓝的，假日是红的。

如果没有任何意外，他将升上二年级。他期待上学，期待和同年龄的孩子玩弹珠、单脚、跳绳、捉迷藏和其他一切有趣的游戏。有时是父亲骑着脚踏车送他上学，有时只送到城市的边缘，其他的路程他自己步行，穿过异常曲折蜿蜒的小径。如果父亲的工作忙不过来，会叮嘱辛提早出门，全程自己步行。倘是雨天，必然是父亲全程接送。每次黄昏，如果下雨——甚至仅仅是乌云蔽天——父亲和他的脚踏车就会在校门口对面的骑楼下等他，独自在那儿抽着烟。现在他那辆异常坚固的脚踏车就停放在五脚基上。

辛经常做梦。

有时是梦到父亲回来了。更多是梦到母亲在哭泣。但母亲

确实在醒睡之间啜泣。无边的黑夜里，他们格外留意外头是否
有脚步声。仿佛有脚步声谨慎地靠近，又远离了。但他知道那
不过是梦。外头有狗守着。陌生人应该近不了的。但梦里的脚
步声是熟悉的，父亲沉滞的脚步声，拖着疲惫的身躯，和石头
般沉重的木舟。

　　但更多的是梦到父亲的遗体被送回来。被水泡得发白肿大，
以致撑裂了衣裤，双眼被鱼吃得只剩下两个大洞。或者是什么
猛兽（多半是老虎或黑豹）吃剩的半个头颅、一条腿、整副的
排骨血淋淋地张开……或者失去了头，断颈处爬满很大只的黑
蚂蚁。于是被泪水呛醒。压抑着，不敢惊动母亲。默默地祈祷。
但辛认识的神没超出《西游记》他读过的那几回，他和父亲一
样最喜欢观音。其次是土地公。这两种神经常可以看到。但祈
祷时也不会提出交换条件——父母没教过他那些，以为神恩是
无条件的。

　　雨停后第二天辛就想出去找了，但只能走到水边，没有船，
而且水还很急，好像有一股吸力要把他带走。看到一望无际的
黄水，舒展在林间，树与树间隔着满溢的水，成了汪洋。一团
团的蚂蚁，或者搭着浮木、落叶，或者干脆相互啮咬着，把卵
蛹当成了筏。蝎子、蜈蚣、蟑螂，螳螂、壁虎也都各自搭着浮木，
努力地迁上高树。眼镜蛇、四脚蛇自在地泅游，上树。

　　看到滔滔浊水辛不免心惊，父亲那单薄的鱼形独木舟怎挺
得住。

　　如要寻找，也只能等水退去。

原以为父亲会在水退前回来。其后盼望他至少于水退后回来。

水退缩回河道，然而河水还是与岸同高，犹带着股奔腾的气势。

旱季水位低时长出的丛丛茂盛的芦苇，只露出小半截顶叶。叶子兀自被流水拖曳着，水位下降时即在叶面留下一层黄泥。原先河边马来人走出的小路已不明晰，漂流木杂草团把它覆盖了。林中所有低洼处仍汪着水，时时可以听到鳢鱼的跃水声。

一早锁了门，拴了小黑看家，其他两只陪同。母亲全副武装，背带裹着妹妹，拎了刀，穿着胶靴，花布头巾包裹着头发，露出额头，看起来格外精神。辛负责提水壶，妹妹的奶瓶、尿布，和一根结实的木棒。

太阳一早就渐渐地热了，路上障碍多，有时大棵倒树或枯木拦路，几乎绕不过去，母亲持刀劈出小径。路边常有暗坑蓄着水，几回差点扭了脚，或摔了进去。水窟闷声骚动，看来处处有大鱼受困，没注意到水退了。但他们没捕鱼的心情。河水还很凶暴，河中且多枯木。勉强走了一段路，突然一个景象把他们吓呆了。高高一棵枯树上，似乎挂着一尾大鱼，马上就看出是艘小船，不就是父亲的鱼形舟吗？怎么会跑到那上面去呢？水也没涨得那么高啊。

于是他们疯狂地在附近草丛中搜找。母亲禁不住开始啜泣。妹妹受不了热开始哭闹。辛和母亲分头找。他们都心里有数，知道找的是什么。因此张大了鼻孔，使劲闻。狗也做着同样的努力。很快老狗丹斯里就有发现了，呜呜地叫起来。一股前所未闻的恶臭突然涌现。草丛里确有一团什么，黑黑的，蜷曲。
一身泥巴。是人没错。棍子一碰，漫天苍蝇飞了起来。辛和母
亲都泪崩了。还好翻过来时，虽肿胀得厉害，有多处被吃掉了，
但明显不是父亲。这死者老得多，矮小得多，满头白发了——
虽然一头泥浆。从唇间爆出来的牙齿很烂，既黄又黑，且缺了
好几颗。从肤色来看，是个马来人。此外就没别的发现了。只
好退回去，走老远的路去报警，报失踪。其后多日，大队人马
在附近搜索，一群草绿色军装的士兵，土色服饰的警察。士兵
爬到树上，应母亲的要求，舟子也被以绳子小心捆绑了缓慢地
从树上卸下，送回他们家门口。但两把桨就一直没找到，一如
父亲。

　　搜索下来，猪尸羊尸牛尸狗尸猫尸都有多具，还有好几台
破脚踏车，一具严重腐烂的女尸没有穿裤。还有十多具神像，
从土地公到城隍爷、关公、诸佛、王母娘娘、吕洞宾、二郎神……
母亲认识，辛不认识。

　　警察说：那死者是附近马来村庄的流浪汉，弱智，平日挨
家挨户乞食。大水来时躲不及，溺毙不足为奇。

　　为了怕船被弄走，母亲带着辛在现场全程监督。那天领头
的是个高瘦、蓄着八字胡子长相出众的马来军官，一直来问母
亲的意见。辛发现母亲的表情颇不同于往昔。脸晒得红扑扑的，
嘴唇也很红，露出坚毅的神色，他第一次发现母亲如此白皙美丽。
她竟然用辛听不懂的马来语和那军官有来有往地交涉呢。母亲
竟然懂马来语！要到他长大后，母亲才会告诉他，那些年邻园

有个长得很好看的马来男子常会趁父亲不在时像影子那样出现，来找她说些暧昧的话，让她很快就学会了讲马来语，尤其其中的暧昧言词。

船卸下后那军官又和母亲说着许多话。母亲转译给辛：

他说这船非常古老了，他只在小时候听他祖父说过。它应该放在博物馆里，而不是私人收藏。他问她是从哪里取得的。说那片深林沼泽附近的马来人都不敢进去，老一辈都这么交代，否则会厄运临身。千年以前马来人的祖先从北方的岛划着独木舟南下，这艘鱼形舟可能是仅存的，非常珍贵。

"他问我要不要出个价钱，卖给他。他再转卖给博物馆。"母亲一边给妹妹喝红字牛奶，问辛的意见。辛猛摇头。

"这是爸的，爸那么喜欢它，每年都细心给它上漆呢。要是他回来了——"

"你爸不会回来了。"母亲突然咬牙切齿。"他跟马来姣婆跑了。伊斯迈说，听说一个华人男子在大雨的夜晚带着一个年轻的马来女人坐火车南下，两人都淋得一身湿。他知道那个女人，才十七岁，他亲戚的女儿，非常美丽妖娆。"

母亲一直轻咬着嘴唇，她不曾如此的。辛发现那个叫作伊斯迈的马来军官一直看过来，目光没离开过母亲。他走过来，妹妹喝完牛奶，他抱起她，轻轻地拍着背，像个父亲那样。妹妹驯服地把脸贴在他肩膀上，一点都不畏生。

"伊斯迈说我比那女人好看，"母亲眼里含着泪水，"比较白，丰满，成熟。他一直想娶个这样的女人。虽然他已经有两个老婆了，但还有两个名额，他说我一个可以算两个，他愿意照顾我们，把你们当自己的孩子养，会供你们念大学。他说这国家以后都会是马来人的。他有好几间房子，有车，有土地。你看怎样？"辛咬着唇，热泪滚滚而下，使劲摇头。

"船卖他，或我嫁给他，总得选一样。"母亲又使劲盯着他。"不能两样都说不。如果我嫁他，船也会是他的。只卖船比较划算。船卖得的钱可以存在银行，给你们长大念书用。就这样决定了。"说着起身，拍拍屁股，从伊斯迈手上接过被哄得笑呵呵的妹妹，叽里咕噜地说了几段话。他就呼喝指示几个士兵摊开一张帆布，小心地把古船包裹了，扛上军车后斗。辛咬得嘴唇生疼，咬出股铁锈味。母亲使唤辛去房里拿出一本簿子，翻开其中一页给伊斯迈，让他抄下资料。目送军队远去，软泥上留下车烟的臭味和深深的车辙，辛的泪水一直没停过，甚至几乎大哭失声。似乎是船被载走的那瞬间，确定父亲不会再回来了。

他不相信母亲转述的马来军官说他和马来女人私奔，抛弃他们的那段故事。父亲一定是受困了。也许就困在那船上。也许它真的很神秘，像吃人的大鱼那样吞噬了父亲，把它缩小了，变成它内面的一小幅画。一想到这，辛就非常后悔没仔仔细细彻彻底底地检查那船。自从树梢移下来后，军官就不让任何人靠近它。只有他自己里里外外检视过。临走前他叮嘱说如果哪天有找到桨，一定要通知他，那才完整。请母亲过几天去银行查一下户口，确认钱有没有进去。

辛没问到底卖了多少钱。

　　但从头到尾，没有人解释说那船为什么在树上。好像它原本就长在树上似的。

　　风波总算过去了，但其后数天夜里辛仍一直等着父亲回家的拍门声，依旧不能深眠。父亲持续没有回来。辛一直梦到他。梦到他被那船吐了出来。有时他在梦里被浅浅地埋在土里，黑发露出土表像一丛怪草。有时他被倒过来头深埋进土里，两只大脚掌露出土表，像两朵灰色野蕈。慢慢腐烂后，白色脚骨上有时会有小鸟栖息。老鼠啃啮磨牙时，脚心会痒。或者受了重伤在大树总是藏着蜈蚣的胯下歇息时，被百年的老母树吸进缝里，等待机会重新降生。或者变成了石头，在荒山里永无止息的沉思。遇上拿督公时，也可以聊上几句的吧。关于风，关于雨，关于雾、船、夜晚与火。

　　但辛也做了不好的梦。梦到他趴在井边废枕木上，专注地看他养在井里的那几只斗鱼，突然水里出现一个晃动着的陌生影子。好像有一只手用力地从后头推了他一把，他就摔进井里去了。有一股漩涡似的黑暗把他吸进去了。

　　但古船和父亲失踪的消息传开（且上了报纸）后，有一天，父亲的四个朋友甲、乙、丙、丁在一个早晨同时在狗吠声中出现在他们家门前。四人都精实健壮，连左右脸颊都各鼓出一条肌肉，两眼发亮，身上也都有一股浓重的公兽气味，仿佛历经长途跋涉，很多天没冲凉了。当年就是他们帮着父亲砍了原木盖起这栋房子，也是他们一同发现沼泽里的古船。他们都是出色的猎手，背着猎具，提着长刀，平日在大英帝国的不同版图为英国佬捕猎奇珍异兽，偶然听到消息从不同的地方赶来却已是严重的迟到了。

母亲看到他们，表情竟喜忧参半。

问明状况后，这没有家室的四人中决定抽签一人留下，协助一干大小粗活如劈柴挑水喂猪移树修篱笆砍草及防守，以免孤儿寡妇被欺侮。其他三人负责追踪父亲的踪迹，看看他到底出了什么事，能否把他重新找回来。

最为壮实的丙抽中签留下，其他人即日出发，蓄着大胡子的丙嘴角流露一抹诡异的笑。

接下来的五六天，丙都非常勤快地干着活，他收拾的干柴堆得和人一般高。两大堆整整齐齐地叠着，看来够用好几个月了。他还带辛去钓了几回鳢鱼，每次鱼身都有拳头粗，够四口人吃上一天。和辛一道在沼泽里游泳，在溪里冲凉。但他身上的味道还是一样浓烈。他也教辛装设陷阱捕松鼠、四脚蛇、石虎和野鸡。有一回还抓到果子狸。射箭。还给了辛一把弓。夜里，丙在摇摇晃晃的灯火旁为他们讲述他多年来的冒险故事。但妹妹始终不敢靠近他，也不让他抱——他一朝她伸手她就眼眉一皱。她也对味道敏感吧。那几天母亲始终很安静，有什么心事似的。静得像厨房一角装米的陶瓮。屋前屋后都是丙的声音、丙的味道，那野兽的气味眼看已深深占据了这房子，让辛和妹妹连呼息都觉得吃力。

那三个人都没有回来，也没托人捎来任何消息。

大约第四十九天晚上，雨又来了，且一阵阵地增强着。还打雷闪电。屋里有股浓烈的郁闷，不祥的气息。

半夜里辛被一双毛手唤醒，妹妹也被抱起塞给他，一并推往那房间，这几天留给丙的原是他和父亲的房间，且被从外头拴上了锁。辛原本微微地抗拒着，但那只手又大又湿又冷，用力地把他们往里推。那俨然已是熊之巢穴的黑暗房间。然后他听到丙大步踏进母亲的房间，且听到"喀"地从里头上锁的声音。板缝透过微微的灯光，黄黄晕晕的。母亲好像但只发出一声"唔"——后面的被捂住了。也许是个"好"——"唔好"——那原本该拔高的南方方言，被压成一声叹息。

整个世界都陷落在雨声里了。

但邻房重浊的呼吸声撑开了雨声，像一群熊在抢食蜂蜜。母亲依依的哭泣呻吟或叹息，竟也穿过了雨的轰然。

母亲的床激烈地摇晃，床柱撞击着板墙。辛觉得屋子快垮了，连屋顶都在摇晃，整栋房子像扁舟，在波涛汹涌的海上。然后一股更浓更呛的熊的气味突然涌现，充塞整个屋子。一股前所未有的恐惧感，从辛的脚底冰冰凉凉地沿着背脊爬了上来。辛转头，突然发现黑暗中一双抖个不停的小手紧紧揽着他的膀臂，妹妹在漆黑里睁大了她乌黑的双眼。

狗狂吠。一阵焦躁的拍门声。

"爸爸。"辛听到妹妹突然以稚嫩的嗓音哭泣着大声呼喊。

二〇一四年一月二十八日初稿

水窟边

《雨》作品三号

好久没下雨了，橡胶树提早落叶。风来时，大而干的枯叶喀啦喀啦地翻滚。

阿土一只手撑着腰，眺望远方，与邻园接壤的那片茅草坡。那儿常常突然冒起火来，闻到烟时火势一般都已相当惊人，毕毕剥剥地蔓延开来。树下的枯叶好似在等待火，隐然有股燃烧的欲望。如果空气中飘散着一股淡淡的焦味，必然是哪里着火了。

大女儿小叶七岁，开始上小学，识得一些字了。短短的作文里，也会怀念早夭的哥哥了。"我想念哥哥。爸爸把他埋在园里。"还好及早发现，母亲警告她不能那样写。老师去报警爸爸就麻烦大了。政府规定尸体只能埋在公共墓园。

"那样想念他才可以随时去坟头看看他啊。坟场太远了。他在那里离家人远，太孤单了。小叶乖，以后别再写这事了，这是我们家的秘密。"

阿土在园里倒是找到过几个老坟墓。坟墓的存在让他感觉这片林子藏着不为人知的秘密。

两个有明显的坟龟，从形制来看，是华人的墓没错，但墓碑上的字已难以辨认,至少有百年了吧。另一个可能是马来人的,垂直种在土里。

那是辛找鸡肉丝菇时,在一座土墩上不小心发现的。日头雨后林中有些地方会长出鸡肉丝菇。一旦发现下雨同时出太阳,雨一停辛即提着篮子奔向林中,沿着上次发现菇的地方逐一搜找。他记得所有出过菇的地方,哪座土墩头、土墩侧,哪个枯树头、倒树边,哪棵大树下,就像他知道它们的家似的。时候到了,菇的孩子们就会从土的深处小心翼翼地钻出来。有时去得早了,它们灰白色的伞顶会轻轻地把土表或枯叶顶开,好像从底下偷窥这世界。刚出土时是个小尖顶,尔后逐渐伸长、张开,长大。有的品系会长到巴掌大,伞柄也有拇指粗。但最好吃的是那些永远长不大的,连伞带柄炒起来蜷缩了不过一点点。

阿土常让孩子独自在林中搜找,反正总是会有一只狗陪着,不是丹斯里就是敦。有时可以采上一大篮,够做一家人吃两餐的菜;但有时只有一两朵,那只好让他独享,微油煎了,很珍惜地以汤匙一点一滴地剥开来吃。他也有分享的意思,但妹妹并不稀罕。

辛会辨别,主要就是认那味道,摘起来,或俯身闻一闻。有时不是那么确定就会请父母帮他确认一下,竟未曾摘错呢。开始时辛央求母亲以小洋油热火炒给他吃,后来自己也学会了,他觉得那嚼劲比鸡肉还可口。有新鲜木耳也摘的。但木耳就比较常见了,不论是黑木耳还是白木耳,雨后枯木上常有的。

辛常赤着脚在林中到处跑,他喜欢脚板和泥土接触的感觉。

尤爱让脚踵陷进软土里，因此常一脚深深地踩进朽木烂尽后的树头洞。阿土常警告他，小心别踩到毒蛇或蜈蚣。有时脚板处处被橡实壳刺伤，厚皮里留下一小截尖刺，得着午阳以针剔除。白蚁穴是经常踩到的，土一软，一个坎陷，力量掌握好就不致把它踩扁。挖开，是拳头大的小小蚁窝，软软地握在掌上，众多瘦小的白蚁在那网洞状的进进出出，兀自忙碌着。那时的辛之于那些小小白蚁，是不是也如巨神那样地掌控了它们的命运？

阿土总是叫他看了后就把它埋回土里，鸡肉丝菇可是从那里头长出来的。辛不曾伤害它，就像朋友，有时也会想念。想念时会去把它挖出来，看一看，朝它吹一口气，好像跟那些小白蚁打个招呼，再埋回去。母亲警告说，千万别把它们带回家，会把整间屋子都吃掉的。还常建议辛，那些白蚁挖来喂鸡刚好，母鸡可以带着小鸡学一学。总少不了新的小鸡孵出来，鸡舍里、黄梨丛里、茅草丛中，一阵子没看到如果不是被石虎、四脚蛇拖走，就是孵蛋去了。

辛也喜欢小鸡，会找虫，以及枯枝腐木上的白蚁给它们吃。但土里的白蚁不行，它们守护鸡肉丝菇。

然而有一次，辛的脚后跟一陷落，就听到"喀"地，感觉有什么薄薄的东西被踩碎了。即使及时收劲，还是来不及了。感觉那东西比蚁窝来得硬些，也比较干。拨开泥土，捡得若干碎片，看来像骨头——林中不乏野兽的骨头——即大声唤父亲。阿土拿锄头把周边的土挖开，挖出一个大洞，就看到一个头骨连着脊骨，已经发绿，看来是人骨。即把它埋回去，搬了数十颗大小的石头叠在上头，拈香要求辛给它磕头跪拜赔不是。向它诉说他不是故意的，谁教土表毫无标记，以后初一十五会给它烧香、大节日会给它拜生果鸡肉云云。但这事难免让阿土心里留下疙瘩：孩子会不会就是因此而遭逢厄运呢？一脚踩爆人家的头盖骨呢。辛出事后他更确信是如此了。可那时没想那么多，只觉得那么容易被一个小孩子踩破，那头骨一定是非常久以前就埋在那里，早就投胎转世轮回不知几回了。但听辛描述那不小心踩破时的爆裂声，他心里就像被扎了根刺，脑中浮现的是，鸡蛋被敲破时蛋清涌出那瞬间的形象。

辛也晓得在林中尿急，拉下裤子时，要大声喊"闪"，以免冒犯了闪避不及的土地神。

那个下午，阿土又专注地为那艘鱼形船上漆，每一个刻痕，每一处转折，每一片鳞；略微有虫蛀处更是以漆深渍，起了毛边的则以砂纸磨平之。时间有点没拿捏好，看到日光有点偏斜即匆匆忙忙地出门去，也没确认辛究竟跑到哪去玩了。他依稀有问过妻子，妻说：我看他拿着畚箕提着桶往火车路那边跑，多半是去抓打架鱼了。孩子出门前应该有跟他打过招呼的（"爸，我去掠鱼。"）但他太专注了，顶多也只是唔了一声，重复叮咛：水深的地方不要去。况且衔着的烟斗烟烧得很大，有时会把自己也熏得有几分恍惚，没注意外面的声音。

为了抵消失去而生下的第一个孩子也三岁了，已经很会讲话，也乖巧听话，但，总觉得她没有辛幼小时的伶俐，辛的伶俐带着几分冷静。况且，是女儿呢，总觉得少了点什么，到底没有真正把辛给生回来。香火还没有着落。报生时认真考虑过，是否要把辛的名字给她。后来还是决定暂且保留下来，给了她另一个名字。但辛的死亡一直没有向政府登记，只向学校那里推说他搬到别州去了。但迟早还是可能出问题。还好时局乱，有关方面没心思管这种小事。

妻还想再努力，总以为孩子幼小脆弱的魂只怕还在人间游荡，应赶快给他个躯壳，晚了只怕投生别处去，或退而求其次地投身为其他动物，就更认不出来了。

但阿土原本还有几分犹豫，毕竟每生一个孩子都加重不少负担呢。但夜晚太凉了，妻的忧伤让他心疼，她的引诱更令他难以抗拒，"把种子都给我吧"，每回她都楚楚可怜地哀求着。就这样她接连生下三个女儿，子、午、末，眼下妻又怀孕了。

辛入土那个月伊就受孕了。辛过世未满周年，为了辛而生的孩子就诞生了。

甫从产道辛苦地挤出来，母亲一看孩子，就摇摇头。因此孩子满月后不久，刚坐完月子，她竟然又怀孕了。在那年的末尾，又生下一个女儿。这下阿土自己也被吓到了，突然多出两个孩子。还好长女小叶非常懂事，妹妹生下不久她就晓得帮忙换尿布洗尿布什么的，虽然她自己也很小，不足五岁。但阿土因此而禁欲了大半年，后来实在拗不过妻子，又让她怀孕，哪知又是个女儿。妻的脸色明显的难看了，脾气也暴躁多了，伊竟怪罪起丈夫来——好像是他故意给了她母的精虫似的。阿土因无言而渐渐沉默了。他早就向妻子声明他也很喜欢女儿，但如果孩子多，到时只怕养都会有问题，遑论栽培了。末取名末，就表明不想再试了，阿土且要求伊结扎，但伊不肯，于是他说他自己要去结扎。妻哭着要求给她最后一次机会，再不行伊也只好认命了。伊多半还是想到传宗接代这样的事，而不是别的。

但阿土真切地盼望这回辛的魂可以找到回家的路。但他也斩钉截铁地说没有下一次了。之后他真的毅然去医院"绑"了。他想，也许体贴的辛早就，或一再地化为女儿回来了。子满周岁时说出的第一个字竟然不是爸或妈，而是鸟叫声一般的"哥、哥"，令他们非常吃惊。冷静时猜想，那多半是阿叶的诡计，不满五岁的她或许竟猜透了父母的心思。她也常说看到哥哥的影子出现在树林里，在树后，半露半藏。

阿土嫂在厨房里忙时，常远远地瞧见丈夫就在儿子埋骨之处踱来踱去，在那里跟什么人说话似的——也许每天都在跟死去的儿子说话吧。好几年了。那坟就在那疑似马来人的坟旁，是怕他寂寞吧。也垒了大石头，是怕有饥饿的野兽会来挖，也怕自家的狗去乱掏乱扒。

阿土多次提到，他答应了儿子要带他登上那鱼形舟，带他深入那片沼泽去钓鱼；或沿着河，到下游的马来村庄。有好几回，他甚至动念要把船烧了，烧给儿子。但阿土嫂坚决地阻止了。"辛不会希望你那么做的。"伊心里真正想的没说出来：这船美，坚固，看来不是个普通的东西，将来多半可以卖个好价钱。

辛过世后的那几个月，睡梦中的伊总会惊讶地发现阿土没在位置上。有时床都凉了，有时熟睡中隐约听到开门声，沉重的脚步声轻轻地离去。伊当然知道丈夫去了哪里，也知道不久后他会带着一身烟味回来。只要是有月亮的晚上，从门口或窗口，都可以眺见他在孩子的坟前徘徊踱步。他像是在梦游，但也不确定是否真的梦游。那时阿土每餐都吃得很少，每每扒两口饭就说饱了，很快就瘦得脸颊凹陷了，也变得很不爱说话。就那样过了大半年，那时伊鼓着肚子，想说把辛怀回来了，就让他隔着伊的肚皮和孩子说说话，叙述他的思念。但他也只是静静地把耳朵贴着伊的肚皮听伊的心跳声，和肠子里的声音。

他说他常梦到辛，辛也还是老样子，只是身影愈来愈淡，愈来愈像是幻影了。

他说辛还在这园子里。就像平日辛陪他们割胶或锄草，大人忙大人的，小孩玩他自己的。

有许多时候，辛不在他们的视线内。有时在一棵大树后剥开老树皮，找刚孵出的雪白的幼蝎或小蜈蚣；观察灌木丛的蜘蛛和它千变万化的网；抓豹虎[1]玩，或者爬到树上去远眺。或到哪条水沟边去观看清澈流水里巡游的鱼——总是冲来冲去的蓝线鱼，有老虎斑纹的老虎鱼，泥鳅，两点马甲，及许多不知名的。还有蜻蜓的幼虫，蝌蚪；真的或假的打架鱼。辛最爱打架鱼了，抓了好些蓄养在玻璃瓶里、咸菜瓮里。水里有时还会出现生性谨慎的鳢鱼，但母鳢鱼会带着一群橘色的幼鱼，看到小鱼就知道近处必有母鱼。它常就因为那样被抓来杀了吃。但

---

1. 指跳蛛。——原注

那样的母鱼一般都不大，不足半斤，是母鱼里的生手。

但辛那样的"不在"，只需一声叫唤就会把它取消，只要回个声音他们就安心了，知道他躲在哪里。多叫唤两声他就会火速出现，他不是个会让父母担心的孩子。除了那一次。

伊很觉心酸，女儿接二连三地生下，阿土却好像更孤单了。家里就只剩下他一个男的。男人好像跟儿子比较有话说。伊想起自己的父亲好像也是那样的。再生不出也许只好到亲戚那里去抱一个回来——或拿一个女儿去交换。但他会接受吗？"把他生回来"的谎言那时不就戳破了？

辛那么聪明的孩子还是会遭逢那样的意外，对阿土的打击是难以言喻的。

那天天黑了，阿土才从镇上匆匆赶回，还特地买了一斤烧肉要加菜呢。哪知一抵家门并没有看到辛来迎接，妻还一脸惊惶地说儿子一直没回来呢，她往他离去的方向大声喊了几十次了，都没有回响。天黑了，伊还要带女儿煮晚餐，没办法过去看。丹斯里也没有回来。

阿土听了心底一阵发凉。停好脚踏车，二话不说，拎了手电筒和巴冷刀，快步朝儿子消失的方向奔去。敦紧紧跟着。

好一会抵达园的边境。一条水沟绕了过来。沿着辛往常抓鱼的地方一路寻去。前一晚下过大雨，水流比往常急，水也比较深——洗米水的浊白，但看来也还好，小心一点就不会有事。辛常到这儿玩，非常熟悉这里的地势。除非是多日连续的暴雨，让沟水满溢，看不出哪里深哪儿浅，否则是不会有真正的危险的。

然后听到敦的狂吠，朝着那口井。阿土亲手挖的那口井。为枯水季灌溉之用的。他全身的皮都麻起来。水电筒照到那水面漂浮着什么。黑色的头发，衣服，是辛没错。他阿土趴在井缘废枕木上，一伸手够着他冰冷的手臂，一把拉起。放平了，鼻孔有水流出，脸灰白，什么呼吸心跳脉搏全都没了。阿土双手使劲按压他胸腔，却感觉那肌肉像塑胶那样既硬又冷。拉开上衣，只见肤色白得吓人，皮都有点起皱了。按压之下，有血水从他灰白的唇间流出，但他也听到他厚大的手掌下，辛稚小的肋骨清脆的断裂声。

他的泪水像滂沱大雨那样落在儿子的尸体上。

那只叫丹斯里的狗再也没有回来。

这事让阿土百思不解，那井又不深，而且辛每天都在那附近玩，怎么可能会出这种事？辛的左前额上有一块瘀青，也许是失足摔落时敲到的。他一向很乖，不会无缘无故地想去跨越那口井吧？难道是被追逐？妻说没有听到什么奇怪的声音。黄昏时有听到狗吠，伊眺望也没看到什么奇怪的事。而且从尸体僵硬及发白的程度来看，应该是更早以前就死了。

他们有考虑去报案并送去解剖，但如果那样就只能葬在坟场了。

还有那只笨狗怎会不见了？

这事让阿土非常心酸，对未来更加忧心，有时想到茫茫不可测的命运。有一回竟梦到过自己的死亡。硬化成木雕那样的身体躺在那鱼舟上，顺着河水往上游逆流。目不能视物，但听得到大河的水声。心想是不是该更虔诚些，至少该为孩子祈福。但想到孩子的未来，他还是会有几分惊恐。但万一自己出了什么意外死了，孩子的命运势必会相当悲惨。

世事的变化是远超过他能想象的。日本鬼子打中国打了八年，把阿土的家乡打得遍体鳞伤，他们因此避祸南下。听说日本人快来了。蝗军已经从这半岛的北方登陆，很快就会到达这里，接下来也不知道会发生什么事，只知道不会是什么好事。

孩子多，夫妻俩的压力更大了，工作量也更大，养的鸡鸭更多了，还养了猪。夫妻之间的话也少了，有时会默默地怀念以前只有两个孩子时的单纯美好。阿土也担心妻子会不让阿叶继续念书，挺着大肚子的伊讲过许多回了，要他一天接送两回那多辛苦啊。家里缺人手，女儿以后反正都要嫁人的，不读书也没关系。但阿土希望女儿也能多读点书，也许能因此飞得远一点，不是嫁人生孩子这唯一的出路，一旦被孩子一辈子拴在贫穷的屋顶下，就很可悲了。

那一天，去买肉时猪肉佬说，听说日本鬼已经到了黑水镇，再没几天就到了，一路杀了不少华人，也到处找年轻女人强奸。"老婆女儿最好还是藏好。日本鬼都很好色的。"猪肉佬语重心长地说，他全家也要进芭里躲一阵了，巴刹里很多人都做了那样的打算。听说到处都有马来仔和汉奸给日本鬼带路。

那一晚月光明亮，阿土一夜难眠。开门到树下小便时，远远看去辛的土丘那儿好像有什么动静。仔细看，似乎又没什么，也许不过是风吹树影动。

有一股凉风不知道从哪里吹过来，令他露出来的皮一阵收缩，全身上下不自禁地微微发着抖。

转身进门前，阿土瞥了眼墙边的鱼形舟，月光檐影里，那圆圆的大眼睛像是用力瞪着他，好像有什么重要的事要告诉他。

次晨一开门，就看到老狗丹斯里看着他，疲惫不堪地哈着气，衰疲无力地摇着尾巴。好似曾经被遗弃在千百里外，历经千山万水好不容易才找到家门，一脸的有话要说。阿土冲上前对着狗头就是一脚：死到哪里去了死笨狗你怎么没保护好主人？

靠近辛的坟时，令人不可置信的事发生了：坟上的石头竟然被搬开，四散一地。湿软的坟土堆在四周，辛的尸体，连同阿土拆了柜子亲手钉制的棺木，也不翼而飞了。

鱼形舟也不见了，屋旁水泥地有几个泥巴脚印。脚趾脚板清晰可见。

然后大雨又来了。

日本人也来了。

二〇一四年一月三十日大年除夕

拿督公

《雨》作品四号

夜里没听到雨声，但早上起来发现有的树身湿湿的，地上的落叶也是，仿佛下了场小雨。一番商量后，还是决定要割胶。一棵半棵淋得比较湿的树就算了，但有的树看起来没淋到胶路，没甚影响。

年尾了，北风吹来有股凉意。雨也少了，有的胶树开始落叶。胶汁也变少了。

——我又梦到他们了。

母亲忧形于色地说。伊一脸憔悴。

——还是那四个？

父亲吐出白烟，眉头皱了一下，叩叩地在树根上敲掉烟斗里的灰，那灰还带着点残余的烟气。

——我也梦到了，昨暝。

听他这么一说，辛也觉得自己好像也做了同一个梦，因为母亲连续好几天仔仔细细地描述同一个梦的场景。四尊巨大的神，就坐在五脚基上。可能因为是铜或是石头做的关系，身体很重，屁股下的五脚基都给压得崩裂下沉了。

（每次听到，辛心里就会嘀咕：如果那样，这五脚基哪装得下四个屁股？）

身体高大——站起来有大树那么高，以致屋顶铁皮都被弄得往后卷了，如果下起大雨来，水可是会泼进屋里的。因此听了故事后的辛，忍不住会仔细地检查五脚基——没有被坐裂啊，屋顶也好好的。

哪四仙呢？母亲仔细描述，观音嬷，土地公，大伯公，和一只白老虎——那应该是拿督公了，都低头不语。静静地排排坐，没有交谈。也不知是谁先来的，梦开场时就已经是那样了。像四尊石头公，色彩很淡，好像淋了太多年太久的雨。观音好像在流泪，水一直往下滴，好像一块冰低着头慢慢地要把自己融掉。白虎舐着舌头，嘴边的毛红红的，像沾了血。

"那只白虎嘴角一直在吐着烟。"父亲突然插嘴补充，好像他也和妻子一起做着那个梦，好像在同一个戏台下看同一场大戏。但也许，他的版本略有不同。

"可能有很坏的事情发生了。"母亲自从第一次梦到就很不安。"最近火又噗噗噗噗乱笑，就像起痟[1]，是唔是有歹人备来？"

自从七天前那件悲伤的事发生后，辛也注意到母亲有点失神——那是一个来访的亲戚见到伊胡言乱语后的用语。那之后，伊常做着乱七八糟的梦。梦到鬼，梦到神，梦到死去的女儿——

---

1. 闽南语，指发疯。

眼睛大大地睁着，斑点上衣被爪子细心地拨开而不是扯烂，肚子开了个大洞，内脏和下体、两只大小腿都被吃得干干净净，褪下的小裤子卷成一团，鲜红泛黑地掉在床底下，十根脚趾头剩最后一截，卷在裤管里。甚至幼嫩的排骨也被啃得短短的。很耐心地在床边吃了好一阵子的样子。才两岁大啊，还不太会说话，刚学会叫阿爸阿母呢。床上地上，留下许多血，但有的血迹仿佛被舌头舔过，留下如同抹布擦拭过的痕迹。

随处是交叠的肮脏脚印。那脚印看来是大猫没错。警察来过，猎虎队的七个成员也来过。他们循着脚印追猎下去了，行前不免嘀咕：这一带比较少出现老虎了，会不会是河那边过来的过江虎？可是看它敢蹲在屋里慢慢吃，好像对这一带很熟的样子。

窗开着，但往常也是那样的。

蚊帐被拨开，而不是粗暴地扯掉的。如此温柔。没有贪饿的毛躁。

都没听到狗吠。

但辛一家都否认最近有看过老虎在附近出没。

但狗没叫真的很奇怪。是吓傻了吗？但它们一向不是那样的，至少会吠几声吧。看小黑的表情，一脸的颓丧。那天只有它守在家里，其他两只都跟大人去割胶了。后来它当然被暴怒的父亲痛打一顿，打得嘴巴都流血了。

没有人知道，它那时正跟一只骚母狗在土墩头欢快地交配，用狗语说着动人的咸湿话。

辛也非常歉疚。那时他在寮子里专注地抓黑蚂蚁喂蚁狮，以为妹妹安安静静地一直在房里睡觉。

他没听到什么怪声——只好像有一点风声，雨声，远远的。

也没有闻到什么奇怪的味道。好像有股淡淡的（线）香味，但母亲早上经常拈香拜天公土地，香炉里几乎每天都插着香的。

也许是拿督公肚子饿了。母亲后来噙着泪喃喃自语。

父亲要伊别胡思乱想。没听过拿督公吃人的。

也许连他也疯了。

他们都没怪辛，还好没有连他也叼走。两人心照不宣的是：还好，那被吃掉的不是儿子。能让两人减几分悲伤的是，他们深信，妹妹是替代哥哥而牺牲了。

那之后，父亲常忍不住皱着眉头望向远方，北方，那里的天空黄昏时飘了好几天红云了，乌鸦在树梢头胡乱叫着。

——……四尊都被大火烧过了。我梦到的。

烟从他唇边一出来，就被风吹得四下飞散。他说，他们好像从大火里逃出来的，身上还冒着烟，风吹过时，肩头额角还一闪一闪地泛出火光，还带着股木头的烧焦味。烟大得看不到脚。

辛被他说得空气中好像也有股烧焦味了。

——我梦到雨。好大的雨。大雨下了很久很久。到处都是水。水从土里冒出来，树都淹没了，我们都变成了鱼。阿妹也变成了一尾活鱼，吧嗒吧嗒地在浅水里游着。

两年前辛还失去一个妹妹。都快念小学了，爬树爬太高，一阵风就把她吹下来了。恰摔在烂得只剩尖锐的木心的枯树头上，被它刺穿。发现时身体开了个大洞，满身蚂蚁，早已气绝多时了。父亲非常伤心，把她偷偷埋在屋后，还梦游了好多个夜晚。提着长柄蜡烛，屋里屋外的逐个角落去搜寻母喇牙[1]，把它们的大屁股用胶刀切断，且露出诡异的笑容。母亲也近乎失神，煮饭常整锅烧焦，月圆时睡不着，在月光下喃喃自语。一直到怀上现在这个女儿。

没想到又是这样。

他们都不知道的是，也是在七天前的十二月八日，日军悄悄从泰南宋卡、北大年、马来半岛北方吉兰丹哥打峇鲁登陆了，三两下就把软脚的英国军队击退。之后兵分两路迅速南下，沿马来半岛东西海岸推进，英军节节败退。

三十天左右就推进到半岛的心脏。

在蛰伏多年的日本密探（有的是牙医，有的是小商人，有的是木匠，以及卖雪糕、糖果、水果的小贩）的引领下，火速控制了当地的警察局、军队，甚至把马来人纳入自己的编制，协助掌控当地的秩序。

部队里不少军人在台湾受过马来语的特训，会说相当流利的马来语。宣传部且准备好了完美的说辞，作为受训的高级课程，让军曹们熟练地背诵。因此临场运用，快速地说服了当地的马来领导层，甚至皇室——他们是来解放马来亚的，为的是帮马来人赶走英国殖民者，压制那一大批英国人放进来的、长期嚣张欺负马来人的华人吸血鬼，协助马来民族当家做主，将来好

1.　闽南语，指高脚蜘蛛。

加入大东亚共荣圈。

在哥打峇鲁，日本鬼子随即搜刮了所有居民的脚踏车，熟门熟路的登门逮捕了曾经热烈支持中国抗日的华侨领袖，关押在有利银行二楼，要求他们为日本人做事，不成后就逐一砍杀在椰子园里。

脚踏车部队飞快南行，沿着柏油路、黄土小径。穿过胶园、椰林、原始林，一个个马来甘榜，一座座小镇。偶尔有零星的伏击。听到日本鬼来的风声，有的人逃进大芭躲藏，有的逃到更其偏远的邻镇。但有人反应不及，以为灾难只是路过，或难舍家业，心存侥幸，于是虚与委蛇；或被检证，甚至屠杀。

常常是这样的：一群人被带往树林里，有的还是妇女、幼童、青少年。大群士兵步枪指着，他们被令挖了个大坑，潮湿的红土被剥开，涌出一股躁闷的水气。他们被令紧挨着下跪，再被逐一以刺刀刺穿身体。

利刃穿过身躯血喷涌一刀两刀三刀热血濡湿上衣落叶黄土血从嘴角涌出逐一倒下被踹落土坑头垂下身体交叠着身体。

良久，军人散去后，正午的阳光照在土沟上，树影渐次退缩到树头。尸堆里有异动，苍蝇纷飞，一只小手从尸体腋下伸了出来。更大的骚动，而后是黑色的头，一脸的血污。小小的身体从大尸旁钻出来。妈。爸。阿妹阿弟。他呼喊。他们一动也不动，歪躺着。他挣扎着钻出半个身体。衣上都是血。疼。他发现身上破了几个洞，以致几乎站不起来。然后听到微弱的呻吟。

阿妹。只见在父亲尸体的另一边有异动，半个头勉强钻出。

他忍着痛，但一挪，血又涌出来了。她在喊痛。哥，她衰弱地啜泣。脸煞白。他挨近，摸索着寻找她的腋下，费力地要把她从父母之间拉出来。一拉，泪却狂涌。只见大团蜷曲灰色的肠子从她腹腔里滚了出来。

哥，救我，她哭着试图捧着它们，但肠子很快又从指掌间溜下。

苍蝇围了过来。

树林里上上下下都是鸦啼。

有时是在河边、桥上，尸体一个个"蓬"地被踹进流水汹涌的河里。流向下游、河口，那里有鳄鱼在等待。

一个又一个马来甘榜，高脚屋，蕉风椰影，牛羊吃草，猫横躺栏杆上，打着呼噜。处处是悠游的马来鸡。男男女女着纱笼，在屋前纳凉、抽烟、聊天。一长列土色上衣整齐地戴着帽子的日本兵脚踏车步队载着辎重掠过，为首的还挥手高喊 selamat pagi!（早安！）。或 selamat petang!（午安！）。Selamat malam!（晚安！）。路过，脱帽挥手，无伤。犹如郊游。

一个小队遇上四个骑脚踏车载米的华人。喝令停下。跪地求饶。一把抢走了米，挥刀。刀划过肚子。脖子。砍断了手，刺刀补上。掉头想逃走的那人被朝背后开了一枪，身子一弓，冒着烟，大喊一声，倒下。

英国部队更快速地南撤。印度兵比手画脚地过河，绑炸弹炸断了铁桥。

日军如蚂蚁渡河，一只挨着一只膀臂勾着两大串浸在水里，其他的扛着脚踏车从肩头踩过。

或快速搭起竹桥。

抗日军对落单的日军偷放冷枪。

又一个小镇。华人村民被聚集，手被铁丝网绑在一起。女人被拖去强暴。在家里，在菜市场，草丛中，大树下。

亚罗士打。双溪大年。泰丰园。科罗斯！

槟榔屿，四六大检证。蒙面鬼头。钟灵中学。"在宪兵部工作的台籍妇人许玉叶（人称'无常'），趁机诬赖钟灵师生为共产党，于是日军即大举搜索钟中宿舍，拘押了不少人。"

九一五大检证。港仔墘。

筹赈济会名单。寻找抗日分子。检证，屠杀。砍头。轮奸。

冷甲水闸路。"执行任务的是个台籍军官，他命令先扫射所有亮着的'汽车大灯'，扫射一轮后，日军方将枪口调低，转向人群。大家摸黑逃命。"（蔡子并）

沙叻北。三宝岭，泥油塘，沙屎芭。知知港，余朗朗灭村。轮奸。

"母亲知道孩子受伤了，一把将她抱在怀里，当孩子的挡箭牌，一刀又一刀地承受着，血喷涌。母亲的喘气声愈来愈微弱，在她耳边轻轻说了最后一句话：'不要动，不要哭。'"（萧招娣）

"'那刀从肉里拉出来，很痛，但我不敢出声，跟着前面的人一起倒下去诈死。'"（钟妹）"天黑时，台籍日军点了盏灯，在芭场外用客家话朝芭里喊：'你们好转啰！'很多躲着的人以为没事了，纷纷往外走。"（萧月娇）。

马口双溪镭惨案。"当张谭福和三哥返回杂货店时，发现母亲背部中枪，已经毙命，肠子破体而出。"

神安池的雷雨。郑生郎园屠杀。港尾村屠杀。轮奸。

"当时年仅十一岁的赖润娇，身中十一刀，亲眼目睹全家十一人惨死日军之手。""郑来被刺了四刀后昏了过去……两兄弟摇了摇家人，才发现母亲妹妹已断气，未满周岁的小弟一息尚存，边爬边哭。肠溢出，沾满鲜血与泥泞。"

新加兰。

"日军将这两人吊在橡胶树上。日军头子发表了一番训诫并透过一名台湾人翻译之后，就把他们给枪毙了。"（陈期成）

巴力峇九大屠杀。轮奸。

"当时中华中学有位通晓日语的台籍老师，将记有华侨参与筹赈纪录的簿子交给了日军。日军就依着簿子上的名单逮捕并杀害抗日人士。他们被载往丰兴隆园杀害。"（苏益美）

血洗张厝港。巴力士隆屠杀案。文律。轮奸。

"文律有个战前即嫁给英国人的日本女人，日据时救了很多人，当地人称之 Puan U。"（冯笃生）

"躲在沟中的曾母窥见日军用木棍猛敲两个儿子的头颅，孩子大声地号叫哭喊阿母，徒然地想用双手去护头，但很快就倒下，再也没有声音。"（曾义兰）

血洗薯廊村。"地上胶状黏稠的是泛黑凝固的血。不远处一丝不挂地被绑在树上的正是自己的妻子，一身血污，从下体到肚子被剖开了，肠子和肚里的孩子都露在外头。妻子，两个儿子，小女儿及妻肚里的孩子，全被宰杀了。"（谢晋盛）。

　　德茂园大屠杀。育德学校大屠杀。卧铺大屠杀。新加坡岛大检证……轮奸。

　　（引文及人名、地名均出自萧依钊主编，《走过日据——121幸存者的泣血记忆》，吉隆坡：星洲日报，二〇一四。及参考许云樵、蔡史君，《星马华人抗日史料，一九三七—一九四五》，新加坡：文史出版私人有限公司，一九八四。李永球，《日本手：太平日据三年八个月》，吉隆坡：策略信息研究中心，二〇〇六。）

　　没有什么异象（只有偶然下起的日头雨），没有什么预兆（只有一位幸存者说梦到死去的祖先叫他全家快逃），其他的都无言地迎向到来的灾难。历史无情地辗过。幸存者们也没有怨怪诸神（没有及时来拯救，或阻扰一下日本鬼子）、怪罪逝去的祖先（没及时托梦一下），而只是感叹命运。死者已矣，但活着的只能咬牙努力地活下去。他们都知道，两代之后，这一切都会被遗忘殆尽。尤其对那些灾难没有降临到头上的人。

　　日军大约不到四十天就抵达辛一家居住的小镇。因为住郊外，消息又晚了两天。一些有头有脸的社会贤达或富商已经被抓，或越过长堤逃到新加坡了。如果和英国人关系好，就有机会登上他们弃岛的船了。

　　辛一家呢？不外乎两种可能。

　　一是和那些侥幸活下来的人一样，纯粹因为幸运，遇上军纪较好的部队，那一带没有激烈地抵抗，因此什么事也没有发生。

但几英里外的西边的园丘还是发生了两场屠杀,死了几百个人。

那一天,父亲脚踏车载着辛和一叠胶片、一颗大波罗蜜、几颗舍不得吃的红毛榴梿,到镇上想换一些米和肉。一走出树林,马上被陌生的语言喝止。路边有一部土色的军车,两张从没见过的脸孔,脸很臭,目露凶光,但看来年岁并不大。扛着长枪,枪头露出一截亮亮的刀刃,朝他们比画。父亲停下。还来不及反应,那人快步趋前,脸颊就啪地挨了重重的一个巴掌,连嘴里的烟斗都掉到地上。辛吃了一惊。父亲低下头用力按着他的肩膀,下车,屈身捡起烟斗。辛突然听到熟悉的语言,只是口音很怪,听起来假假的。

"遇到大人要立正敬礼。喊'大人'。"闽南话。

是另一个士兵。他在一旁示范。嘴角掠过一抹笑意。

辛下车,和父亲一道朝两个士兵毕恭毕敬地行了个礼。

父亲把两颗红毛榴梿捧了低着头献上,但他们示意他把那颗大波罗蜜也扛上军车后座。

——赶快看看就回去,代志大条[1]啰。日本鬼真的来了。

走了一段路后,父亲小声地说。辛转过头,看他皱着眉头。

几乎每个十字路口都有士兵,都要敬礼。街上没私家车,没什么行人。没有人开店。少数推着脚踏车的,大概都像他们那样是误闯的。

到街场,不禁大吃一惊。远远看到大街两旁的洋楼上,密

---

1. 闽南语,指事态严重。

密两列红膏药旗飘扬。父亲掉回头。

父亲一回来就把山猪枪磨得锐利发亮，藏在屋梁上。

日本兵后来也来过他们树林里的家，但只是要了他们养的猪、鸡，连女人都没碰。那次上街的事之后，母亲就尽量让自己看起来脏兮兮、臭烘烘的，连她自己都受不了。

他们一家吃不饱（只有番薯木薯）饿不死，提心吊胆地挨过那三年八个月。

那些担心害怕的日子里，母亲依然经常梦到诸神。但他们好像也有自己的问题要处理。他们无力阻止自己越变越小。如果没有伸以援手，父亲说他梦里的诸神一定会化为灰烬。辛在小溪里曾经见过妹妹变成的鱼。

或者，不幸地，和那些死难者一样，全家被杀，房子也被一把火烧掉了。因住处偏远，时有抗日军出没，被怀疑是反抗军的据点。如果是那样，杂草杂木很快就会进驻，占满那原来是房子的地方。

一如那些被乱葬的死者们，在热带的大地里，尸骨很快就腐烂殆尽，如果是全家被杀，就更好像不曾存在过那样。不过是园里多了几个土丘。久了，也就崩塌了。但那些梦并没有消失，即使是在做梦的人死后。它们变成了杂草的种子，随风飘散，当然也不记得自己曾经是梦，也就跟一般的杂草种子没两样了。

雨后，大地处处重新长起了杂草。

二〇一四年八月十六日纪念日本战败

W

午后，你们都看到了，在狗的狂吠声里，两辆蓝色的卡车突然出现在你们的园子里。后头跟着五六部黄色红色的野狼摩托车，刺耳地扪猛蜢门盟地响着，朝你们仰着头跳跃着而来。

车头灯反射出刺目的光。父母脸上都露出警戒的神色。然后车子突然转向左边，硬是在原本没路的树林里辗出一条路，再沿着芭边行走，然后停在一棵大树下。狗群一直没停过狂吠，也持续露齿追着来车。父亲和母亲都快步迎上前去，首先喝止了狗，狗儿稍稍退到主人身前。一辆卡车后头跳下十几个壮实黝黑的青年男人，都是些马来人。另一部卡车后头载着满满的木头，木方、木板、木柱。车一停即有一位年龄稍大的，戴着蓝色鸭舌帽，加巴拉（kepala）[1] 模样的华人男子大声叫唤那些年轻人去把车上的木头卸下。然后他趋前给你父亲递根烟，说明这是怎么一回事。原来这一小片残存的原始林的主人雇了这一

---

1. 马来语 kepala，原意为头，引申有领导之意。

群人，要把上头的原生树木清理干净，好种植油棕。那人预估两三个月就可以把树砍光，树桐会沿着河边开一条新路运走，不会车子进进出出辗坏胶园里的路。剩下的枝叶会逐步一堆堆放火烧掉。

木头下完，多台电锯、短锯、长锯、锄头、斧头、锅碗水壶等，两部卡车又呼啸吐着黑烟离去了。

你听到他跟你父亲仔细地解释，两人一面抽烟一面像老朋友那样搭着肩聊着。三四个月就可以完工吧，他说。完工后他们就会撤走。他同时用马来语呼喝一位年纪较大的马来人，比手画脚地说了一长串话。那人即叫唤那群年轻人，各自分头持长刀、斧头，在林边劈倒许多灌木杂草；到胶园里捡了枯枝落叶，在房子预定地的四处以火柴和胶丝点火，冒起阵阵烟来。负责烧火堆的马来青年对着他们，咕噜咕噜地说了一段话，大概是解释说要熏蚊子吧。好一会即清出小片空地。随即在那人指挥下，拿起锄头、分头进一步把地整平。拉着白色绳线，定位；弹了墨斗，画出白色粉线。即有人在四个端点钉下木桩，然后就以耒戳地挖洞。

你听到那工头跟父亲说，还会不定时地跟你们买一些鸡和鸭，一些水果，木瓜、黄梨、香蕉、波罗蜜等，如果有的话；还有木薯、番薯等，他说他严厉交代他们绝对不会用偷的，也不能擅自靠近你们的房子、鸡寮等等，白天晚上都不行。

你很惊讶地发现，一个正方形的大框很快就架起来了。先是在挖了洞的四端立起木柱，框的内围也树了多根立柱，纵横交错的。木头插进洞之前，工人还仔细地刷上黑油，你记得那股新铺马路的味道。

两面墙快速地架起来了。发出香气的木板，一片叠着一片，铺就一面整齐的、夕阳色的面。只留下窗的空位，有两面还预留了长方形的门洞；上方的纵和横的框都架好，看得出房子的雏形了。那群人爬上爬下，大声说说笑笑的，一身汗水，有种莫名的骚味。有时还会互相咒骂几句；工头有时会大声叫唤某人，但那氛围是欢悦的。你打从心底浮起一股喜悦之感，一件好的事情就在眼前发生。就好像一场大型的魔术那样，让你想起马戏团的五彩大帐篷，总是突然像朵蘑菇那样从镇中央广场的草地冒出来，而且冒着一股爆米花的香气。

有两个人在距房子数米外的一端，用圆锹奋力地轮流挖着什么。湿软的黄土愈来愈高地堆在两旁，而挖土的人的身体渐渐下降。刚开始是一整个人站在地面，接着只瞧得见上半截身体，再来就只剩下一个沾泥的头，再来就只看见盛满土的桶子被一只泥巴手甩了上来，而守在一旁的那人迅速把它接过去，掀翻桶倒在一旁泥堆上。

你大着胆子趋近观看，一路避开绊脚的细树桩，一直到土堆旁。湿土的气味。你知道他们在挖井。只见井里那人卷起裤管的双脚泡在奶色的水里，水淹过小腿了，两人说说笑笑的，其中一个俊俏的男子蓄着小胡子。他向你出示新挖的一桶沙。大概可以了吧。

好一会，那两部卡车又出现了，一部载着满满的新铁皮，几包洋灰，一小堆沙子。另一辆车载着数捆草席、一台发电机，三盏汽车大灯，十数包白米，一珍[1]一珍的油，好几箱沙丁鱼罐头、黄豆罐头，几大包洋葱、小洋葱头、马铃薯。还有一堆别的什么工具等。

父亲叫唤你，说他要回去了。但你决定再留下来看看，父亲交代你要小心，别太靠近盖房子的地方，留神木方、钉子、木桩。别留得太晚。

然后摸摸你的头即离开了。

你看到工人把铁皮一片片地传到木框子上方，拼拼砰砰地钉了起来。银亮亮的崭新铁皮，黄昏时都盖起来了。还有里头的隔间，也都成形了，一盖上屋顶里头就暗下来了。工头特许你到屋里看看。那屋里都是新木头的香气，昏暗，有人点起煤油灯。四间房里的床板钉起来了，及你的腰高，木片粗扎扎的带着毛边。从走廊到后方的厨房，泥地上都没铺任何东西，脚步杂沓，草叶软烂，土地被踩得微微渗出水了，有股淡淡的沼泽味。

一身泥巴的小胡子也来帮忙传递铁皮。他从带泥的上衣口袋掏出一颗糖果给你，你小心剥开包装纸，一尝，是椰糖。

---

1. 承自英文 tin，铁皮制的桶，多为正方体。而 tin 同时是锡，英殖民时代马来半岛产锡，那些"珍"的内侧也镀了层锡，光滑而较不易朽坏，故常回收再利用。——原注

工人们在以木板钉制门、窗，但厨房几乎只架起屋顶和柱子而已。有人在厨房烧柴火，你闻到米水煮滚的香味。几块砖头叠起，上头架着口大黑锅。另一端有两个人正用圆锹熟练地拌着洋灰，加水拌均匀后，一锹锹铲进铺着洋灰袋子的木框里，再以灰刀拉平。你看到与父亲聊天的那工头模样的人正在砌着砖，叼着烟，头也不抬。你知道那是灶，将会和家里的长得很像。那人已经砌起来的是灶台的脚，得等待水泥灶台干后架上去，方能在上头砌上灶脚。

那天夜里，你看到新房子那里光芒四射，白色灯光远远地照进树林里。一直有人大声说话，响着刺耳咚咚咚的音乐。母亲说，点着汽车大灯呢。而你的家里一向只有微弱的煤油灯。

那天你家里还多了个人。一个干瘦、羞怯的女孩，一袭及膝细斑点洋装，看起来比你大上十来岁，胸前有着微微的鼓胀。你闻到她身上有一股酸酸的汗味，也许历经了一番长途跋涉。

"阿兰表姐。"母亲介绍说，"今晚她先和你睡同一张床。"

房里一角搁着长方形的绿色旧皮箱，因褪色及污渍而带着一股衰败的灰暗。棱角多处松开或剥落了，露出白色的断裂的缝线。床上父亲的位置，枕头换掉了，换了个细红条纹的枕头。但你肚子饿了。

你听到一壶水在噗噗作响，闻到干扁菜豆的焦香；那壶水是母亲指导她烧的，这些都是后来才知道的。

黄昏时有人骑着脚踏车把她送了进来，母亲说那时她曾大声叫唤你，但你显然被别的事情深深吸引住了。

油灯在夜风里轻轻晃动。夜风微凉，灯光昏黄。她吃得很慢很慢，小口小口细细地嚼着，一根干扁菜豆缓缓地没入她油亮的唇间。母亲只淡淡地说，阿兰她父母出了事情，不能照顾她了，以后她就在我们家，你就把她当你阿姐。那时你还不知道她父母同时死于一场和山老鼠有关的恐怖事件。

你瞄了她一下，她脸上没什么特别的表情，晃动的灯光让她的脸忽明忽暗，整顿饭没有说一句话。晚饭后，她默默地就着烛光把碗筷洗起来。接着母亲让你带着她到浴室，点了根高脚烛。把竹脚插进铁皮与横杠间的缝里，烛光照亮了深色大水缸，你向她示意香皂在哪里、干净的衣服放哪里、哪些桶可放脏衣服，还小声问她知道怎么汲水吗？她说知道。你持另一根蜡烛在井边，伸掌守护着微光，看着她熟练地汲水。铁桶垂降入黑漆漆的井里，伊持绳的手一甩，你听到桶沿咻地切入水面，然后一桶水就被提上来了。好一会水缸就盛满了。她关上浴室的门时你在外头发了好一会呆，听着凉水泼在她裸身上的间歇的哗啦声，仿佛有一声惊呼。井水可凉呢，你知道。

那一晚你终夜难以成眠，梦如烟如雨。白色蚊帐如常地轻柔地罩着，你紧贴着里墙，但左边的手常常还是会碰到她温热的手。她身上有股淡淡的茉莉花香，一直往你的鼻端飘。你的身体一直在微微发热，好像有点感冒了，你一直觉得口渴。她的呼吸声是细细的，有点像穿过树林的微风。屋外交织着虫鸣蛙叫，好似填满了整个夜晚。

在醒睡之间，有时似乎真的风起了，隐约可以听见树梢叶子的抖颤。然后突然下起细细的雨来。你仿佛感到时间快速从你身上流过，就像树林里的一阵清风，掀动了落叶。但画面散乱地叠印着，像抛掷一地的泛黄旧照。你感觉床像舟子，漂浮在缓缓流动的水面。

你看到她熟练地打点家务，洗衣烧饭，喂鸡、喂猪（她来了两周后，母亲新养了几头小猪，父亲盖了猪舍）。捡柴，砍番薯叶、香蕉茎，和母亲有说有笑的，就像是母女那样。她有了笑容。斜光里，她鼻翼的雀斑粒粒分明，像是刻意用笔尖点出来的。

你仿佛听到电锯刺耳的嘎嘎声于日出后响起，一棵棵大树轰然倒下，浓烟终日飘过来，弥漫整座林子。其后那一片原始森林在轰隆声里，一小块一小块地消失。一整片天空渐渐露了出来。入夜后，木屋那里依旧大放光明，喧闹不断；过了某一时刻却又骤然沉寂，剩下一灯如豆。没多久那里好似被整齐地切割出一个长方形的空地。堆栈的乱木，终日数十处白烟袅袅上升。

但那一带深夜经常出现的大团金色鬼火再也不曾重现。

老是有家园被毁的野生动物闯到胶园里来，常遭狗吠，甚至追杀，如四脚蛇、成群的雉、犀鸟、石虎和鼠鹿、蛇、猴子；但如果是大型的兽、狗也只敢远远地、谨慎、胆怯地吠，胶园里确曾留下老虎悲伤的脚印。

蓄着小胡子的马来青年阿里常抱着东西来交换，换鸡、换鸭、换鹅；有时是挣扎扭动的鳢鱼，肢爪反绑的四脚蛇，脸盆大的陆龟、水鱼。他们在屋旁锄了畦种木薯、朝天椒、木瓜。周日休假时他们有的到林中到处寻找野味,有的骑着野狼出去;有的回家,有的不知去哪玩,都穿着一身花衣、喇叭裤,梳着油头,上衣最上端的纽扣总是解开的。

你看到阿兰和阿里总是笑语晏晏,侧着身子,或靠着树,很好谈的样子。屡屡换着支撑体重的脚,但你受不了那蚊子。你不知道她马来话说得那么流利。但你也觉得阿里长得很好看。来得次数多了,狗也不吠他了。母亲多次警告阿兰,千万别对马来人当真。别吃了亏,女人总是吃亏。即使他肯要你,你也是要"入番"的,而且他可以娶四个老婆。阿兰只是无所谓地耸耸肩笑笑,说她只是喜欢和他讲讲话而已,没有想那么多。但阿里还给她送过一只巴掌大的乌龟,她就把它养在屋旁的小水坑里,还在它背上用红漆写了大大的 Ali,涂满半个龟背。阿里太久没来时,她有时会跟它说说话。

你知道她私下给阿里缝补过几回衣裤,后来受不了他的伙伴讪笑,只好凡是那样缝补的委托都接——只是要收费,一角两角地收,她把一些五分钱的"盾仔"送给你,存在她从马戏团那里抛藤圈赢回来的观音菩萨钱筒里。

母亲有一台旧针车,慷慨地借给她使用。大概两个月后,她和母亲商议,为自己买了辆半新半旧的脚踏车。因为你也快要上学了,父亲为你在附近小学里报了名,那就有多一个人可以接送了。有时她就和母亲一道骑单车上街去,有时也带上你。

但有时纯粹载着你到新开的黄土路那一带逛,除了烟味,你还闻到不同的大树被锯开后那汁液悲惨的香气。你看到树桐高高地被堆放在路旁,而拖格啰哩(联结车)载着满满一车巨木,扬起阵阵黄土奔腾而去;新辟出的路被辗得深深的辙痕重重叠叠。

经过雨淋日晒,有的辙痕已硬得像石头,凹处蓄了一汪黄水,你发现里头有满满的黑色蝌蚪。阿兰说,那些蝌蚪都来不及变成蛙的,再过几天就会全部晒成干了,母蛙做白工呢。"除非遇上雨季,"她望望天边的云,"如果常有日头雨,或许也有救。"

经常,你会看到阿里在河边的一棵树下等她。他总是抓了几只美丽的斗鱼,或沼泽里的什么怪鱼,盛在桶里给你。阿兰会叫你在树下等她一下,她和阿里钻进寮子里去了,出来时红着脸,发际都是汗水。回程时她变得沉默,而你没完没了地聊着美丽的鱼。但她没忘了交代你别告诉父母阿里的事。

母亲有时会单独带着你到麻坡探访外婆,一去数日,家里的工作就交给父亲了。阿兰来了后,有时也带她一块去,但有时把她和父亲留下顾家。那回只留下你父亲,但三天后,当他们回到家,却听说那一屋子马来人在他们返家的前一天都搬走了。清出的空地犹有缕缕残烟,但门口的黄色红色爬山虎都不见了,敞开的门窗像黑黝黝的洞。父亲说,会有另一批人来植油棕苗,但他们不住这里。那些马来人整批都将到另一处原始林,也许在吉打,也许到婆罗洲,甚至印尼。

你看到阿兰的脸突然垮了,咬着发抖的唇,眼眶一红,泪就哗啦流下来了。

　　你想起那许多个夜晚，阿里从窗外小心翼翼地爬进来。那时睡房的另一头早已为她架起另一张床——两把凳子，铺上几片厚木板。一样围上蚊帐，但那蚊帐较厚，一放下来几乎就看不到里头的动静了。况且，两张床之间隔着花布帘。这都是阿兰要求的，母亲也欣然同意。

　　阿里来的夜晚，每每窗外有一阵呱呱呱的连续的蛙鸣，接着是壁虎缠斗时尾巴敲打着板墙，然后是阿兰小心翼翼地拉开窗闩，阿里两手一撑就进来了。你总是装作熟睡。但那些奇怪声音还是异常清晰的。只是那时你还无法理解，那压抑成轻轻的叹息，或伪装成梦呓的，是青春身体热烈的欢好之声。

　　但更早时如果你仔细听，其实可以听到谨慎地踩在落叶上的脚步声——不是直接一脚用力地踩上去。而是两阶段似的，脚底先轻轻接触落叶，再把身体的重量渐次加上去。多半还会听到一两声狗吠，但不会持续。有时甚至在雨中，你瞥见他把衣服脱在门口——房里有个单独对外的门，方便你们男生夜半尿急时直接到门外的树头解决——她用大毛巾包裹着他，给他擦干身体，让他光溜溜地钻进她的蚊帐里。

　　那挂在柱子上的煤油灯是调得最微小的，微明的灯火勉强把黑暗推离数尺，因此在明暗之间移动的人影就像是在梦里。鸡啼前他必然掀开蚊帐离去，常常你眼睛贴在蚊帐后，清楚看到她依依不舍地穿着薄纱裙子，拉着他又抱又亲的，有时在门口犹紧紧地拥吻。阿里总是得再三地把她推开，方得以脱身。

　　你看到她经常把乌龟阿里翻过去，踩它的腹甲、踹它、咒骂它。

一阵子过去后，阿里来得稀疏了，你听到阿兰夜里在床上翻来覆去。那时阿兰就会带着你去找他。有时就是到他住处给他带些吃的，譬如烤了个小蛋糕，带上一粒榴梿或尖必辣。或者直接到他工作的林地。渐渐地，工人们都知道了，她一出现他们就会公然取笑阿里。你看到他眉间开始出现嫌恶、不耐烦，甚至会斥骂她。夜里，你会听到阿兰躲在蚊帐后小声地哭泣。她没了笑容，好似有着重重心事。你听到父母在背后小声地商议着，揣测阿兰和工人之间是不是出了什么麻烦。母亲问你是不是有看到什么、听到什么，你总是摇摇头。他们直接问她，她也是摇摇头。但她明显地胃口不好，甚至常常反胃。他们都猜到发生了什么事。麻坡之行是为了向她介绍一个王老五，母亲娘家那边的亲戚。虽然年纪有点大，三十多岁了。但脾气好，有地有房子有辆小车，很希望有老婆小孩。宣称不会计较她的过去，也不嫌她年纪小。

但她竟然一口回绝了。嫌他老，嫌他矮，嫌他肥，嫌他丑，嫌他秃头。

你看到她姿态僵硬地走向那木屋，你悄悄地跟了上去。

你们到那房子边，只见门窗开着，里头东一包西一包的都是垃圾，破烂的衣服、鞋子、空罐头、枕头，还有股说不出的酸味。

你们绕着房子外边走。只见屋旁的灌木都长起来了。木薯有的被拔起来了，但被弃置在那里，长出的薯还很小根。

然后你突然发现那面墙上，一片片木板都用炭画着奇怪的 W 状的图像。仔细看，虽然是黑白的，但确凿无疑的，是赤裸的女体，朝看图者大大地张开双腿，袒露出私处，那双腿交接处被炭反复着墨，以致厚厚地鼓起。阿兰流着泪用力地推着你离开那里。

那群马来人你再也没见到过。即使见着了，多半也认不得——一如他们之认不得你——你猜想他们多半娶妻生子，买了华丽的房子新车，过着幸福快乐的日子了。毕竟他们都是土地之子。

多年以后，小屋四周的杜果、榴梿、波罗蜜、红毛丹、山竹——也许是当年那些马来人连同果皮果壳丢下的种子——都长成浓荫大树，而且总是毫不吝惜地结实累累，你常到那儿捡果或采果，红毛丹熟时红，榴梿波罗蜜杜果都是香。土地的主人很少到访，但管理油棕园的人有时也会来采收。而番石榴东一棵西一棵的，烂熟的果掉了一地，裂开，有的白有的红，一股刺鼻黏腻的烂果香——多半是他们拉出来的种子长大的，树上时时刻刻有鸟鸣叫。窗外还有一棵很老的木瓜树，树干折断重新长的顶芽显得不那么茁壮，而且结的果既少又小了。

木薯的后裔也与在野草灌木间挣扎着伸长了瘦而多节的茎。

那空荡荡的房子勉强撑持着自己。

那之后曾住进一家印度人，一对夫妻和几个一样很黑很瘦的孩子，都很节制地不会靠近你家。你记得那女主人会辛勤地采摘房子周遭的野茄和卷卷的蕨芽。有一天你上学回来，发现他们搬走了，就好像没来过似的。那之后就没人住了。

但有一回狗发现里头躲了人，父亲发现是来自镇上的脸色发白、说话时嘴唇发抖的华人白粉仔，就立即提着长刀大声呼喝着把他赶走了。

然后屋顶的铁皮有了破洞，无数个破洞。因此白日总是有光透进去，丛丛野草就从地面长了起来，多的是茅草、芒草、羊齿、牵牛花和小花蔓泽兰。房里的木板床也都崩塌了，露出成排锈蚀的铁钉头。

暗处有蝙蝠，蜘蛛沿着门窗结网。有时有眼镜蛇，四脚蛇。光亮处沙土上有蚁狮诱捕蚂蚁的陷阱，凹陷的沙锥；高处有土蜂的窝，一窦窦的，好似是那房子本身长出来的赘瘤。

有大把误闯的藤蔓贴着墙角绕了一圈又一圈，绕过床底，好似始终找不到出路；一直到房子更其坏朽，有的终于从破墙洞钻出去了。

园里的油棕树不用说是高高地长大了，果实也收割了一回又一回。

多处墙板朽坏脱落了，长年泼雨而长着泛灰的霉，有的还有明显的烧焦的痕迹。你看到其中一片倾斜木板上的W字，那中央交接处长出一朵鲜艳美丽的红菇，像一枚巨大的红色钉子。你知道那叫毒红菇（没错，你原本不知道它叫什么。是你那对蕈类非常好奇的年幼儿子指着图鉴告诉你的。那时你已在异乡多年，凭着记忆画了幅光影如泪迹的水彩画）。一旁板沿还长着花簇似的黑木耳、白木耳、硬毛栓蕈、侧耳等，不同世代全挤在一块。

而阿兰，马来人搬走后不久，在与你母亲大吵一架后（挺着大肚子的你妈竟骂她姣，唔知羞），就红着眼眶骑着脚踏车载着旧皮箱走了。从此再也没有见到她，就好像她从没来过似的，就好像世间没有这个人。父母也因此大吵过几回。那之后你父母确曾认真找过她，但亲戚们都没有她的消息。但有人说，看到一个长相类似的年轻女人提着一口旧皮箱，上了南下新加坡的火车。

脚踏车店的老板证实说，她把旧脚踏车卖回给他了。

父亲说他确有看到那残破的脚踏车，就搁在店里一角，后轮扁掉了，只能倚着墙。

她走前用力地抱一抱你，"要用功念书。"她说。她留给你的，除了那扑满，就是那只背上写着 Ali 的乌龟。它后来也长得饭碗大、碗公大，背上的字变小，有的部分也渐渐因与世界摩擦而脱落了。A 只剩下两个脚，两个血红点；但竟还是完整的，像穿了鞋子，一头尖一头扁。

识字以后，你一直期盼收到她的来信，即使是张卡片也好。但你知道她不识字，而你家，没有地址。

后来你在离家前的那个黄昏，就把乌龟用绳子捆了拖到沼泽边，一脚踹进水里放生了。

那时，不远处铁道上，一列南下的旧火车正慢悠悠地经过，每一个车窗都亮着幽黄的灯。你双手合十，如同在庙里对着观音为她祝福。

你一直梦到她初到的那晚，像一朵初绽的夜合花持续朝着你散发着淡淡的香气。那是你此生最幸福的时刻之一。

而其他的时光，都像流水般从躺在床上的你身上缓缓流过。

（字母W，字母 i ）

二○一四年四月九日初稿，九月补

雄雉与狗

又是回乡。（故乡与他乡其实早已颠倒置换了。）回来后
两度梦到父亲，但其中一个梦竟然忘掉了。还记得的一个（总
不会浪费，一定会好好地运用）是这样的，我和某个家人在某
个大街上（老旧的殖民时代的三层排楼）偶遇父亲，他胖了点，
脸有点浮肿，肤色较往昔苍白，松松垮垮的感觉。似乎也戒了
烟（因为没闻到他身上招牌的印度红烟丝味），彼此淡淡地打
了个招呼。突然听到心的沼泽底部枯枝败叶处冒出一个清晰而
坚定的声音：原来父亲并没有死，只是被遗弃了。另一个更细
微的声音，从枯叶淤泥下，大大小小的水泡般浮起：被遗弃后
似乎过得还不错，气色比以前好。但那种失血的苍白，好像是
因为长期住在水底没有晒太阳的缘故。

为什么会有这样的梦，稍稍自由联想一下就不难理解。回
乡不免要到父亲的坟头去瞧瞧，好像就为了再度验证他是否真
的死去。再则是因为两次见面间的时间距离总是很长，实质性
的时差，令人清楚看到事情巨大的变化。譬如上回听说刚怀孕

的侄女而今小孩已在学步，上回刚播种的玉米田不只早已采收且改种了花生，凡此种种。但此回印象较深的插曲之一，则是一只狗因为年老而被遗弃了。"老了，目睭青瞑¹，没用了。叫阿明（哥哥的名字）抓去巴刹²附近放掉了。"务实的母亲自在地说。伊说有时会看见它在菜市场附近的垃圾桶找吃，一身皮肤病，大概很快会被政府的杀狗队当街射杀。

那只瘦削的黄狗，曾经非常傲慢。上回看到它，为了它屡骂不听的吠叫（对它而言我也是陌生人），长长的狗嘴被穿戴上一个两头剪开的空罐头，像戴了防毒面具。戴着那东西，狗眼看人时眼神古怪，眼珠子往鼻端挪，两耳往后贴，好像对主人把它搞成这副怪模样颇不以为然。拿东西给它吃，如果不合胃口（譬如不是肉或骨头），它会侧过身，抬起左后脚，黄澄澄地尿它一泡臭骚。有时意犹未尽似地，闻一闻，再侧身，抬起右脚再尿它一泡。

养它的目的是让它看家，有陌生人靠近要吠叫阻吓。瞎了眼当然没用了，因类似的理由被遗弃的狗当然不止它一只。甚至已历经无数世代。

从旧随身碟里找到这份档名为《雉》的没写完的残稿，只写到题目中的"父亲·狗"，还没写到第三个对象，猜想应该

---

1. 闽南语，指眼睛失去视觉能力。
2. 指菜市场。

写于二〇〇九年左右吧。那原想留下来写小说的梦已不记得了，写在《如果父亲写作》的梦已是纯粹的文学想象了。但那只非常有个性的狗我还记得，看来非常有自尊心，可以料想当它发现自己被主人遗弃时的伤心落寞沮丧。母亲那时说着"瞎了眼就没用了"时的坦然自在的神情仍历历如昨，但她近年也衰颓至极端依赖儿女，无法清晰地思考了。

　　强悍而性急的母亲，多半也不会料到自己有一天会失智、生活无法自理，孩子们只好聘雇印尼女佣全日照料她——甚至忍受她的暴怒、抓咬——那是没有一个孩子或媳妇能做到的。因婚姻不幸让她暮年操最多心，倾全副心力动员儿子帮助她的那个女儿，在伊失智退化得情感脆弱得似幼儿，苦苦哀求她留下陪伴时，她断然地拒绝了，"我还有生意要顾啊！"

　　父亲癌病的后期，返乡时也曾多次听到母亲哭泣抱怨父亲"只是拿我来做种的"（我翻译成白话了），文艺腔一点的表述，就是"他根本不爱我的，和我在一起仅仅是为了传宗接代"。那时无心追究父亲骂了她什么。知道死之将至，想必相当惶恐吧？母亲还能清楚说话时，也充满了对死的畏惧啊！但那时她还很健康，可能因此不易谅解吧。他们不是恋爱结婚的，但恋爱结婚的终成怨偶，或离婚的也何其多，不是吗？

　　她爱孩子远多于丈夫，儿子多于女儿，这也是我们早就了然的——譬如她认为，为了儿子，女儿应该放弃学业。那种强悍的母爱，竟然长期而系统地扭曲了孩子对父亲正常情感的发展。她的口头禅："恁爸没才调。"用我们熟悉的当代表述：

你爸是个失败者、鲁蛇。大概是抱怨父亲不能赚大钱，发家致富，买大豪宅、开进口车，让她过上舒适轻松的日子吧。

初中还是小学高年级时，曾经困惑于人生的价值，问母亲：什么是最重要的？她的答复竟是——钱。多年以后还曾听到她喜滋滋地向我的侄甥辈述及，多年前我那孩稚的提问。是的，那些年钱总是不够用，总见她忧形于色。但母亲从不认为问题在于孩子生太多——父亲如果是个成功的商人，再多也养得起吧。反正都是他的错。

父亲过世后我才了解这爱的抢夺与偏斜，但兄弟们不少早已把她的视野自然化了。她曾说，孩子是她此生最大的成就。

雉的故事是更早的，那时他们还住在胶林里的旧家，父亲还在世。每回返乡母亲就会历历诉说我不在家那些年，发生在亲戚身上的事。那些在时间里失落的，或者增生的。时而兼及动物。但也警告我别再多事，偷放走他们好不容易以笼子捕抓到的野味、松鼠、果子狸、四脚蛇、猴子……

犹记得她说到捕获那只美丽的山公鸡时，得意大笑时露出嘴巴内侧那颗闪亮的金牙。那是她盛年的后期了。但盛年毕竟是盛年，就像刚过了午时，天黑不会马上到来。

树林里本来就多山鸡群，有时还会一整群混在家鸡群里，偷吃饲料。它们自以为不会被看出来，其实山鸡家鸡毛色本来就不一样，大小也不一样，更何况山鸡白耳朵，山公鸡长尾，一眼就看出来了。但山鸡一向小心，人一靠近它就上树，天黑了也不会跟着进鸡寮，要抓并不容易。为了吃山鸡肉，她就很有耐心地让它们吃，但一阵子有的会放松警戒，走进鸡寮等死。但这群后来都飞走了，不知道发现了什么。

可是有一天，那只金色的山公鸡离开它的群独自回来了，接连好几天都睡在附近的橡胶树上，白天飞下来跟着那群鸡找吃的。"你唔知我看到它回来有多欢喜"，母亲眼角挤出"夹得死苍蝇"（她的口头禅之一）的皱纹、闪着金牙说，它的毛色金亮金亮，和别的山鸡不一样，特别漂亮。她观察了好几天，发现它一直跟着一只年轻的母鸡，母鸡到哪就跟到哪，会帮母鸡拨开树叶让它抓虫吃，找白蚁窝给它吃。别的鸡靠近还会被它赶走。"好像谈恋爱那样。"

她心里想，等天黑它如果跟着母鸡进鸡寮再去抓它。可是接连好几天，天一黑它就上树，虽然是鸡寮边的树，但都睡在高枝。那样过了十几天，有一天晚上它竟然跟着母鸡进鸡寮，大概以为安全了吧。

母亲马上关了鸡寮，在手电筒灯光下把它"掠"起来关进铁笼子，第二天刚好没割胶一早就把它割了脖子烫滚水拔光毛煮了一锅咖喱鸡不知道多好吃。

后来那只母鸡生蛋了，她还特地留给它孵，还真的有几只是它的种，只是没那么漂亮，比较小只，不会飞，吃起来也没它爸的肉那么甜。

母亲故后不久我梦到她。和几个兄弟姐妹，大家都一脸肃穆地在一处斜坡上的小吃摊喝咖啡乌[1]、吃着随便炒的面。风大微寒，零星的雨滴洒在脸上、头发上。她还是以前那副胖胖的样子，衣襟污渍斑斑，就像当年我们一道去收胶汁，或砍柴，或采猪食时的模样。那只怕也是三十多年前的样子了。那时她常穿的工作服，那些污渍是怎么洗都洗不掉的。植物的汁液已渗入纤维深处，洗刷也不过是洗掉汗水而已，晾着时都觉得脏。梦里的她没有笑容，好像有什么心事。以前，为钱发愁，或儿女惹了什么麻烦时，她就会露出那样的黯淡神情。梦里的我知道她和我们一样，也刚从她的葬礼回来。她似乎和三嫂和解了，但没有人说话，都默默吃着。毕竟刚埋葬了母亲，谁还有心情说话。

二〇一四年六月十二日，八月十三日，
二〇一五年一月十四日补

1.　一种加糖不加炼奶的咖啡。

龙舟

《雨》作品五号

树影扶疏。

那么多年了，路似乎还是记忆中的路，没多大变化。仍是静静地躺在大地上，没有被层层落叶包覆。没长草的地方就是路。只是大雨时急迫的流潦暂时改易了它的面貌。有的落叶整撮地被推到路中间，被跨过小径的树根拦下了。但那很快会被行人拨回路旁，犹如会绊脚的越路树根会被斩断一样。但有的树根因此裸露了。

昨夜那场大雨，把树身都打湿了。四处的落叶有的盛着水，蒸腾着水汽，映现着水光。蜘蛛勤快地修补着被雨打毁的网，从草尖牵到树干，或者往返于灌木间。网上依旧挂着发亮的水珠。

而天空，已是透蓝透蓝的了。

坐巴士到林边的站，下了车就看到那条光影斑驳的小路，延伸向胶林深处。

母亲说，去给你外公看看吧，他很想念你呢，讲了好多次。他年纪也大了。这次还特别交代说："有话要和辛单独谈谈，要他端午前一定要到老房子找他叙一叙。""我有事情要交代他。"

"我要去吃喜酒，晚一点如果有时间再去找你们。我也很多天没去看他了。"

路的光影的尽头，小而清晰的影像——锈锌板依旧反射出刺目的光，旧衣服包裹着的累累果实的尖必辣树浓荫里，白发老人赤着上半身挥动斧头在劈柴，远远就可听到那声利落的"啵"的爆裂声。没听到狗吠。沿着微微上坡的路，老人发现了他，长斧停在半空中，再徐徐下降，沉在一旁。

"辛，你回来了。"

两只老狗懒懒地看了他一眼，也没有吠的意思。好像他是再熟稔不过的人，昨天才来过似的。

十多年了，自己脸上想必有一番风霜，年近五十的母亲都变成了臃肿的中年妇人了。但八十多岁的外公竟然几乎没变，只是头发更其银白了些，依然精实健壮，两眼有神。看到辛，眼睛一亮，嘴旁飞快地闪过一丝笑意。

"吃饱未？"

"路上吃过了。"日都微微偏西了。

厨房里热水烧得呼呼作响。外公放下斧头，大步跨进去，辛也跟了进去。昏暗的厨房，灶里的柴火烧得炽红，屁股炽红的水壶猛吐出白烟。"喝咖啡乌吧？"热水冲进钢杯，即闻到浓烈的咖啡香，瞬间布满整个空间。好怀念好怀念的味道。桌上塑胶袋里，掏出纸包着的豆沙饼，示意他拿来吃。过去的生活一直延续到眼前，这让辛感受到过去的强大力量，好像有什么东西朝他张开了大口。

"留下来过夜吧？房间都空着。"

辛点点头，放下背包。他出生那年外婆意外过世后，外公就一直独身。屋里收拾得干干净净的，和记忆中一模一样——甚至他小时候看的那些儿童读物——漫画、《西游记》、《水浒传》连环图、《儿童文艺》。他睡过的床——他都和外公睡，而今那或许依然是他的床。那原木剖成的床板被人的体脂经年侵渗得黑实油亮，精神奕奕，好像有许多故事待说。

大黄猫在窗边那儿翻过身自在地缩着脚鼾睡。

离乡出国之后就没再回去，不料这地方好像没什么变。好像这空间有它自己专属的时间。

但外公的床的另一头也搭了一张床，一样是几片老床板拼着，两头架在长凳上。大概是从阿姨的床那里拆过来的，好似是为了他而特别准备的。也挂上了旧日的泛黄蚊帐。

小学前辛都住在这里，陪着外公，外公无微不至地照顾他。从不让他靠近水边，除非有大人陪着。稍微有点高的树不让爬，也几乎不让他离开他的视线。外公解释说，在辛很小时，有一个通天本领的算命师为他算过命，说他的生命里充满了各式各样的危险，不特别留神只怕会养不大。

每逢假日辛到林中造访，外公也是一刻都不让他离开视线。但如今他长大了，而且到了当父亲的年龄。如果有孩子的话，是该带孩子来走走，说不定他们也会喜欢这里。但他也说不出为什么，心底深处有个说不出的念头让他想避开这地方。秘密。

好像有什么他小时候来不及知道，长大后千方百计避免让自己知道，其实早就该知道的秘密。每个家族里都有一些黑暗的秘密，只是有的不为人知，有的说了也没人相信，如此而已。

小时候的几年共同生活，辛就感觉外公的眼睛深处有秘密。他曾望到他浅褐色的瞳仁深处，有一尾陌生的鱼。但仔细看，是条金色小舟。母亲眼睛深处也有秘密，那是个长得很像他的男孩子。辛知道那是早夭的大舅，看过他的小照。

母亲深爱着他，所以生下他。

还有外婆的死，辛偶然从大人那里偷听到不同的说法。

一种广为流传的说法是，伊死于难产。怀上那一胎时已四十岁了，孩子提早降生，却是脚先出来，赶紧到镇上求援，都来不及了，母子俱亡。那是大舅亡后终于怀上的儿子。她一死，好几个女儿只好送给别人养，外公一个人可照顾不了她们。母亲只抢救得两个妹妹，最大的和最小的。年龄和她最接近的可以帮她照顾孩子，因为她也刚当上妈妈；最小的可以做她孩子的玩伴。两个阿姨和辛都很亲，自小一块玩家家酒、桃园三结义、木兰从军、武松打虎、孙悟空大闹天宫。

就是这很疼他的大姨，有一次辛听到她对人悄悄地说，外婆其实死于自杀。喝蚁酸。死得很痛苦。心中充满了恨。恨意像一具死胎。她说了这句费解的话。

又譬如，母亲生下他时才十六岁。但播种者是谁始终是个谜。辛知道不是后来和她结婚的那个人。那人很爱母亲，但他们认识时辛已经五岁了，他追求母亲时一直买糖果讨好辛。婚后，待他有时像朋友，有时像弟弟。

一种说法是，摸黑在园里长草中工作时，被附近园丘工作的马来人或印度人从后方袭击了。

但辛长得一点都没有杂种的样子。

又有个说法，说是到附近大芭伐木的工人引诱了。但那人是谁从没人见过，比影子还虚无缥缈。赖给日本人也不行，日本人来时母亲还只有七岁，而且外公外婆带着她们躲藏得很好。

母亲生他那年还不过是个少女。因此母亲和阿姨都像是他姐姐，他长得也像是她们的弟弟。幼年时在看过舅舅唯一的一张照片之后（头生子，周岁时外公外婆特地带他到镇上的照相馆拍了张全家福），辛甚至一直认为那是他父亲，要不，也该是哥哥，因为太像了。母亲也在辛周岁时带着她和两个阿姨共同拍了张类似的全家福，外公极为罕见地穿着衬衫，就如同出席他人的婚礼时那样。辛像个王子那样坐在三个如花的少女间，母亲身旁是黝黑硬实如木雕的外公，他笑得可灿烂了，露出一口参差不齐的黄牙，那张嘴看来深不可测。

约莫是五岁前后吧，有一次辛顽皮地偷偷沿着墙柱往上爬，爬到屋梁上。那昏暗闷热的屋顶下，多的是烟尘——厨房炊食时烧的烟，经年累月地往上吹，灰尘都聚集在屋顶铁皮内侧、梁柱上，因此那儿什么都是灰扑扑的。一沾，手就黑了。就在眼睛适应黑暗后，辛突然看见一样意想不到的东西：一艘独木舟，像一尾巨大的木雕的鱼，横在梁柱间。它也被烟尘和蛛网包覆了；但手指略略一碰，就露出鳞片的形状。辛好奇地摸着船首，画出一圈眼睛的形状。然后听到外公的脚步声，辛赶紧下来，刚站定，一转过身，就看到外公可怕的脸，眼圆睁、鼻旁横肉贲张，像幅鬼面具——右手食指竖于两唇间，轻轻嘘了声，摇摇头。辛知道那是什么意思。秘密。不可说。于是很用力地点点头。然后手轻轻搭在他肩上，缓缓在他面前蹲下，扑哧扑哧地大口吹着气，只见他脸部肌肉慢慢松开，好一会，终于恢复原来的慈祥模样。

辛真的信守承诺，这么多年来均不曾向母亲甚至阿姨们透露他看到什么。久而久之，他也不确定是否真的有那么一回事，还是那仅仅是个梦。后来发现，屋顶下方一整片都被用木头严严地封起来了。

辛也知道林中有一些坟墓，有新的，也有旧的。

他知道有个跟他同名的舅舅埋葬在那里，但没有树立墓碑，堆栈的大小石头间倒是种了一棵树，辛小时候它已是棵大树，且鼓起腾长的树根把石头都给撑开了。多年后，它俨然已是棵巨木了，巨大的板根东西南北向，像四张凳子，可以跨坐。羽状的细细的叶子，树荫已经大得足以遮覆后半片园子，那周遭的橡胶树都砍除了。有两口井被封起来，填满泥土与石头，只剩下旧枕木做的井栏。废井里曾经植树，各植了一棵山竹。但如今它们的光照都受到巨树的威胁而歪向一边了，但仍累累地结实，稍一留意就可看到果壳泛黑的熟果，藏在厚大的叶片下。

那三棵树外公都严禁他去爬。三棵禁忌之树。

还有这里一块石头，那里一座土墩，有的不能坐，有的不能爬，有的不能碰。不容许到沟里抓鱼，不得到灌木丛里抓豹虎，不得去枯树头洞乱掏——怕蛇，也怕那些"看不见的脏东西"。

小阿姨偷偷告诉辛说，外公以前不是这样的，他对和你同名的舅舅可放任了，几乎是完全的自由。他可能把你看成是重新投生的他，也怕你会有和他一样不好的遭遇。

但那让辛觉得这地方没意思极了。念小学前，一搬到外头跟父母住，一见到外面的世界，就想离开了。离开了也就不想再回来，因为这树林让他感觉像牢笼。其后数年，辛也只是逢年过节随父母短暂地回返，每回外公依然紧紧地盯着他，他的目光就像是他的影子似的。其后出国，在戏剧舞台找到栖身之所，梦里依然会重返故地，看到坟墓那棵树枝叶发胀，遮住一整个天空；那秘密的鱼舟也一再出现在他异国的梦里，船上一个忧伤的白衣少年，在星光灿烂的夜空孤独地划在黑河上。

重游旧地。摘了十几颗山竹，剥了壳啖了后，他在坟前大树下燃起一根烟。然后风中飘过来另一种烟味，果然，外公就默默地在角落里一棵红毛丹树下，检查兽笼。再自然不过的。两只狗陪伴左右。外公高举锄头，奋力锄开泥土，挖出大条的根茎。

"树薯吃吧？"

辛又点点头。

外公早就杀好了一只大公鸡，剁了大火快炒。配着水煮树薯，在昏暗的油灯旁默默地吃着。好几回，辛可以清楚感觉外公有话要说，但欲言又止。然后就听到噗噗噗的车声。外公皱一皱眉头。砰地车门关上后，母亲一身大红花衣出现在门口，还明显地涂了口红。

"还没吃饱？我吃到一半就逃走了。煮得不好吃。"

接着母亲唠唠叨叨地说了一堆三姑六婆们在餐桌上抢食物的丑态，谁谁谁抱走整盘烧鸡，谁又在大虾上吐口水，以便独占它们。她讲得很开心，口水也乱喷。

外公的眉头一直没有松开。

"你先回去吧。"

外公的语气突然变得很冰冷。

"难得辛回来看我，我有些话要单独对他说。"

母亲的脸也突然冷下来，但潮红。安静了十数秒，咬着唇，微微地发着抖。

"爸，"泪水在她眼中打滚，"有些事永远不要让他知道还是比较好。"

然后就转身退出门外，砰地关上车门，两柱灯光在树林里颠颠簸簸地游移，一直到消失不见。外公叹了口气。

继而沉默了好久好久，好像说话的机能突然被关掉了。就着微暗的灯火，那夜，辛在笔记本上涂涂写写，那棵大树给了他很大的触动，风过时哗哗的树叶像在对他说着欢迎的话。

一直到昏昏欲睡，躺在床板上，床板竟然铺了张白色的虎皮，黑白条纹，像斑马。油灯有女人腰身般的玻璃灯罩，小得不能再小的微芒，勉强把夜推离咫尺。外公和他的床都沉没在黑暗里。辛感受夜雾从板缝间不断地涌进，就宛如置身野外，想象一整个天空都是眨呀眨的小星星。

"有一次我在秘鲁受了重伤,被食人鱼咬的,全身都是伤口。"辛听到自己的嘴巴突然讲话。声音有点陌生,好像在某出戏里。"差一点死了。"

"有一晚梦到舅舅坟上的那棵大树,在夜里开满淡蓝色的小花,像一树萤火。一阵风吹过,花全数掉落,就像日本人最爱的樱花。花落下时像小雨,湿湿地掉在我的伤口上,每一朵都是小小的蓝色的唇,像极轻柔如风的吻。醒来时感觉就好多了,高烧也退了。我梦到一个长头发的马来女人在照顾我,是个年轻的妈妈,给我吸她的奶,我大口大口地喝到打嗝——那年我都二十八岁了。醒来时发现那是个比我年轻得多的印第安女人,十五六岁吧至多,孩子刚满月,奶水很多,就把我当婴儿哺喂。她说巫师交代只有这样才能把我快要散掉的魂重新聚起来。"

辛的故事里隐瞒的部分是,那伤口不是鱼咬的,而是女人。一个狂野的西班牙女人,发现姐妹俩同时被他拐上床,高潮来时就老实不客气地压制住他,全身上下狠狠地咬,咬得皮开肉绽,还舔吸他的血。那女人齿缝间残留的发霉的西班牙干酪,差一点要了他的命。

辛记得很小时,有一回母亲喂她母乳,伊另一边奶上却是外公的头占据着,咕噜咕噜地猛吸。母亲一脸潮红。辛伸出小手,奋力地想把他推开,却被他的胡子扎得刺疼。老是有见过父亲和半裸的马来女人亲热的印象,于是说了那一个故事。

"这房子里发生的事,有的像梦。"外公果然开口了。"做的梦,却像是真的。我也常常弄混淆了。"

　　——你小时候跟人说在屋顶下看到一艘船，那不过是你的梦。不信你明早自己爬上去看看。那些原木不知何时移走了，屋顶下方黑漆漆一片。

　　——你也曾说梦到你舅舅是被老虎吃掉的，一只母老虎带着两只小老虎，还说吃得只剩半个头。其实他可能变成其他东西了，譬如一棵树。

　　——很多人都怀疑你真实的父亲到底是谁，有的还怀疑到我头上——包括你外婆。她们同时怀的孕，她年纪大了，一直想再为我生回个儿子，医生也确认这胎应该是男的没错，不料却出了那样的意外。

　　——那个大雨的夜晚我起来小便，打开门却看到你妈的窗被打开，有一个男人从那里头跳了出来。冒着大雨非常快地往树林里跑。我追了一段，一路被灌木丛挡着移动得非常困难，但那影子却毫无阻碍地消失在沼泽原始林的方向。那背影——

　　——我一回到家就看到你外婆，脸色很难看地在家门口等我，问我是不是又梦游了，怎么把门打开让雨水泼进来？是不是偷偷爬进女儿的房间里？你这禽兽！

　　——两个月后你妈确认受孕。她也说是梦到辛好几回爬进她房间，央求她把他给生回来。

　　（听起来好像真是他干的，妈的这老禽兽。梦游。走错房间。都是这些理由。他说这房子比想象的还古老。虽是他几个朋友〔他们后来都死于打猎意外〕帮着他盖起来的，却是在旧的居址上，那灶也是旧的，因此它的灵魂还是旧的，更新的不过是躯壳。）

——它有时好像有自己的想法。

——园里的几座坟墓应该是它历代的主人。后来发现了更多，有的棺木骨头都化掉了，包括我挖的那几口井。

——这块地和房子原本是要留给你舅舅的，他没了后，就只好留给你。但你人都在国外，怎么守护它？你能不能以后每年都回来住一段时间，平时可以请人打理，我最近会请人来把它围起来。我的时间不多了。黑暗中，他的声音嘶哑，空空洞洞的好似来自古老墓穴的深处。

接着他对辛提了个要求：

——把我葬在这块土地上，洞我挖好了，我选择立葬，头上脚下。你必须帮我办个葬礼，扛一具假的尸体（木头做的就可以）到坟场埋下。

辛全身发麻。想到母亲而今的年龄恰是外婆猝死之龄，自己的年岁是大舅意外死亡时外公的年岁。

外公发出一阵阵的鼾声，感觉那是这栋老房子本身的呼吸。顿时有一身而为多人之感。感觉外头突然变天了，细细的雨洒了下来。像沙，像米，那一样一把一把地被风的手抛下。远方轰隆轰隆的，像是浪，从更远的世界的尽头推了过来。辛想起五岁时，母亲曾带他去底沙鲁（Desaru）看海，那时海上锣鼓喧天，龙壮士们蜈蚣般的手，划着挂着苍老多须带角的怪物头的船——母亲说那是龙舟——船身画着红色或绿色的巨大鳞片。

二〇一四年二月一日大年初二初稿

沙

《雨》作品六号

　　突然下起雨来，根嫂正待拔腿返园去收胶，却听到阿土冲口而出说，割没几棵吧？就算了吧。伊一愕，但也就停下脚步。听那语气有几分强制的意味，看来丝毫未经思量，也许以前习惯了那样对他妻子说话。

　　一犹豫，雨帘哗地泻下，那么大的雨，即便已割了百数十棵，收回来的也是稀得不能再稀的胶水，颜色虽还是白的，水太多，却再也凝不了了，收了也只是倒掉。

　　——进来屋里坐坐吧。

　　阿土这时微微牵动嘴角笑了一下，叉开五指，抚一抚一头上乱草，提着伊带来的那包东西，往里走，伊只好跟着。屋里有股混合的怪味。发霉的，馊掉的，印度人似的。伊甚至明显闻到他身上飘来股浓重的公骚味，不会是很久没冲凉了吧。人极瘦，几乎就只剩一个骨架，披着上衣，下身是裤管宽大的卡其短裤。或许也很久没吃东西了，移动几乎没肉的脚骨时，可以感觉他上半身不自然的左右摆动——像划着船似的，竹节虫似的长手甩动时骨节格格作响。屋里昏暗杂乱，连神台上大伯公神像都被打翻了。随处是酒瓶。有的椅子竟是斜躺着的，衣物丢得到处都是，还有锄头镰刀锤子铁钉散乱一地，好像被盗匪或士兵彻底地劫掠过，不像是个有人住的地方，就算床底下藏着尸体骷髅也不奇怪。移动时，得留神脚下，最好紧跟着他的脚步。

　　进到厨房。伊从未到阿土家这么深处。往昔拿东西给阿土嫂，如果不是在园里，最多也只是在五脚基。虽然和气的阿土嫂多次请伊到厨房坐坐喝杯咖啡，伊都以工作忙婉拒——伊知道阿土嫂也不是闲着，事情多到做不完。割胶人都怕雨，天略变色就紧紧张张，赶着收胶。

　　阿土装了壶水，从灶旁的一团黑色事物拔了一小撮，伊知道那是干胶丝，火柴擦了几下点着了，伸手把它放在灶孔里几根橡胶枯枝交叠的下方，没一会就烧起来了，有一股火的味道。他随手在灶头轻轻敲掉烟斗里的灰。再从上衣口袋掏出锈色铁盒，抖动着拈了一小撮烟丝塞进烟斗。弯身从灶里取出一根烧着火的柴，低头快速点着烟斗里的烟丝，一阵白烟冲开遮没他的脸。阿土闭目深呼吸，好像这时才醒过来。他把那根头兀自灼红的柴飞快地塞回灶里。雨呼呼哗哗地下着。厨房多处水滴下来。

　　这时看到阿土长脚蜘蛛似的飞快地搬出大叠锅子脸盆，摆在漏雨处，把不能淋雨的东西移开。伊也动手帮忙摆了几个桶子。这才发现厨房铁皮有多处可看到点点天光，"油烟"，咬着烟斗的阿土口齿不清，指一指灶头。伊了解，这种房子，油烟熏久之后，厨房铁皮朽蚀得特别快，下雨一定会漏水，如果不补，很快就会破成大洞。他身上有多处被淋湿了。客厅房间呢？他拿下烟斗，说还好，平日都有在补。

　　——饮咖啡么？

　　阿土的声音从烟里传出来，有点干涩嘶哑。原来灶上壶里的水烧开了。伊还没决定，脸突然热烫烫地红了，下意识地双手抚着脸，手指冰冷，还有股生橡胶味。只见阿土掏出咖啡滤，吹一吹、甩一甩。找出咖啡粉罐，用力拍一拍、摇一摇；斜眼睨一睨罐里，嘴角牵动。接着手伸进去，听到汤匙刺耳的刮磨，他似乎费劲地在挤压着什么，甚至皱了皱眉头，噗噗地喷着白烟。手小心翼翼地退出来，一满匙黑亮亮的咖啡粉，倒进滤布。接连舀了数匙，热水往滤布一冲，接着就闻到股热腾腾的咖啡香，一杯冒着烟的咖啡就搁在眼前了。

　　雨不会马上停，雨停了再走吧。他说，声音听来有股奇怪的眷恋。

　　根嫂心里七上八下的，如果有人看到她独自一人走进阿土家大半天，不知道传出去会是怎样的难听话。伊心底一酸，还好爱赌两把，酒后爱乱讲话，又爱吃醋的老公阿根已经不在。几个月前，被人乱刀砍死在草丛里了。不然说不定会拿巴冷刀冲进来，再大的雨伊都要赶回自己园中的寮子，冒雨也得回家。

　　但伊仍不免有几分担心，眼前这男人，老婆死了一阵子了，会不会突然对伊怎样，这年龄的男人。想着，不禁拉拉衣襟，

胸前胀鼓鼓的，脸庞依然发着烫。但看他那么瘦，要把他打翻
看来也不是什么困难的事。

　　阿土搬出个苏打饼桶，用他满是土垢的骨棱棱指爪略使劲
一扣，生锈的盖子霍地掀开，犹剩大半桶的饼干就在他眼前。

　　我不爱饮咖啡。他说。我老婆爱，以前都是陪她喝。她死
了后我自己也没泡（所以咖啡粉多半过期甚至发霉了，伊心里
嘀咕）。

　　他把烟斗放在桌边，啜了一口，说味道还好。根嫂也早听
说了，那对谁都很和气很笑脸的阿土嫂，半年前有一天坐在灶
边顾火，多半是烧着锅饭，突然心脏不跳就倒了，才三十出头
呢。在园子一端锄草的阿土是闻到饭烧焦才发现的，发现时整
锅饭都烧黑了。也许就是那里，伊张望，猜想，灶旁砌了个放
锅的水泥砖台，有一面矮墙，看来累时可以靠一下。伊那时靠
一下，不料就死掉了，都说她是死于心碎。接连死掉两个孩子，
没有一个做母亲的受得了啊。还年轻，如果想得开，再生就有
吧。男人就是不一样，会找别的女人再生吧，再过几年就忘了。
伊乜了眼阿土，他眼眶有点凹陷，下巴胡渣黑白错杂，好像用
剪刀胡乱铰过的。目光灰黯，好像很久没有好好睡觉了。

　　伊这才想起，刚才来找阿土时，狗吠了好久他才把门打开的，
开门时他头发乱不说，一直揉眼睛，上衣看来是刚披上的，裤
子也是刚套上的。虽然落魄，还是并不难看的。要不是打山猪
的阿丁说，有空就帮忙去看看阿土吧。老婆死后连门都不出了，
死掉都没人知。昨晚还拎了包山猪骨要伊顺道送给阿土煮给他

的狗吃。伊也不敢走近，尤其是自己一个女人，跑去没有女主人的家里，万一发生什么事，传出去说不定都说是伊自己的错。伊后悔自己的大胆，没有多想想，就像今天这种天气本来就不该来割胶的，天上云那么厚，那么老经验的割胶人，难道会看不出来吗？一时没多想。女儿上学后，老公不在后，伊出门就比以前晚多了，一个人还是会怕，还好阿土就在隔壁园，有什么状况喊一声应该会帮忙的。但自他老婆死掉之后就比较少看到他出现在林子里了。即便出现，也像是在发呆，在有些树头前停很久，额头靠着树身——好像真的在拜树头，割一棵树咻咻两三分钟就可以完成。虽然割胶人常自嘲是在拜树头。

　　林子里草长起来了，狗看起来也没精神，可能常没吃饱。树林里常出现几头瘦瘦的猪，鼻子这里拱拱那里拱拱，挖蚯蚓草根，附近胶林中土地都被翻得松松软软起起伏伏的，走路稍不注意就要扭到脚。那多半是阿土家的猪，也不走远，就在这几片园子里，还会斜眼看人。和那些鸡一样，都被放出来自己找吃。那些野放的母猪会引来野猪，不知道会不会引来老虎。虽然这一带很久没听说有人看见老虎了，连脚印都没有。下过雨，那些被猪翻过的地方蓄了一洼洼水，都是烂泥，要走过都不容易，很气人。伊曾经远远地喊阿土把猪关起来，要不就便宜卖给杀猪佬，不要放出来作乱，还偷吃掉伊捡了要带回去给儿子吃的几粒榴梿，推倒伊的脚踏车，偷喝胶杯里的胶汁（不怕肠堵死？）。

　　两个孩子都死了，长子死得那么惨，上半身都煮熟了。那么一锅猪食，要煮上好几个小时，一直到半夜。一整晚要起来搅拌好多回。那装得下一个小孩的大镘头，搁在垫高的石头灶上，灶砌高是为了让粗大的树干都可以塞进去，粗大才耐烧，不必一直去增添柴火。但那灶和锅对一个七岁的孩子来说太高了，木板拼成的锅盖太重也太烫，木勺子也是。但也许是垫脚石没放好，滑开了。是乖孩子才会想帮爸妈的忙，那天他父母都累得睡着了起不来，他担心猪食烧焦了，想代父母去搅拌。但他不知道的是，锅盖打开的瞬间，那股冲出来的热气很猛烈，头得让开。一呛，就栽进去了，发现时两只脚挂在锅外，捞起来时，煮得最熟的头，皮和头发一碰就掉了，手指也烂熟见骨。

　　那之后，阿土嫂就倒了。事发后，说不定也被阿土狠揍了一顿，那阵子有人看到她鼻青脸肿的，但阿土是疼老婆出了名的。听说每天都哭一整天还不够，半夜也哭。逢人就哭，一遍遍仔仔细细重复地讲都是她这做妈的错，那阵子谁都怕遇见她，像个疯女人，讲个不停。阿根嫂就听了好多遍。不止没法工作，不久竟还让那一向由哥哥照顾的两岁的小女儿发烧病死了。之后，她似乎哑了。不说话。只是哭，哭声像鬼叫，傀儡木偶似的乱摇头。不知是谁，把家里供奉的木头观音也丢到林中了。那些天，远远的都可以听到阿土的怒吼——莫搁哭了[1]，像什么发狂的野兽。但也曾看到他在晾衣服，老婆的奶罩、内裤、上衣、长裤，他自己的。会为妻子晾内衣裤的男人应该不会坏到哪里去吧。

1.　闽南语，意即别再哭了。

雨轰在屋顶上，很快连说话的声音都听不到了。阿土的神情有一种说不出的悲惨，眼眶深陷，眼珠像躲藏在木头面具后方。也许因为屋子里昏暗的关系。除了屋顶及墙上漏洞的透光，只有他的烟丝一呼一吸之间闪烁着红光，与及远远的灶头的柴火，油珍切掉顶面加个把手改成的粗锅，烧着水，和那一大包山猪骨。有点凉，伊感到皮表一整片地起着鸡皮疙瘩了。

看这天阿土就不像有去割胶的样子。不过伊观察过，他园里好多树，看来很久没受刀了，皮都结了厚厚的疤。屋子也好像许久没打扫了，到处都是蛛网。从伊进来到坐下喝咖啡，就看他一路挥手不知毁掉多少蜘蛛巢穴。

伊心中闪过一个念头——阿土不会在等伊到访，像蜘蛛在等待猎物？但门可是牢牢拴着的，开门时清楚听到门闩从里头抽出来，碰撞门板。

阿土应该是用更缓慢的节奏在过日子吧。没有家人，什么都不必急了。

雨一大，天就暗下来了，竟像入夜，不是才九点多吗？伊微微地不安，时间好像快速倒退流回去了。但眼看一时三刻都走不掉，伊突然鼓起勇气站起来，朝着阿土朝向伊的那只耳朵，用近乎是吼的，以确保阿土听得到，说："雨大，反正没事，点个灯，让我帮你把屋里打扫打扫吧。"

阿土真的把灯点起来，厨房点一盏，厅里点一盏，都是保卫尔玻璃空瓶改造的油灯——不过是盖子钻个孔，加个棉布灯芯，瓶里装上煤油——灯光昏黄。阿土见状也帮着收拾，拿起斜靠在墙边的竹帚，清扫墙上的蜘蛛网。铁皮屋顶如遭重击，那是持续灌注的庞沛的雨；经由墙的缝隙，阿土可以看到外头的雨，好像有一条河就在墙外。墙边时而有水滴弹跳进来，有的还会弹到脸上，一点点沁凉。屋里锅盆里的水水珠四溅了，阿土把它们逐一往屋外使劲泼。

水滚了，一阵阵骨头汤的香味。他把灶里的柴退出来了。

打开米缸，掏出几粒烂熟的人参果，放饭桌上。一包豆皮长满了绿霉，伊向阿土要了个大桶。一包绿豆长满了虫。马铃薯番薯都长芽。马铃薯的芽已萎凋，薯也干扁如落叶，但番薯的藤次第长了红梗绿叶，甚至早就穿过墙洞，爬到外头去淋雨了，养分被吸干的薯像个皱缩的果壳，剩在米缸旁。最底层的墙板，多处霉烂或长出小小的蕈，呈不规则波浪起伏。有爬藤的芽伸进来窥探，牵牛，蔓泽兰，野葛——有的发现里面一片黑暗，即转头从左近的孔洞钻了出去。但有的迷途了，就在那儿白化、徒长、萎凋。

伊动作利落地捡起散落的事物，拔掉檐下草伸进来的根，扯断那些没头没脑的爬藤。

擦桌子、抹椅子、扫地，从橱柜下竟扫出一堆落叶（老鼠窝！），层积厚的沙土，伊费了点力气才把沙土扫进畚斗里。阿土接过，把它分几次轻轻扬进门外雨中。看到伊背上渐渐湿了一片，渗出了汗水；脸红红的，白皙的脖子也微红，发着热气；有几道汗水，从眼角那儿流下。伊抬手以袖子轻轻擦一擦，继续帮他捡起随处丢的脏衣服，甚至可以隐约闻到伊身上的气

味，那既陌生又熟悉的味道，来自女人鲜活的肉身。阿土想起
年纪轻轻就死去的妻子，他依然深深的眷恋的妻子温暖的肉身，
那胸乳，那些两人在一起的美好时光。囝仔[1]。心突然像被一只
大手猛力捏了一下，几乎无法站直，背倚着墙，深呼吸。胯下
两颗蛋也隐隐生疼。

这自己跑来的好心肠的年轻女人，胀鼓抖动的胸乳，结实
的屁股，看来是很能生小孩的。这么大的雨，大声叫喊也没人
听见的。

女人没有发现，兀自像是这个家的主妇那样，从客厅扫到
房间，一直听到扫把和这里那里什么东西碰撞的声音，有时低（大
概伸进床底下去了）有时高（大概扫着墙上的蛛网）。阿土听
到女人大声喊他，声音来自房间那里。他心里的那面鼓被重重
敲了一下。

阿土醒来时女人已经走了，他也不知道伊是何时走的。她
留下的脚印大部分水渍已干，留下从雨里带来的小撮小撮沙子。
后门开着，举目就看到雨瀑。

他坐在门槛上，大口吃着阿根嫂带来的豆沙饼，已经吃掉
一封了，而今拆第二封。咬时任由饼屑掉落脚旁，喝着冷掉的
咖啡，悠哉地望着林中狂泻的雨。

他大声喊着爱犬的名字——东姑、拿督翁、敦拉萨……桶

---

1. 闽南语，指小孩。

里的猪骨头一根根掏起，往树头处抛，几只狗均垂首、垂着尾巴，冒着大雨叼走，各自缩到屋檐下去，甩掉身上的雨水，埋头啃食。

几只鸡缩着脖子在倾圮的寮子下发呆。稍远处，一群猪窝在香蕉树头啃食香蕉茎，领头的猪公时时把目光投过来，可能也闻到了猪骨的香味。

大雨依然狂暴，没有停歇的意思，也许曾短暂的停过，伊就是趁那空档离去的，但也许就冒着雨。斗笠没少，两个旧斗笠黯淡地挂在钉子上。伊会回来的。他微笑着，眯着眼望着雨瀑。雨来土软，树林里的脚印都蓄满了水。如果靠近了仔细看，还是可以看出软土上深深的脚印的。大雨流潦把沙都带到土地上来了。刚刚没什么挣扎，几乎可以说是顺从的，所以衣裤都没扯破。而且反应很热烈，仗着雨势，叫得很大声，最后还紧紧抱着他。看伊的反应，说不定正值女人每个月最容易怀孕的那几天，真是块好土。阿土发觉自己的身体完全不受控制地强烈抽搐，眼前一黑，以为真的要死在伊的肚皮上了。昏昏梦梦间，似乎可以看见自己发光的种子，像千军万马那样朝伊身体里头最深处那颗太阳奔去。自己洒下的种子会很快发芽的吧。很久没那么痛快了，一结束，他就喘着喘着不知不觉就睡着了。其后梦到在树林里提着弓箭飞快地追着一大群有着黄金尾巴的野公鸡，一口气射下七八只，妻子在树下微笑，儿女拍手叫好。野鸡汤是最好喝的。还梦到三只萤火虫在户外的昙花下，但昙花早已不开。把他们三个都生回来吧，连同可怜的妻。他觉得如今自己还坐在梦的尾巴上，风吹来，四脚内裤内的卵孵微凉。

一只温暖的手抹去他额上、颈脖的汗水，也不知是否是梦。

女人离去时还没忘了给他盖上被呢。

醒来时，发现床脚塌了，大概是被白蚁蛀得脆弱了。但他竟记不得是哪时塌的，多半是他像头野牛一般冲撞时崩的吧。

这种天气跑来割胶？又不是生手，抬头一望就知道了。就算天还没亮，风的温度也不一样，比平常冷，怎么会不知道？阿丁也真会挑时机。

远远望去，阿根嫂的园里那一棵棵被割过的树，被雨一淋，胶汁就不再沿轨迹走，而是沿树皮上的雨迹渗开成一大片，白惨惨的，真的像在哭泣。看来伊真的割了有几十棵甚至上百棵，真是个勤快的傻查某 [1]。有个现成的女儿好，比现成的儿子好多了。看来蛮乖的，以前看到他都会怯生生地叫"阿叔"的。

伊在房里喊他，原来是发现床靠着的里墙有多片木板不知何时被白蚁蛀空了，沙土倾泻而下。伊像个妻子那样责备他——怎么可以放任自己的家被白蚁吃成那样？再下去不是连人都要让蚂蚁吃掉？那一身汗红着脸喘着气骂人的样子，让阿土再也忍受不住，卵疼。雨又那么大。

伊会再来的。

看来整间屋要清查一遍，所有被白蚁蛀掉的都要赶快换掉。厨房屋顶要赶快补一补，那些笨鸡笨猪要圈回来养肥了卖掉，猪灶要重新设计。

---

1. 闽南语，指女人。

但也许，有时候可以到伊那儿睡。

厨房锅碗瓢盆里的水都满溢了，逐一倒掉，扫一扫地板上的积水。被雨水撑大的洞，捡些木片铁片塑胶片从里侧权且塞住。

之后他打伞去把那一身沙土的观音刷洗干净，擦干；大伯公的神位摆正，扫除蛛网和灰尘，妻的遗照也抹干净了，在她脸上轻轻亲了一下，在她面前的香炉里插了两炷香。那被堆在门口的酒瓶，瓶口向下，整齐地沿着外墙边排列。

真要感谢阿丁，阿土内心自言自语。只有阿丁会尽心尽力帮他想，一心想要让他重新站起来。为此，不惜发挥猎人的本领，埋伏多时，在阿根喝了酒摸完麻将到林边小便时，几刀就收拾了他，警方多半会认为是山老鼠干的吧。那之前，阿土只不过曾经酒后在阿丁面前说，羡慕那没路用爱讲大话的阿根竟然娶到这么好的女人。那时阿土的妻子已经死了三个月了，阿土仍像印度人那样，每天喝椰花酒喝到烂醉。那阵子常梦见自己死了腐烂在沼泽里，乌溜溜的土虱摆动着尾巴，从他屁眼钻进去，再从嘴巴钻出来。而妻子插了一头花，热热闹闹地带着儿女改嫁给了多毛的马来人。

阿土突站起来，伸长双手就着檐瀑搓洗。然后甩甩手，在裤子上擦一擦，右手即从裤裆掏出软垂的阴茎，一泡热腾腾浊黄的尿冒着烟穿过檐帘射向大雨中。

二〇一五年一月二十一日埔里

另一边

《雨》作品七号

辛几度醒来，隔着薄薄的墙，清楚听到父母和那两个人说话的声音。声音有时高，有时低。来客说话的腔调让他觉得陌生，父母的也是。他原本好奇地在客厅陪伴，但听了一会，很快就觉得乏味了，而频频打哈欠。母亲刚好掀开门帘，就悄声叫他去陪妹妹。虽然客人表示希望他留下来，"应该提早接受革命教育"，复学也好几个月了。但母亲非常坚持孩子必须早睡，换她陪父亲陪客。

辛知道她怕父亲一个人应付不来，就算是陪着壮胆也好，有客人来总是如此的。

客人一进门妹妹就嚷着要睡觉了，母亲只好抱她到房里去，陪她睡了一会。

大概没想到睡了一轮了客人还在。

自辛有记忆以来，这样的事发生了不止一次了。晚饭后，夜来，倘不是为了煮猪食，一家人早早就入睡了。附近没有人住，因此他们家的灯火，几乎就是夜里附近唯一的灯火，有心人就会朝着它走来，像飞蛾朝着火。即便全家入睡了，还会留一盏微弱的灯，以免晚上尿急起来撞到桌椅，或听到什么风吹草动时，惊慌失措。手电筒当然是备在床头的。父母都浅眠，有什么风吹草动，就起身了。

经常，树林里出现灯火，不知是什么人的手电，也许是猎人，或不知是什么目的什么人。好几回，那灯火直登登地朝家里来。不管狗怎么吠，父亲的手电照出他的身影，还是笑嘻嘻地走进家门来。有一个是猎人，背了几只鼠鹿山鸡，来讨一口饭吃一口水喝，坚持要留下一只山鸡，但那回父亲婉拒了，说我们快睡了不想费事处理；有一回是个"痟郎"[1]（父亲的用语），穿着一身五彩的破烂道袍，还戴了个鸟头状的灰色布帽子，说是看到一道金光降落在这里，恐是天界有异物下凡，游说父亲在这里盖一座小庙。父母费尽口舌把他推出门劝走——事后母亲抱怨说，一身臭猪哥味，不知道多久没换了那身戏服——但那人坚持留下一个盆子样饭碗大、乌溜溜的东西给辛，说叫作"啵"（钵），说可以收妖伏魔。身影没入夜里时还喊说，收好不要打破了哦，说不定哪天用得着哦。

有一回，竟是个身上很臭的"死郎"[2]，一来就开口要借钱，要不就赖着不走，最后是父母双双持巴冷刀，鼓动三只狗作势要咬，才把他赶走的。那人走后，那张他坐过的木头椅子还臭

---

1. 闽南语，指疯人。
2. 闽南语，指死人。

了好几天，用刀剐掉黄黄的部分，又用肥皂椰刷刷洗过后，每天在大太阳下晒了好几个小时，才慢慢把那臭味杀掉。母亲碎念说，臭得真像死人！

有一回有个"痟鬼"[1]带着刀，问明来意后，竟在门外与父亲相互砍杀起来，还好有狗帮着从后头咬那人的脚踝，母亲帮着朝他的头丢掷水桶石块，让那人一路退着去撞树，父亲没把他砍死，只把他一身是血地赶到小路的尽头，看着那人消失在黑夜中，狗吠声渐渐小了——听声音，狗独自驱赶了颇长的一段路。那回，父亲身上多处受了伤，还好都只是割伤，不是刺伤，母亲说。她在灯下仔细帮他止血、消毒，涂了红药水。那晚睡梦中，依稀听到母亲悄声问父亲：你怎么会舞刀？她说她看得出父亲有留手，没想要伤人，只想把那人赶走，不然可能早就把他砍死在树下了。父亲说倒被你看穿了。少年时也习过几年防身武技的。他说。

父亲也许有秘密。所有的父亲都有秘密。也许。此后母亲就一直担心有人来找麻烦，如果同时来个七八个——甚至是三五个——持刀的男人，全家被杀光也不奇怪。母亲因此老是嚷着是不是要搬到镇上去，另外找一份工，或者清晨再骑脚踏车到林中工作，"很多人都是那样的。"

日本人来的那几年，夜里倒是没人来。树林里是纯粹的黑，只偶尔飘过大团大团的鬼火，大雨来前，闷闷的暗夜。日本鬼

---

1. 闽南语，指疯鬼。

晚上不敢来的，怕被三粒星暗杀，母亲说。他们都是白天来，一来就是一个小队，吉普车都辗出条路来了。来了就到处搜看有没有躲着他们要找的人，但也没找麻烦，抓走鸡鸭鹅猪，留下一叠香蕉票，说可以去换些米和饲料。有时干脆送了饲料和小鸡小猪来，要他们养大了好卖给他们。日本人撤走后，整珍的香蕉票成了废纸，父亲点了把火把它烧了。

但这回又不一样，辛看得出父母都有点紧张，虽然来的两个年轻人都穿得整整齐齐，长得斯文，像是读书人，也不知道黑色公文包里是不是带了枪。狗吠几度被制止，后来就没再吠了。话从很远的地方谈过来。

我知道你们日本时代是帮着日本人的。

日本人要什么我们敢不给吗？要我们养鸡就养鸡、养猪就养猪，那些反抗的全家都被杀了。那些年大多数唐人都是那样过日子的呀。不然怎么办？

语气不太友善。

那年辛还去日本人开的学校学了半年的日语，会说些简单的日语会话，也看得懂简单的日语了。

那是个格外漫长的夜。

辛一直期盼那两人快离去，好让父母回来睡觉，夜渐凉了。但灯一直亮着，说话的声音一直延续着。交互往返。

我们抗日军可是辛苦地在抵抗、暗杀日本鬼啊。可是有抗日军的地方听说都被灭村了，德茂园大屠杀。育德学校大屠杀……

　　有时父亲的声音也变得陌生了，在几种不同的方言和华语之间切换。母亲久久插进一个短句，那流动的话语就顿一顿。在醒睡之间，辛突然知道他们在说什么了。好像有什么大事要发生了。想起来，但身体就是醒不过来。然后话语就在梦里混淆了。

　　你们要做革命的后盾。支援革命。赶走英国佬。消灭资本家。……无产阶级专政。建立没有阶级的国家。

　　辛听到他们谈俄国十月革命。国共内战。伟大的毛主席。不抗日、腐败的蒋帮。日本鬼子的邪恶。越南印尼的独立建国。……但突然——像风吹断了高树上的枯枝——

　　——你们到南洋没几年，哪来一大笔钱买地？

　　——我爸被土匪打死，日本人来了，我就把故乡祖先留下的老房子卖了，下南洋。

　　——不是抢来的吧？有人指证你在唐山抢过他家的金条，还杀了人。

　　风呼呼地吹过。狗零星地吠。那薄薄的三夹板壁，表面平滑，勉强拦得住的是风。

　　——帮日本鬼是不对的。

　　——全家被杀掉才对吗？

　　父亲的声音变得很冲。辛闻到烟味，还有愤怒的火味。

　　——日本人滚蛋了。很多帮过日本鬼的汉奸都被我们处理掉了。党宽宏大量，给你们一次机会，我们会再来的。

　　应该是走了吧？

沉默。

雨骤然落下，屋顶仿佛重重一沉，地面似乎也在下沉。也许客人被雨留下来了。持续传入耳朵的声音刺激着梦，扰动它的声色、它的形状。父亲的背影。一身黑色紧身衣，蒙面，左顾右盼。右手提着刀，一跃，上了墙头。蜘蛛似的身影游走于墙垣屋瓦间，刀上隐隐有血迹。

甚至那墙也一直在变化中，有时变成由坚硬的细砖糯米石灰砌成的高墙，大户人家深宅大院的外墙。时而成为由巨大砖石砌成的山壁般的古老巨墙。墙缝间崩裂处，杂草小树长了出来，一丛丛的，有鸟栖息。语字如水。古老的水声如河流，漫过墙面。好像有一些争执。叫骂。墙在震动。也许打起来了。

孙悟空捻起拳头，来到洞口骂道："臭怪物，快出来，跟恁祖公分一个高下。"那小妖又跑去飞报。魔王怒道："这贼猴唔知又请了啥帮手来撒野。"小妖道，只它一只翘着尾巴。魔王道："它的棒子早被我收了，怎么还独自来，想找我相咬？"随带了宝贝，提了枪，叫小妖搬开石头，跳出门来，骂道："你那三个和尚已被我洗净了，不久便要宰杀。你还不识趣，滚蛋了吧。"

睡梦中辛的手伸到床底下，摸到一个冷冷硬硬的东西，拉出来，往空中一抛，一阵繁复的碰撞之声，也许上了屋梁。墙面静下来了。但父母一直没有回到房间来。

　　他感觉自己曾经绕到客厅，只是不知怎地，都不见人影。脚下一滑，差点摔倒。一摊水。辛心一凉。蹲下仔细看，还好是水，不是黏答答的血。空荡荡的厅，小小的油灯油已烧尽，将熄的火直接在吞噬瓶肚里的灯芯，那棉布做的灯芯发出一股绝望的烧焦味。门大开，许许多多小水花溅了进来。为什么没把门关上呢？他心里嘀咕。地板都湿了。那雨大得稠密得像堵水墙，逼人的寒意渗了进来。也许是走得太匆忙了。是被押走的吗？还是，只是出去一下，很快就会回来？如果是那样，至少也会把门关上啊。

　　看来狗也不在。

　　掩上门，回到房里，妹妹竟也不见了。一惊。也许是梦。一觉醒来就好了。于是回到床上，躺在原来的位置上，钻进被窝里，好像蜗牛回到壳里。

　　一层层的雨声像一层层落叶，包覆着甫出土的蕈菇。

　　身旁有人翻了个身，辛闻到一股花香，不是妹妹，而是个身体比他长得多的大女孩。霉灰的木板，画着摊开的女体呈W字形。檐旁的老杨桃树，垂下累累青色果实，每一颗都有蜂螫的黑点，伤口处开始变成橘色。烂熟的阳桃散落一地，酱色，有股酸烂的蜜饯味。但那屋子似已变得空荡荡的了，处处是白蚁。随处是垃圾，整叠的废纸，成堆的旧衣服、被单、枕头。一只橘猫和六只小猫在那里做窝、戏耍。

　　身旁那人翻过身来。辛感受到她手臂的灼热。是妹妹，"哥。"她醒过来了，微亮的灯光里，看得到她一脸的惊恐。然后辛看到水的反光，掀开蚊帐，蚊帐也沉沉的，下摆已沾湿了。果然，房间里地板上一片粼粼水光。辛抱起她，她张开双臂、幼猴般紧紧地搂着哥哥，"阿爸、阿母？"鞋子被水带到墙边了，水已及膝，水冰凉。他脚步带着水，拖着脚，摸索着走到书桌旁，摸到手电筒。再抱着妹妹走到漆黑一片的客厅。地板都是水，水浸过了椅脚，大门兀自开着。手电照向门外，密密实实的雨柱在灯光里白晃晃的，就是一匹流水的风貌。"阿爸、阿母咧？"妹妹在哭泣，活到五岁了，还未曾遇上这种事。辛轻拍她的背。"免惊，有阿兄。"水真的淹上来了。辛自己心里也惊惶，和梦中所见一样，父母果然不知道哪里去了，也许是被那两个人带走了。

　　他突然想到什么，即回到房间，拉开窗闩，推开窗。果然，那鱼形舟还在，被水托得一荡一荡的。辛把哭泣中的妹妹放在桌上，她不肯放开手，只得安抚她，非常严肃地看着她双眼说："得把船卸下来，水再升上来，我们只好坐上船，不然会被淹死的。"辛咬着手电，先卸下桨，长长的沉重的桨，先搁在妹妹身旁的桌上。再卸下船，把它掀过来，但仍把它系在屋檐下。外头雨还是很大，水珠一直飞溅进来。倘若让它到雨中，很快就会盛得半满了。不得已时——至少当水浸到窗沿，再大的雨也要冒雨离去。两人都要披上雨衣，带个水桶，一个划桨，一个拼命舀水。但那个时刻很快就到了，水淹过了床，桌子漂起来了，舟子也漂起来了。辛为妹妹和自己都套上雨衣，匆促之间捡到个随水漂来的椰壳，从床底漂出来的胶鞋也被捡起来，放进舟里。

　　当辛终于解开绳索，舟子漂向雨中黑魃魃的水，大颗的雨滴滴滴答答地打在雨衣上、脸上、手上，发出很大的声音。妹妹惊恐地缩成一团，颤抖地拿起椰壳，舀着船板上快速积聚起来的水。

　　船远离小屋了，那里漆黑一片。辛根本没划过船，也不知道要去哪里。桨划了几下，船几乎只在原地打转，但水有它自己的流向，虽然很慢，船还是渐渐被带向某个地方。于是他放下桨，随水漂流。但它一路磕磕绊绊的，要不是撞到这棵树的枝丫，就是碰着那棵树的干，就得用桨撑一下，让船离开。两人还得随时低下头，闪躲下垂的枝干。夜风甚凉，妹妹在发抖。

　　手电筒很快就耗尽了电力。而雨竟也停了。四野漫漫，一丛丛黑乎乎的是树冠。有的大鸟放开嗓子大声悲鸣。有的枝叶间有躁动，多半是有野兽藏身其间。有的动作看得出是猴子，有的是四脚蛇，有老虎也不奇怪。

　　这才发现满天星斗，他们抬起头。无穷远处，密密点点细碎的光，无边无际的布满穹顶。竟然是放晴了。但似乎隔着一层无形的遮拦，那星光有一点难以言喻的朦胧。好像隔了层厚厚的玻璃。寒凉的风似乎也被挡掉了。

　　但水看起来是黑的，深不可测。

　　闻到一股淡淡的线香味。

　　"咦。"妹妹突然指向某个方向。那里竟然有小小的灯火，缓慢地靠近中。也不知过了多久了，它们才到眼前。是一盏盏莲花形的纸船，布满水面。每一艘船上都有一小根蜡烛，在微微的风里轻轻摇荡。"用力咬我一下。"辛把一只手伸给妹妹。他心想，不会是做梦吧。

"这不是梦。"妹妹握着他的手，乌溜溜的双眼露出一种辛未曾见过的神情，"我们可能是死了。但我不怕。至少我们还在一起。一起变成鱼吧。"

这时他突然看到前方光的色泽有异，似乎有点发散，莲花纸船和蜡烛被什么无形的事物隔了一下，近不了身，好似被一堵透明的墙给挡着了。而周遭的世界大了起来，那不久前刚离开的房子，也轰然矗立如巨宅了。

有一团大火哗哗剥剥飘然而来，灼热，水面也尽是熊熊火舌的倒影。细看，原来是一艘着火的三桅帆船，浓烟上冲，灰烬四散，没一会就只剩骨骸，火光渐暗，倒影渐稀。而后，沉没于漆黑的水中。

然而他伸向黑暗的手突然够着了缆绳似的事物。

有光，刺眼的光亮，让他一时睁不开眼来，伸手一遮。

待渐渐适应那亮光，微微张开眼，似乎是躺在张木床上，有点热，背脊湿湿的也许流了汗，有点痒。是个被杂物塞得满满的房间，四脚朝天、倒放的桌子叠在另一张桌面上，更多倒放的四脚朝天的椅子，倚着墙的门扇犹挂着铜环、精细雕镂的窗棂，大叠斜摆的厚厚长长一片，不知是床板还是门板——都是原木的，眼睛适应了，可以看到斜光中扰动的浮尘，像淡淡的烟，上升。确乎有一股线香味，好似墙外的哪里有香炉插着

兀自燃烧的香。他突然想不起自己是谁。用力拍一拍头，还是
想不起。猛力拍时，闪过一个影像——似乎骑脚踏车摔了一跤。
两墙梁柱间赫然嵌了一艘独木舟，两端蛛网层层如纱，但中间
下方龙骨的地方有多个土蜂窝，多不过数根指头大小。这独木舟，
有印象。

　　这时注意到另一侧的墙面有两口钟，都是有小个小孩那
么高的老钟，滴滴答答地响，一口有指针，一口没有；都有
钟摆，但没在动。但那有指针的没看指针在走动，兀自牢固
地指着午夜或正午；那滴滴答答应该就是来自那没指针的钟。
钟旁斜靠着数个比成人大的木雕面具，诸神铜像，石像：夜
枭、石狮、龟、龙——十多尊漆褪色的土地公，一座石观音，
一座漂流木观音。观音旁有个看起来很眼熟的东西，像碗，
但平底，沉厚；色沉，光打在它的缘上。他想起来了，是那
个陶钵。里头似乎盛了半钵水，泛漾着水光。钵口好似悬了
根蜘蛛丝，亮晶晶的。

　　光扑进来，虚掩的门被推开。一个小女孩，甩着两条辫子，
笑吟吟的。双手抱着一个玻璃瓶。

　　"阿叶！"他听到自己喊道。

　　她一步步走近，把瓶子递给他。他渐渐看清楚了，那瓶里
的东西——像画，又像泥塑——瓶颈处有团白色像棉花的东西，
它的底部泛黑，无数细小的水滴往绿色像树冠的地方坠落。瓶
底褐色拱起的，像是土丘。土丘上有数十棵瘦树，树间有栋铁
皮屋顶的木房子，五脚基上还有辆黑色脚踏车。细看，有细小

的中年男人，坐在一把藤椅上，叼着烟斗，望向天边，表情十分轻松。他身旁卧了一条黄狗，一条白狗，一条黑狗。另一边长凳上，坐着一个妇人，和两个孩子。两个孩子专注地望着妇人，好似在听比画着手的妇人讲什么故事。

土糜胿 [1]

《雨》作品八号

　　伊还清楚记得那声音。先是"拔塔——得、得、得"的断裂之声,刚把干衣服收进篮子里的阿土嫂,觉得突然天一光,什么巨大的东西哗地打了下来,几棵胶树的距离外,那树连枝带叶倒下来了。一开始没觉得怎样,但瞬即觉得有什么不对劲——你爸呢?伊问辛,辛正在屋檐下拨开木头找里头的蚁后。妹妹在厨房地板上以鞋带逗小猫。狗吠。伊心里十分不安,匆匆放下犹散发着阳光气味的衣服后,快步走到那新腾出来的天光旁。倒下的枝叶像座小山,阻断了寻常的路径。伊只好踩着草绕过去。一绕过,就看到树干的断口处压着一个人,再熟悉

1.　tō-bê-kuai(土糜胿),闽南语蝌蚪。此发音早已不复记忆,电视上有人询及蝌蚪台语如何发音,屡思之而不得查网上资料,竟有九种之多,但无一种属之。乙未惊蛰,二姐恰自马来访,即问之,伊不思而答。即忆起,儿时抓鱼时常误捕蝌蚪,随着弃之草间地上,任其自毙。土糜,烂泥;胿,肚腩亦称胿。《Tw-Ch台文中文辞典》九种发音中第九种 tō-kui-á 略近之。——原注

不过的身影。靠得很近才看到头的位置到处都是血，喊他名字也没反应。狗呜呜地试着咬他的脚，但也扯不动，担心更伤，随即被喝止。伊觉得全身的毛孔都泌出汗来，发冷。以前不觉得这树干有多大，但这当下，使尽力气也移不动它分毫。

用粗树枝作杠杆移得动它吗？得找人帮忙。

抓起他手掌，掌心还是温的，但脉搏很微弱。

怎么办？死了吗？救得到吗？谁去求救？

听到女儿的哭声。也许又该喂奶了。

不能离开。也许还……

不该让孩子看到这悲惨的状况。

做了决定后，伊转身快步趑到屋旁，命令辛赶快骑脚踏车到最近的一户人家——半英里外小山头上的阿猴一家——求助，就说爸爸砍树被树压着起不来，需要电锯、救护车；辛丢下蚁窝想去看，却被伊拉着，硬推着他到脚踏车旁。那两辆脚踏车对辛来说都太大了，骑不上去，得从脚踏车杆下方弯着身子跨过去，手提得比头高，看起来有点别扭。但辛骑过。

伊轻拍吮吸着奶的女儿的屁股，期盼她喝饱即睡去。泪滚滚流着下，目送儿子以怪异的姿势骑着比他大上许多的脚踏车远去，转弯时摔了一跤，爬起来，回望伊，好像期望没人看见似的。拍拍屁股，扶起脚踏车，继续他的旅程，使尽全身力气往下踩，一下又一下，艰难地缓缓上坡。

少了一个说话的人，家里冷清多了。

该恨那棵树吗？

葬礼结束了，七七也过了，一个人只留下一张遗照。这下日子该怎么过？那么多工作，一个人哪做得来？难免抱怨阿土笨，劝过他多少次了，就是讲不听。

辛变得不爱说话，常到那树头坟头徘徊。也许因为大量的血渗进土里，被遍布的根吸收了，断树头很快重新抽长出嫩芽，辛恨恨地把它拔掉。但阿土锯下的只是其中一根树干，竟有成人腰身粗。那棵怪树，说是一棵其实像是一丛，五六根粗细差不多的树干，但却共有一个树头——那树头更像是基座，树干间的空隙甚至还容得下一个孩子，辛有时会把自己藏在那里头，听听风声雨声。虽然父亲一再警告他，那树说不定会吃人——这种树容易藏蛇，藏蝎子、咬人蚂蚁、蜈蚣、让人全身痒的毛虫。阿土在那中空处发现疑似烧灼过的焦黑，甚至有生锈的铁器嵌在内里，似乎是刀斧断在那里，被它紧紧咬住。也许它曾是棵巨树，被放倒后树头经火烧，但未曾死灭，丛生的新芽重新长成巨大的树干。但也有认识的人警告说，看它长成那怪样子，树头旁有残石，香脚，有人推断，说不定是砍大芭时留下来的拿督公树，曾经庇佑那些开芭的人，有看不见的东西寄居，不好去锯它。阿土就是铁齿。他老觉得那棵树枝叶太繁茂，虽然刚好位在两块园的边界上，但它的树荫把附近十多棵红毛丹榴梿山竹橡胶树都遮得长不好。看它那枝叶茂盛的样子，好像自有这土地以来它就在那里了，它俯视。阿土就是看它不顺眼。连说梦话都会从齿缝间进出"斩呼伊倒！"经常提着那把锯面三角形的红柄锯，在树头揣摩。

　　那天伊哄睡了女儿，又独自到阿土的躺卧处，狗趴伏在两侧，他身上已有四五种蚂蚁爬得密密麻麻地在咬啮，红头苍蝇在附近飞。阿土的手已变凉了。

　　不知何时听到狗吠，车声，有人叫唤，怕女儿被吵醒会怕，赶紧往屋里去，抱起女儿。小货车后头载着辛和几个男人，一直驶到倒树现场。有长者分析，树倒时阿土没站对位置，也没注意到高处有粗藤缠树，树一断就甩过来正面打中他的脸，撞击力那么大，马上就晕了——说不定⋯⋯然后是电锯急躁的奔驰声，三两下即把断树最重的后段卸掉，树干切成几段，很快阿土就被移出来了，血深深地渗入土里。但见他一脸是血，手脚冰冷，心跳呼吸似有若无，等不及救护车来，即被七手八脚扛上草草铺了瓦楞纸的车后座。他们吩咐伊收拾些衣物带着孩子上车，车子掉头，辗过树根，一阵阵激烈跳动，阿土也被震荡得屡屡弹起，更多血渗出，但未曾睁开眼。车子开得凶猛，转弯、上坡、下坡，车后座的人都难以平衡，屁股常被震离坐处，两个孩子脸色发白，阿土的血不知道一直从哪里渗出来。

　　到医院，印度医生摸一摸、看了看，"伤口很深。这人早就死了。"他说，建议直接送去殡仪馆。阿土整个头被从脸部打裂了。

　　会馆宗亲长辈和阿土的几个朋友建议由他们出面，凑点钱买块坟地把他埋了，但阿土嫂突断然表示拒绝——一意孤行地，坚决载回埋在自家的园里。几个有力气的男人帮手挖了个深坑，就在大树头的一侧。棺材也省下，几个略懂木作的男人七手八脚地拼了个箱子，为此而拆掉屋里两面隔间墙，尸体放进去后夜深起雾了。尸体被打烂了，不耐放，白日天热，苍蝇都来了。一切从简，道士的打斋也极简，只锣了一夜。时辰看对了，天一亮，卯时刚过完，辰时一开始，就下葬，埋土，连阿土受伤时血浸湿的土，也挖来填入。午时前，薄薄的水泥馒头也都砌起来了。烧了冥纸，点了香。

其后百日，道士吩咐辛，吃饭时都要给父亲盛一碗，像他还活着那样。不到两天，阿土嫂就受不了。好好的饭菜给狗和蚂蚁吃？改盛放一小碗米，也不必依餐换了。

辛几乎就不说话了。

家里那口老爷钟，阿土不知从哪个垃圾堆捡回来，仔细修好的，也停止了摆动。阿土嫂不会修，就任它停在那个既是傍晚又是清晨的下午三时又五个字。要看时间，就看日影。阿叶也突然不吃伊的奶了，只好喝红字牛奶。她还小，应该是什么都不懂的。是不是味道变得不好了——伊曾拜托辛嗳一口看看，但他摇摇头就是不肯。伊挤在汤匙里自己尝尝，还是原来的味道啊，淡淡的，有一点点甜。没人吃就胀疼了。胀得难受，辛也不肯帮忙把它吸掉，睡觉时只好把奶罩取下。就那样挂着两粒沉甸甸的奶忙粗活，疼了许多天。有一夜鸡鸣时醒来，赫然发现胀痛消失了，上衣的几个扣子还打开，感觉是被贪婪的嘴吸干了，感觉乳头有口水渍。那张嘴离开了，而且是在伊醒来的那一瞬间。伊睨一睨两个孩子，都在呼呼熟睡，看样子是一直在熟睡中。仔细看，嘴旁也没奶渍；闻一闻，也没奶味。难不成是——阿土那死鬼？但那怎么可能？正待探身朝床脚望，却想起，为了怕吓着孩子，前日终于下定决心在那树头旁挖了个洞，把骨灰坛埋了。辛帮忙挖土，伊警告辛，别再到这里玩了。埋了后搬了块石头压在上头，就当那是棵拿督公树好了，以后初一十五就一起上香。那土里有好多好多阿土的血，几场雨之后，如果没被蚂蚁吃光，也被大地吸吮殆尽了。

以为是天亮了，板缝也透进淡淡的光。但伊知道天还没亮，那是公雉鸣月，辽远清亮，但没有家鸡浑厚。一定是月将圆了。伊小心拉开被，避免吵醒小孩，下床后把被轻轻盖回去。拨开蚊帐，见夜凉，即拎了件外套披上，小心翼翼地推开窗，只见外头是月光朗朗，树叶明暗对比强烈。一行行一列列树的影子，被拉得长长的，把地表分割成栏杆的样态。远处，那棵树那里，被放掉而腾出的一角特别的亮，好像个透明的杯子盛满了月光。

许久以来，在月将圆或将缺的夜晚，阿土就常悄悄起床远远地凝望那棵树，看了许久；低声喃喃抱怨说夜里看起来好像膨胀得更大，好像整座林子都要被它覆盖了，有时甚至会梦游似地走到那树下，仰头好似和它说话。感觉他整个人都被它吸引住了。他还说曾经梦到它覆盖了整个胶林，走根冒出芽，长成小树；悬茎着地发根成新树，绞杀了所有的胶树，把它们统统吸干了，剩下硬壳状的皮、片状多棱的木心，其余的都化为尘土。但它又不是榕树，其实没有悬茎，没有走根，安安分分地做它自己而已。伊甚至因此常呛他：莫乱做梦。

但阿土就是看它不顺眼，偏执地说要除掉它，有事没事就在它的浓荫里徘徊打量。

但有时又自语地说，如果我比它先死，就把我埋在树下吧，那里阴凉。因此伊也不明白他到底在想什么。

轻风中，树叶抖动，整座树林好似细细地诉说着什么。就在这时，伊心一颤，突然瞥见那树下似乎有人影。熟悉的身影。就在这时惊醒过来。

乳房的鼓胀感确实消退了，上衣纽扣被打开，乳头确有被狠狠吸吮过的感觉，好像留下了激情的唇印。更尴尬的是，胯间一大片滑溜溜潮湿。鸡啼了，又该起床准备割胶，但看那林子一片漆黑，一个人还是会怕，只好叹口气，又躺回床上。辛已不在身边。阿土死后就一直是这样。但这一天，感觉天闷闷的，有点凉，鸡叫得心不在焉，好似下过雨了。远方隐隐有雷声。莫不是又要下雨了？倚着孩子，奶又微微胀痛，不知不觉又睡着了。醒来时天已亮，还觉得四肢酸疼，好像做了一趟辛苦工，或与阿土久久一回地尽情缱绻——但那都得趁大雨之夜，第二天不必赶早起来割胶。

女儿在叽叽呱呱手舞足蹈地说着没人懂的话，有时辛都自己起来到外面去自己找东西玩了。但乖巧的他，在父亲故后，多半是到厨房生火，盛一壶水，在灶旁静静地看着火。但那天并没有。

伊疲惫地起床后，很惊讶辛并没在厨房烧火，惊慌得心都快掉了，但找遍屋内，也不见人影。但一开门，就发现外头下着大雨，辛在屋檐下依偎着狗发抖，身上差不多湿透了。给他身体擦干，换了干衣服，让他躺到床上盖上被子休息。但那天剩下来的时间，他都发着烧，昏睡在床上，就那样胡乱说着梦话躺了好几天，有时喊着"快逃"，或大声呼喝，经常手挥脚踢的，好像陷进了千军万马里。阿土嫂求神拜佛，祈求死去的阿土庇佑。辛退烧醒过来后，呆呆闷闷好多天不说话，母亲一度以为他已烧坏了脑。病好后，和以前一样乖巧听话，会背着妹妹去看公鸡看松鼠，蝴蝶蜜蜂，只是行动似乎变得比以前慢些，脚跨出去有时会停顿在空中，好像脚自己也要想一下。还是喜欢蹲在树荫下看蚂蚁从窝里进进出出，抓青虫从高处投下，给它们加菜。但手经常停在高处，好像手指也在思考它和虫的关系。

　　父亲故后不久，辛也暂时辍学在家照顾妹妹。偶然发现包裹在帆布里的鱼形舟爬满了白蚁。他把帆布拉开，轻声模仿那平日和他交情不错的母鸡叫唤小鸡的咯咯声。好一会，母鸡领着十几只小鸡，蓬鼓着羽毛到他跟前，循着他的指示，一边发出紧张急促的叫声，一边飞快地啄食，还伸出爪掏耙，把爬满白蚁的朽木给抓下来，让小鸡分食，厚厚的床板里都被白蚁蛀空了。好一会，那船就只剩下看来非常硬的骨骸，只有榫的部分依然坚实，牢牢地咬着船骸。辛觉得难以理解，父亲在时不是坚硬得像铁似的，怎一下子就脆成那样？

　　那骨骸还是很重，他几乎移不动。只好勉力把它沿着檐下水门汀拖拉。一拉开，只见墙板最底层有白蚁蛀上来了。他只好仔细地把它剥除，丢给小鸡；再一只只捉走——一只都不放过。其实他很想点根蜡烛，把入侵者一一烧死，像父亲通常那样。火柴盒在裤袋里，随身带着根红烛，过期的日历也撕下了卷好。

那时母亲忙伊的工作去了，妹妹坐在地上玩刚掉下来大而红的落叶，咿咿呀呀地含笑学语，两只手各抓了满把胡乱挥动，叶子都满到掌外了。尿时换件干净裤子，尿湿的裤子拿去脸盆里泡水；哭饿时泡个红字牛奶，别泡太甜，要兑半瓶冷水，给妹妹喝时自己先尝一口。哭时脸憋红可能是要大便了，把丹斯里叫来，让它吃，吃完顺便把屁股舔干净。别让她乱捡地上的东西吃。有时可以塞一片苏打饼给她；小心有没有蚊子叮她，如果蚊子已飞走，蚊子包用口水擦一擦就好。如果包很多，可以用舔的——舔时，妹妹呵呵呵地笑得特别大声——母亲这些吩咐他都记得了。还有不要玩火。屋子烧掉就没地方住了。但他后来还是到树下烧了几片叶子，烟如果大了，母亲可是会闻到的。伊一再警告，芭里着火也是很麻烦的。树烧死了，就更惨了。但辛喜欢火的味道。

妹妹不耐烦时辛会背着她，绕着屋子小步快跑。与他感情最好的丹斯里，也会摇着尾巴轻吠着，跟着跑。

远远地看到母亲孤单的身影。母亲也看得到他们细小的身影。但如果伊割到土坡的那一头，就互相都看不到了。还好再一会，伊会再度出现。但一个人割确实慢了许多，日影很短了还没割完，也只好回来喝一口水，看看孩子，再去收胶。嘱咐辛洗米生火煮饭，抱过女儿检查下屁股，如果红了就用冷水洗一洗。欲掏奶给她吸，但阿叶总是摇头推开伊，伊有时愠怒了，给她屁股热辣辣一掌。阿叶哭一哭，就找哥哥抱，或找猫玩。伊立即起身到园里，继续接下的工作。

猪还没大，但顾不来了，便宜卖了给也是养猪的阿猴；拜托他们买肉时顺便多带一条五花肉。除了饭，辛也会煮几样简单的菜了，煎荷包蛋、菜脯蛋；鱼，炒番薯叶。但伊要出趟门就不容易了，得先骑脚踏车把他兄妹俩送去借放在阿猴家，父亲的脚踏车太大辆，怕摔，不让他骑。如果载胶屎或胶片，他就得走路。抵达阿猴家后，伊再独自上街，他得照顾妹妹一直到母亲买好必需品回来。但那时车后座塞满了东西，母亲载着妹妹（她斜坐在脚踏车横杆上）先走，他小跑着跟在后头。上坡还好，母亲也几乎踩不动，得下车推；下坡就跟不上了。

倒是夜里会强烈感受到母亲的恐惧。

夜里辛常被伊的惊醒给吵醒。因此床边放了根结实的木棍，从床上一伸手就够得着的。是那被放倒的树的其中一截分枝，很沉的一段，他想，如果有人胆敢闯入，立即给他当头一下，应该可以把头打破。

但那一晚，他醒来，眼睛勉强睁开，但发不出声音。窗开着，月光照得床前一片明亮。依稀看到母亲仰起头，嘴里发出哭泣般可怕的声音，伊的衣襟解开了，可以瞥见白皙的胸乳一角。有个黑影趴伏在伊胸乳前，咕噜咕噜地大口吞吃着什么。辛很想给它一棒，手脚却动弹不得，兀自沉睡。它吃完了，像只大鸟般飞到床下，再一跃，双脚停栖在窗框上，一跳就出去了。

这时他看清楚了，似乎是个枯瘦干巴的老人。似曾相识。等他
能起来，那身影已走远。狗沉睡。拎了木棍从窗口跳出，再把
窗带上，从一棵树的影子到另一棵树的影子，辛躲躲藏藏地，
心里也非常恐惧，一直到最接近的一棵树后。只见那黑影立在
那杯子般的月光下，那棵树前，阿土的墓前。它像是木制的雕
像，好像没有皮只有肉。只见它略略分开双腿，双手向上伸展，
吸气——吐气，然后就是阵细细的哨子声。辛看到那怪物全身
上下都喷出丝丝白气，这才发现它浑身上下都是气孔。辛不禁
勃然大怒，抡起棍子趋前就要打——手一凉，醒来，发现握的
是床头柱，整张床给扯得一震。但母亲并不在床上。一摸，伊
的床位微凉，应该离开好一阵子了。妹妹兀自熟睡，辛即把被
堆到她身旁，以免发现身旁没人惊醒。即翻身下床，悄悄推开窗，
月光荫影分明的林子，远远大树下光杯里，果然有人影。原想
爬窗，心念一动，踅到客厅，后门果然开着。

　　他就快速地穿过门，连拖鞋都来不及穿，身体飞快地飘向
林中。一直到最靠近的一棵树后。他听到母亲披散着发，嘴里
念念有词。最奇怪的是，那大树头前，隐约有三座土丘，一大
二小，连绵起伏。惊诧之下，辛更趋前，想看得更清楚些。几
乎已踩在母亲的影子上，这时大树好像抖了一下，有水珠飘落，
斜斜地打在脸上。母亲突然转过头来，但竟然没看到他，且快
步擦身而过往家的方向。确实是三个坟没错。待回过神来，母
亲已走远了，进到屋里，还响起喀啦的闩门声。待到窗边，又
看到窗子关上，闩上。辛还来不及反应，天忽暗，大雨就落下

来了，他就只好把自己缩在墙角。雨就在那哗啦哗啦，檐下水珠不断弹到他腿上。一只狗毛湿湿地偎了过来。

有一夜，阿土嫂突然醒来，又是胸襟被掀开，奶子有被吸吮过而不再涨疼的感觉。月光自板缝泻进。辛没在他的床位上。伊一惊而起，是他偷吃的吗？一边扣着衣襟快步踱到客厅，搁在墙角的钟突然"滴、答"地摆了两下。后门果然开着，月光几如白日，但树影很沉。辛的幼小身影在林中移动，黑黑的，就像是影子本身。伊想也不想，轻轻带上门，套上拖鞋，就快步追了出去。心里闪过一个念头：奇怪狗怎么都不见了。远远就可以看见那树的巨大阴影，辛就朝那儿去；但大树荫里似乎还有个东西在那儿，激烈地冒着烟。伊心念一动：怎么它也来了，不是被阿土他们埋葬了吗？就在这瞬间，眼前两个身影都化成一阵烟，消失在树影里。阿土的墓，石头好像有被移动过。伊心里毛毛的，随即回身，往家屋的方向走去。月光斜照在门上，但门竟推不开，竟然被反锁了。

那之后不久，伊发现不再胀奶。感觉小腹里微疼，阿土死的那天月经来了一次，但葬礼后就一直没再来，莫不是又怀孕了？不可能，不会是阿土留下的种。

那天趁买菜之便，伊走了趟庙，既为孩子祈福，也问自己的事，庙里的瞎眼老人竟然怪腔怪调地告诉伊，伊肚子里有只青蛙；那之后，伊另外找时间跑了趟印度人开的诊所，确诊后做了手术，顺便拜托满手黑毛的印度医生把自己给结扎了。其后伊一直记得那双手戴手套前，及除掉手套后的样子。伊不敢看那从伊肚子里掏出来的东西，不敢确认那是不是青蛙——如果是鱼，一样糟糕。伊也不敢想那东西是怎么来的。

但这一切，阿叶如果不是不知道，就是长大后都不记得了。也不记得父亲——好像从来就没有父亲似的，连他的脸都不记得了，更别说是气息。辛也很少在她面前提起父亲。那事后没多久，他们因紧急状态而匆匆搬离那儿，房子被辜卡兵一把火烧了。搬到镇上，狗也没能带走。住到新村里，租两个房间，方便辛继续念书。伊回去割胶，但没再让他跟，即便是清明节。母亲到园中时，阿叶常被寄放在杂货店朋友家。阿叶甚至不太记得那段住在树林的日子，但记得哥哥拿着红色落叶当钞票跟她玩家家酒，记得在摇摇欲坠的房屋里玩捉迷藏的细节。当然她也不记得那棵树了。有那么些年，母亲经常会抱怨父亲"没有责任"，抱怨他把担子都留给她，害她"苦到要吃土"。反复叮嘱他要用功读书，但他也只勉力念完初中。辛有时会想起父亲，但身影愈来愈黯淡。紧急状态间，他也去上过几次父亲的坟，那时什么都不能带，只有香烛。那期间，他们被告知那块地的产权有问题，母亲被说服把它卖了，那钱买了间新村屋和中华义山里一块双穴位的墓地。紧急状态后，母亲雇人为父亲捡骨，在义山里买了个双穴的坟地。

母亲晚年失智，后期恶化得常不认得人，即便是自己的孩子，生命好像掉进爬不出来的深坑暗井的噩梦里，也失去了语言。弥留之际，几度目光凌厉地望着孩子，指着他们，喉头深处发出三个陌生而混浊，软软的音节。像遗言，但音节过于简单。
是名字吗？但他们的名字音域不在那范围内。叫错名字，好像
他是别人？

　　也好像他们在某个辰光被偷换掉了。好像他们是别的什么。

　　那让辛和妹妹感到惊恐。以致他们很长的一段时间都成功
把那词语给忘了。一直到埋葬了母亲之后，有一回雨后听到阵
阵蛙鸣，突然想起。

　　辛从没跟人说——因为他不确定是不是梦。

　　有一个日影微斜的午后，他心血来潮，独自骑脚踏车到那
园子。脚踏车勉强骑进杂草夹道的小路，到那园子边上，草高，
只剩下人沿着胶树走过的路径，脚踏车进不去，只好停在路口。
双手还得一直拨开草，好一会，找到旧家残剩的一角，几片锈
铁皮，一片墙，墙上挂着那口钟，连指针都不见了，但钟摆还在，
只是都扭曲变形了。屋子其余部分都崩塌而被杂草包覆了，辛
脑中闪过那艘鱼形舟，但也没去找的兴致，想说多半朽化成土
了。再往前走，拨开杂树找到应该是那棵树的位置，竟然找来
找去都找不着，也纳闷那位置天空怎么那么亮。突然领会，那
树一定是不在了。在那周边翻来覆去地找了好一会，终于在某
些杂草蕨类的根处发现，那根着处不是土，而是腐败几近成土
的倒木。把上头长着的菇都泛黑的树皮剥开，有白蚁兀自忙碌；
肥大的蚯蚓阴茎状的头钻进木心深处。然后发现倒木纵横交叠，
都是杂草小树的食粮了。顺着倒木回溯，找到疑似树头处，那
里崩陷为一辆大卡车宽的坑，虽杂草落叶层层包覆，还抽长着

大丛茎细而长的小树，但辛记得大树树叶的样态——是小而厚，略显油光，有点波浪状的——但这丛不是，叶大而背有细毛。用树枝拨开小树树头处，只见残剩的木心尖锐而单薄的朝上，像个脆弱的陷阱，一碰即成土，原来早已被白蚁蛀得薄脆如纸。

辛好奇地寻找它四下蔓延的巨大的根，想说会不会有新芽另抽长成新的树。然而没有。每一道残根都腐烂得剩下松软、土状的表皮。

怎么会这样？

但稍一不留神，竟然绊到野藤，只觉头一晕，脚一空，竟滑落那坑里。不想它是如此之深，下半身顿时陷入软烂的泥里，一股巴窑的恶臭浮起。很多蛙在叫，好像大雨后的沼泽，它们在欢唱雨季的到临。

清醒时看到天空好远好远，因过于明亮而睁不开眼。他张嘴呼喊，但并没有听到自己的声音。

然后有根粗藤从高处摔了下来，让他紧握着，脚踏着洞壁一蹬一蹬地上攀，几乎每一步都让好些泥土剥落。一会，一只黑色多毛的手伸过来，抓住他手臂。一张黑如炭的脸，一张咧开的缺牙的嘴，是个印度人。那人嘴里发出两个音节，好似是 ka-tak，马来语的青蛙，但又像是雄壁虎打架时发出的叫声。只有那时他才会想起，母亲临终前对着他们唤出的其实是 tō-bê-kuai（土糜胿）。

二〇一五年三月五日初稿，四月二十日补

后死（Belakang mati）

　　银色的巨大飞机，贴着积云的下方掠过，渐渐没入一团张开大口的虎头状的云。最先被吞噬的是机首、机翼右上方贴着的大大的黑色的国家的名字，斜体。首先隐没的是最后一个字母 a，然后咬着小写的首字母 m。最后消失的是尾翼那朵红蓝相间的鱼尾状的风筝，像一尾鱼遁入厚积的烂泥里。

　　那细细洒洒的仿佛是雨声，确实是，但不只是，雨声里卷覆着涛声。而后，细碎而清脆的叮叮咚咚，及更多的难以形容的怪声——好似许多坚硬的事物在相互摩擦，互相挨挤着。雨停，起了微风。天已亮，但灰蒙蒙的，雾霾甚至遮没了天际线。然而岬角上的白色灯塔，时隐时现，像故乡山上经常可以见到的地藏院灵骨塔。

　　L从雾里回来了，你看到她脸上有泪光，似乎是很伤心地哭过了。但也不排除是被露水打湿的加乘效果。

　　——去找过他了？是他没错？

她用力点点头。长期靠玻尿酸维持弹性的脸有一种悲哀的塑胶感，流泪时更像人偶了。

——只是路过那里。只是想看看活生生的他。但他在雾里轻飘飘的像个幽灵，看不到脚。

L难掩悸动。

也许是没认出来？毕竟——

雾太大了。

你心里想说的其实是，毕竟我们都已"面目全非"。是的，三十年过去，她已从过去的窈窕女子肿胀成"阿嫂"（大婶），少女的腰身早已不见。层层的赘肉，虎背熊腰，河马臀。虽然你没有发胖，但这本来就不是你的故事。你们各自的孩子都已大学毕业，有的都成了家，都抱孙了。

那天当L拿着杂志（从美容院借来的——染发时偶然翻到的）翻开那一页指着给你看，你看到前景是单马锡那头老狮子，侧身和一个满头浓密白发、身着中山装的艺术家模样的华人握手，两人都咧嘴微笑。背景是悬挂的彩色玻璃瓶，大大小小密密麻麻的重叠的光晕。因为单眼镜头景深的关系，它们的轮廓都被模糊化了，因此看起来是影影绰绰的色团，圆圆的光圈。标题上写着"李资政拜访隐居无名岛的国宝级艺术家谢绝"。

"你看是他吗？"

"很像。但怎么可能几十年了都还是那样子，一点都没改变。不会是他儿子吧。而且他以前不叫这名字。但报导上写说他'守护灯塔三十年'呢。"

"愿不愿意陪我再去看看？"

你看到 L 表情坚毅，那是你熟悉的神情。你知道她的个性，一旦决定了，就不会退缩。但你没想到时隔三十年，她心中那股激情还未熄灭，虽然青春早已成灰。即使那是他，也不能挽回什么，人生不能重来。但她的坚决打动了你。

那年你们念的虽是不同科系，却住同一间宿舍。活泼的 L 很快的爱上同一科系、同一实验室的学长 M，她给他取了个昵称柳丁（其后你们习惯用不同的柑橘命名他）。他们长时间一块做实验，他经常到午夜才送她回来，有时她甚至到天亮才回宿舍。你们看到她总是喜滋滋地奔向实验室，总是穿上她不同花色的心爱的宽松的裙子，回来时即便是熬夜也是一脸兴奋，脸庞红扑扑的。

平时聊天，L 谈来谈去也都是她的柑橘柠檬，他的好成绩，他的聪明、认真、细心、体贴；他讲过的笑话、故事，他笑时嘴角奇怪的翘起。家里很穷，衣裤都穿到破洞，露出成排的缝线；鞋子穿到鞋底都磨平了，所有脚趾都探出头来。你们都知道他还写诗呢，得过校园文学奖，奖金让他换掉脚上的破鞋，还添了部半新的脚踏车。原本还一心一意想念哲学，但据说他妈以死要挟。L 不止向你们请教，还曾央求同寝室的侨生大姐头陪着到百货公司去，给他买了件牛仔裤当生日礼物，但他不太领情。上衣就更不用说了。你大约可以理解他的担忧，L 的善意看来并不像是不求回报的。M 还婉拒她要帮他缝补衣服的请求——他只好自己乱补一通，线头都露在外头。其实 L 自己也不会缝补，她的衣服哪来得及穿到破。

多嘴的侨生大姐头刘因此斩钉截铁地推断说，她一定早就献身给那颗柳丁了。"做实验，哼！做那件事吧！"那还是个保守的年代。

有时他们也一道去活动中心看免费的电影、逛书店、逛夜市、散步到天桥。你们也知道吃饭什么都是她埋单的。你多次看到他脸上的尴尬，甚至些许的委屈，因此M也经常婉拒L的邀约，不得已还会拜托不爱说话的你出面，晓以大义。

有一天晚上，L回宿舍后兀自红着脸，显得兴奋难平，你们还以为她真的失身了。后来经不起连番探问，L吞吞吐吐地嗫嚅着吐露，原来是不久前一道过马路时，她因为没注意而差点被车撞了，他一时情急一把把她拦腰抱起。L不断地赞颂他温暖厚实的大掌，一副意乱情迷的模样。那时你就知道，那柳丁多半连L的手都没牵过。还没开始。

最开始，为了一窥M的庐山真面目，你们几个室友不止一次刻意到实验室去探访她。M是个高瘦的男子，长得不难看，但也称不上有多好看，看起来比实际年龄大得多。刘大姐探听到，说M因为家贫打了几年工，勉强存了飞机票方能一遂留学梦的，因此确实比L大上四五岁。他其实是害羞而寡言木讷的，你们都没能和他说上几句话。即便是和她最为信任的你，曾经多次三人一道吃便当的，也很少能和他说上话。吃便当时，他就像是颗安静的橘子，异常专注的，闭上嘴，细嚼慢咽——好似要公平对待每一颗饭粒、每一道菜、每一片肉——很珍惜的，几乎没有余力说话。倒是她，不止把自己便当里的肉夹给他，还一直和他说个不停。同学之间的、老师们的无关痛痒的事，甚至国家大事——电视听来的新闻，他睁大了眼好似听得专注，顶多是"哦""咦""真的吗？"之类的附和着。

私下见面时，你惊讶地发现M甚至会讲笑话，会对你聊一些他父亲母亲。还说他不喜欢叽叽喳喳的女人。你直觉这L未曾提及的一切都必须对她保密。

L选上你作为好友，除了同样来自南部之外，也许就因为你长得还不如她——她当然知道自己长得并不算漂亮——但她白而腴，你黑而瘦。而俗话说，一白遮三丑。她认为你对她不会有威胁。确实，相较于柑橘，你更爱杧果。

许久以后你才知道他原来不得不在实验室工读，那个科目他并不感兴趣，只是当年为了满足家人的期待，兼之高中时理工科的成绩远优于文科，顺势乱填科系，一旦掉进去之后想要转出来并不容易，只好咬牙苦撑着念下去。为了奖学金而必须拼出好成绩。

一年冬天，椪柑成熟的季节，他不知怎地被说动和你们一道坐火车南下，大老远地到L的家去吃晚餐。不料那顿饭吃得很尴尬。有着大片山坡地的L的父母，一眼看穿女儿的心思，仔细地盘问那颗苦涩的佛手柑。他的家庭，父母从事的行业；有多少兄弟姐妹，家里财产的状况，他自己将来的打算——有没有打算留下来，继续深造——"我们家L没和你商量过吗？"他老实地说明了自己家境的贫困，"我答应过我爸妈，我一定会回去的，我还要帮忙照顾弟弟妹妹。"他柚子般呆头呆脑地答复说。甬说，他的答复令 L 的父母非常不满意。

"那你是不打算对我女儿负责了？" L 的父亲震怒地拍着桌子，不知道傻乎乎的 L 和她父亲说了什么，还是他终究情不自禁对 L 做了什么。她母亲则苦劝女儿一定要理智，时代不同了，不要被一时的激情冲昏头。不客气地说，看来这男人多半连自己都养不活。

那一夜，他抚着自己少年白的头，L 咬着下唇流着泪不知所措。

几个月后，他一毕业就悄悄离台返故乡。

那之前他大概就刻意和 L 疏远了一段时间，反正他的学分修完了，就到南部哪个偏远的工作站去工读实习。而 L 被送到亲戚家去住了一段时间，以致他返乡后好一阵子，L 方知晓他已离境。

你忘不了她那时的伤心欲绝，无助地在他宿舍门口成列的阿勃勒与大王椰子之间反复踱步，握拳大声哭喊："怎么可以这样对我？怎么可以不告而别？怎么可以——"

于是在那个大三的暑假，你只好陪着 L 千里迢迢造访 M 的故乡。他连联系的方式都没留下。但从学校侨辅室那里，不难找到他老家的详细地址。况且，你向侨辅室上了年纪的女职员谎称，他是你室友的未婚夫，怎么可以这样不负责任？你甚至给她看了他们的合照。是那年冬天在她老家门口前拍的，农田间独栋的四层楼水泥楼房，四周有广大的庭院，高大的玉兰花。

暖暖的侧光打在脸上。一伙人都笑得挺开心，每一张脸都带着青春的喜悦。但那并不是他们两人的合照。

大姐头毕业返马了，你给她打过电话，她叹了口气，要你去问台湾的大马同学会。安全起见，你还详细询问了他同学会的同乡——严格意义上的同乡——你才发现，从那穷乡僻壤到台湾念书的人真的寥寥无几，连同乡会都是寄在邻近较大的校友会那儿。要抵达那地方并没有想象中容易。

循着指示，飞机抵达半岛的机场后，转了三趟长途巴士，一趟短途，方抵达地址上那个滨海的荒凉小镇，紧邻着一片紧密的防风林。

一下车，你们就闻到那股扑鼻的、咸咸的腥味。住户并不多，房子疏疏落落的，生锈的铁皮木屋，家家户户屋檐下都挂着成排的鱼干，屋前短架上也铺满了剖开的鱼，一直有人挥扇赶走苍蝇。这可能是你们到过的最绝望的小镇了，居民看来都讨海为生，几乎看不到年轻人，只有小孩和中老年人。

你们还真的找到他家，那是其中一间破败的铁皮木房子，M的弟弟妹妹若不是在念书就是辍学到新加坡去打工。他父母虽然看来衰老，一问都还只是壮年。脸露惊讶，以为他们的儿子在台湾闯了什么祸。“那么远坐飞机来找他有什么事？”他母亲问。你们都摇摇头说没事，但你们也知道那说服不了人，谁都会往男女关系上面想。他母亲还抱怨为了让他一圆留学梦，家里向人借了一大笔钱。“不知道他读的科系，毕业后竟然找不到工作的，他又不想当老师。”他母亲嘀嘀咕咕地抱怨。L

也没为他辩护，只要求看看他的房间。你只在闷热窄小的客厅，喝了杯他母亲送上来的略带着咸味的白开水。而 L，老实不客气地掀开布帘，在他房里看了好一会，才带着泪光钻出来，好像就只是去感受他留下的气息。

你们的造访确实引起一阵骚动。

因那小地方此前还没有台湾人来过，因此引起好多人来围观，窃窃私语，仔细端详着你们，目光在你俩的小腹之间游走。大概都是那酸柑的亲戚朋友。两个年轻女人千里迢迢地跑来，多半被怀疑是不是哪一个肚里怀了他的孩子。如果两个都被搞大肚，那就更是令人钦羡的丑闻了。

多年以后还经常被提起，成了好几代人的记忆，一个小小的、传奇意味的事件。你们偶尔从来自那里的文青写的散文看到那事的残余泡沫，在一本不知买什么文具赠送的散文选里。包括你们穿着的薄而美丽的洋装，都在小镇平静无波的日子里投下一颗小石头。

L 甚至流下泪来，她的急切更是令 M 的父母不安。担心你们会为他带来什么麻烦，更确定了他们心中的怀疑，因此你们当然什么都问不到。他父亲说他居无定所，也很少回家，偶尔会给家里寄张明信片。大部分时间都在学校兼课，但每一个地方都待不久，也不知道为什么变得那么不安分。但他不是才返乡没多久吗？说着他从神台上成叠的信函中找出几张卡片，让你们把上头的地址抄下。你看到他带回故乡的奖杯。

那些陌生的地名，你看了头皮发麻，只好摊开从机场买来的马来西亚地图，请他指给你看，好让你用红笔把它圈起来。那些地方间隔都是天南地北，用红笔串起来后，曲曲折折的感觉上像是某种绝望的逃逸路线。

你有预感你们找不到他。也确如你料想的，他在每个地方都只是短暂停留，好似在试水温的青蛙。每一处都是荒凉、绝望的滨海小镇，相似的海的味道，对你们而言都有几分像他的家乡。他确实到过，这一点你们能确认，但也仅此而已。你们最后抵达的那间防风林边的小学老校长意味深长地说，你们要找的那人好像失了魂似的。只留下一个绿色的扁平的小玻璃瓶，里头的空间窄得只容得下薄薄的几颗沙子。校长把它交给了L。

神情忧郁的校长说，十多年前也有一个类似的青年男人到过那里，口音很奇怪，好像只剩半截舌头。但那人更落魄，好似从海里爬上来似的，一身海藻盐碛。"留下两个秤锤。"校长指指校长室墙上，漆金的"华教之光"奖状下的那两颗沉甸甸的灰色的像牛睾丸的东西。

但从此你们就再也没有M的消息。

以好友的立场，你想那样的结局对L而言也许未尝不是好事。你很难想象娇生惯养的L，怎么可能随她心爱的M回返郁热的穷乡过苦日子——她怎么受得了餐餐吃咸鱼？她父母也不可能舍得的，而他的父母，只怕也不会对她太好。要不了几年，当爱情被艰难的生活磨蚀尽后，难免成怨偶，而终究还是会怪罪于他的无力谋生而让她陷于如此绝望的境地吧。

那之后，她似乎死了心，马马虎虎混毕业。毕业后在她父亲的公司工作了几年，就接受一个家境还不错、算得上门当户对的男生的追求，很快就结了婚。

而你也走上相似的人生旅程，毕业、工作、结婚，平平淡淡地过掉了大半生。

经历了初老的恐惧，孩子出生、长大、空巢；微整形、玻尿酸、染发、更年期、老公的冷淡，孩子独立成家……

——我也许终于明白了，虽然雾还很大。L红了眼眶，"你跟我去看看，也许你就明白了。"

你们抵达这南方的岛国时，已入夜了。转两趟车、一趟渡轮，到达这小岛上的民宿时，已不宜贸然拜访了。虽然根据查访资料，柠檬的隐居处已不远，夜里还可眺望到他家的微明的灯火，一如那崖上的灯塔。

这民宿是三数间蘑菇状的木构高脚屋之一，漆成浅蓝色，每间的空间都不大，勉强可以挤下一家四口。民宿的主人亲自驱车——竟是辆二战前流行的绿色金龟车——把你们从简陋的木构码头接到住处。"大陆来的？"你们摇摇头，"台湾。""敝姓谢，是这座岛的主人，叫我老谢吧。"你们发现这老人文质彬彬，谈吐不凡，看起来像个读书人，虽然他的华语口音听起来有点生硬，有股金属味。对你们的来意，他也没多问。

有一个黑皮肤、披头散发的老女人负责柜台，她看起来像童话里的巫婆一样衰老，好像已经活了几百年，皮肤如枯树皮，也一样地没有亲和力。而且她说的话你们一个字都听不懂，感觉似胡乱缠绕的丝瓜藤、像连串的咒语，甚至听不出那是什么话，好像是世间既有的语言之外的语言。那神情，也看不出欢迎的意思，好像你们是闯入者。但她一看到老谢，对他说话，神情和语调整个都变了，微微地侧首，语音软昵、神态也柔顺如少女，有几分情人般撒娇意味。

民宿里竟然没有其他客人，之前在台湾委托旅行社订房间时，竟然被要求提供过往出入这岛国的纪录，也要求提供良民证。好像要造访的是斯大林时代的苏联。

你们都披上薄外套，穿上球鞋，沿着草地上曲曲折折的石板路。初亮的天，阵阵微凉的风，强烈的海的气息。涛声犹是一匹匹的，可以让人清楚感觉到翻卷的形状。你们穿过一小片树林，那些高大的树感觉上和恐龙一样古老，树冠都在云雾里，只有乌鸦声声干渴地鸣叫。

——我观察过了。L微喘着说。"这岛很小，看来整座小岛都是老谢的产业。"

你们有时往高处走，有时往低处；过了一道又一道厚枕木垫就的小桥。眼看目标就在眼前，走起来又是一段路。终于叮叮咚咚之声显得更其清晰而密集，层次也更为丰富，好像有无数的风铃在回应着清风。

你们眼前雾里出现一小片防风林，影影绰绰的，像一群埋伏的士兵。

沿着防风林外头的沙滩缓缓地靠近。沙的软腻让脚步滞重。但你看到了，防风林里密密麻麻地悬挂着大大小小、形状颜色各异的千百个瓶子，在微风中相互轻轻碰触着。然后雾快速散去，就像潮退。

大而圆的日头从海平面跳出来，防风林里即反射出多种多样各色的光，让人目迷头晕。

雾散去后，你发现蛛丝牵于瓶子与树枝间。蛛丝上每每挂着成串微小的水珠，在风中颤动、抖落。瓶子高高低低的；有的瓶口朝上，有的朝下；有的横放，有的斜摆，但都紧紧地挨挤着，像蜂窝蚁穴里的蛹，呈团块状。有的团块，瓶口之密，几乎到了风也穿不透的地步。瓶的表面都是湿的，水渍一路沿着玻璃表面下坠。许多下方还垂挂着晶莹剔透的露珠。只一瞬，就落到沙地上。无怪乎沙地上处处是水滴留下的一个个仿佛是手指戳出来的小洞。

而且仔细瞄了一遍之后，发现悬瓶俨然分了好几个区。有的显然是新的，大概仔细洗刷过，刚挂上去不久，还能维持一定的透明度，看得出玻璃原有的颜色。只有它们受风吹拂时，还发得出清脆的响声。最旧的那一区，瓶与瓶就都卡住了——缠成了团块。瓶与瓶间甚至夹了落叶尘沙，有植物发芽。有的瓶里陈年的风沙和积水枯叶汇聚成薄土，风吹来的种子长了芽，长成了枯黄的气急败坏的草。有的甚至长出小树，树根塞满瓶子后，枝干伸长了，绿叶迎着光高高地伸起，似乎是片小小的、稀疏的次生林。但不论新旧，玻璃瓶毕竟是玻璃瓶，角度对了，都还是会发出玻璃的反光。

除了瓶口朝下的，或被植物塞满的之外，其余大部分的瓶里或多或少地盛着水。旧一些的甚至长着青苔，因为瓶子颜色的缘故，有的看起来像霉。也泰半有孑孓，在浊水里弹动；龙虱，水蚤。蝌蚪，有的挤满大半瓶，有的瓶里只有数尾。有的色黑，有的碧绿如玉，有的头上有个白点，有的长出脚来，有的已成幼蛙，从瓶里逃了出来。

但你突然期盼看到鱼。

那年M的友人从故乡带了尾黄色圆尾的雄斗鱼给他，他转送给了L。平日高傲地在宿舍鱼缸里对镜展翼，贲张着鳍、鳍、鳞，不可一世的模样。某日寒流L忘了给它加热，竟然就褪尽艳丽、白色鱼肚朝上浮在水面，冷死了。

死去的飞蛾、蚂蚁或各色的金龟子，蜷曲的尸身蓄积在瓶底，像夜市里浮夸的中药。你想起花市里看到的猪笼草；业者向你炫耀他的老猪龙草多么会捕食昆虫。

难怪L会那么说。

你也发现那张有老李的杂志上的照片是从特定角度拍的，也只拍了特定的区域。仅仅是新的、最亮的区域。

当年她那实验室里，在那甫从欧洲留学回来的导师、兼有昆虫学和精神分析的博士学位的怪咖，人瘦得像竹节虫、脾气古怪的N，被学生谑称作公螳螂的，就在那奇怪的实验室里设置了若干个厚实的大瓶子。瓶子里困着各种昆虫，甚至蜂——虎头蜂、蜜蜂、土蜂、草蜂；蛾、椿象及种种你叫不出名字的。她们记录着，它们对光的种种反应；但你牢牢记得的是那些昆虫撞击瓶壁的持续不断的响声，你知道它们凭着本能想要离开，但它们并不知道，那光可以透过的墙，其实都是绝对坚实的隔绝。那透明玻璃的某处，有一个看不见的开口，风也进不去。那不可见的门或窗，其实是个厚重的塞子，即便是最强悍的虎头蜂也不可能把它咬开。

你听说那实验的主题是"希望"，但那些声音听起来非常绝望。你一直不知道那是些什么实验，但你知道大部分昆虫活不到实验结束，L曾为你描述清除虫尸时的黯淡心情。它们蜷曲、缩成一团的尸身，一个个都是绝望的标记。他总是收集了堆放在实验室外一棵三层楼高的玉兰花树下。

也许那实验的主题就是绝望。但你不曾问L，她也不主动谈这层面的事，也许她认为太哲学了。

但你们都猜想，那时你们并不知道，也许那些年，他已渐渐地被那样的诡异实验给一点一滴地蛀空了。

然后你看到一身宽松的白色功夫装的M出现在防风林的另一头，一栋简陋的铁皮房子，屋檐下吊挂着一排白色的鞋状的事物，看来像是压扁的鱼干。你一惊，那不是当年你们千里迢迢找到的、他位于穷乡僻壤的老家吗？

白发苍苍的他，就在小屋前的空地上缓缓舞动双手、移步、震动，有时像白鹤展翅，有时像鹰；像虎，像熊，或双手伸长了像蛇……

在你们看得专注时，突然发现身后不知何时出现一个人，那笑眯眯、戴着渔夫帽的老人，无声无息的，不正是老谢吗？

　　于是你和 L 兴起和他聊聊的兴致。

　　你们一道踱步到防风林外，他说他认识 M 已经很多年了，当年是他把他从沙滩上捡起来的。那时还以为捡到的是具尸体。他听苏拉威西的巫师说，有的人死了会忘记自己已经死去。多年来他在海边不知道捡了多少具无名尸体了，"都埋在那里。"他指了前方礁崖后方，一鼓鼓的大大小小沙丘，东倒西歪地竖着一根根长短粗细形状不一的漂流木，一路沿着崖壁延伸过去。俨然是座小型坟场，少说也有数百个。"很多都是沿着马六甲海峡流过来的，但也有来自苏门答腊的，什么种族的都有，但人死了看起来都差不多。"

　　他说："老敌人有时就像老朋友。老李怕我闲着没事干，就给了我几把铲子让我运动。东北季风时，有时一个翻船，一来就是几十具，只好挖个大洞埋了，反正也不会有人来找。越南排华那些年更多，简直处理不了，还好老李及时派军舰来载去火化成灰，填海造陆。他说如果是活人，政府很快就会派人来把他们带到澳洲的难民营去，因为这岛那么小，住不了几个人，而且这地方的存在一直是个秘密。也许只有在某些很古老的地图上才找得到它。"

　　只有三个人是他强烈向老李请求而被留下的，"为此我签了不知多少文件呢。他来后我也算有个埋尸的帮手了。"

　　"三个？"你难免好奇。

　　"内人，她自己说是摩鹿加群岛人。就是帮我顾柜台的那个很丑的女人。"他伸出一根手指，接着指一指 M，伸出另一根手指，"看他孤零零的，大概二十年前好不容易帮他捡了个妻子，也是个不愿提起过去的人。只可惜几年前病死了。"接着意味深长地盯着 L 的脸瞧。"奇怪，奇怪。怎么会那么像？"用力摇摇头，发了会呆，L 离开防风林后就把头发挽起来，露出依然白皙的脖子。老谢回神后即招呼你们在一颗柔滑的石头上坐下，捻须微笑："上帝造了亚当，况且还为他造了个夏娃呢。"

然后你们来到一个横卧的、成人大的黑色石头边，那石头半埋在沙里，就像个无头无肢、唯余躯干的卧佛。"让你们开开眼界。"他蹲下身，伸手抹开石侧下方部分被沙掩埋处。有字。花体字罗马字母。他以指在沙上把字划出。逐字解释：马来文 Belakang 后面，Mati 死亡，合起来是"绝后"。他解释说，也许因为这座岛是在海峡的最南端，被称作 Pulau Belakang Mati 绝后岛。犹如中文里的天涯海角，世界的尽头，后面就是无尽的大海茫茫，再也没有陆地，再也没路了。就像人没有尾巴，文章没有待续。

后面没有了。

"你们认识他吧？"他突然转换话题。L 的泪水即时崩泻了，用力地点点头。"但我们不确定他是不是我们想的那个人。"你忍不住补充说。"请问你叫他什么？"

"我都叫他阿木。"他耸耸肩笑笑，"那其实是我给他取的小名，他来时抱着一块漂流木。我不知道他原来叫什么。他都不说话，身上也没身份证件。为了说服老李让他留下来，只好委屈他当我儿子，跟我姓谢。我偷偷跟他开个玩笑，他身份证上的名字如果译回中文是谢谢。谢谢老天给我一个儿子。我不知道他是天生不会说话，还是发了毒誓，终生禁语。"

老谢也顺道问了M原来的名字。"原来他也姓李。"他若有所思地说。

"老李想在这里弄个故事馆，多年来苦于找不出他的故事。曾经委托几个本地和中国到这里留学的小说家编，都编得不太理想，太好莱坞。"

"老李也老了，竟然发现故事的重要。那你们叫他什么？"

听到"柑橘"，他不禁拊掌大笑："橘逾淮为枳啊！"

然后他带着你们到那破败的小屋。

"据说数百年前，改朝换代时，亡国遗民乘桴南下到过这里。船毁后，龙骨和桅杆成了漂流木，在沙滩上日晒雨淋数百年，我把它捡来盖成这小屋。还有一些捡来的东西也放在里头，我还捡过一些书呢，各国文字的都有。"

"老李很寂寞，有时会特地来找我喝喝咖啡。毕竟同代的敌人和朋友几乎都死光了，我也老到对他毫无威胁了。你们看到的那张照片，是我拜托老李用不太张扬的方式发出去的，希望可以引来知晓他过去的人。"

我们模仿他，登屋前在阶梯上用力蹭一蹭鞋底的沙。

檐下挂的果真是咸鱼，梁上还真挂了个木匾，题着隶书大字"故事馆"。木廊上摆了三张咖啡桌，M独自占了一张，正翻开一本《辞源》般厚的大书，专注地读着。老谢向他介绍你们，他也只静默地转过头来，微微地点个头，没说话，几乎是毫无表情地又回头去看他的书。果真没有认出你们来的意思，眉毛都没动一下，而他的样子也几乎就是当年那个样子。你瞥见那本书的字很小，而且一栏一栏的，似乎有不少插图。

"他爱捡瓶子，就像我捡尸体。就如同我看到或闻到尸体非立即埋掉不可，他一看到瓶子就非得要把它们绑在树上，那是他除了重复看那一本书之外，唯一认真做的事。好像那是他此生唯一的作品。为此我常写信向老李要求钓鱼线。"

老谢招呼你们坐下，"吃个早餐吧。"他大声喊了"古鲁一古"。再高声为你们点了份 nasi lemak[1]。你们闻到浓烈的咖啡香。一个身着花布纱笼的女孩走了出来，提了一壶热咖啡，轻轻叫了声"阿公"。一看到那女孩，你们不禁一愕。那女孩的神情，不就是 L 年轻时的样子吗？L 苍白着脸，用力盯着看。

你突然觉得什么事情不对劲，而且是不对劲到不可思议的程度。好像不知道哪里出了差错，好像车子开出了路，闯进路旁的灌木林里去了，迎面是长草矮树，起伏不定的地面。时间隐隐波动，如深海的潮水。

天色竟然昏暗了下来，远方有雷鸣。

一股黏稠的气流涌进这空间。L 她怎么老是在流泪，就像许多年前的那个下午。在宿舍里，在无限荒凉的海滨，你们在沙滩上留下成排的、毫无意义的脚印。

你突然发现你们好像置身于一张旧照片里，老谢的声音像是遥远的回声，带着嗡嗡嗡的颤动，像浑身毛茸茸的熊蜂采花

1.　马来文，指椰浆饭。

蜜时的鸣声。

（"那个夏娃竟然给他生了个长得像你的女儿。"他对不知如何是好的L说。）

你仿佛看到时间本身。那无意义的庞大流逝被压缩成薄薄的一瞬间。L朝思暮想的那人就在那里，就倚在靠着栏杆的老旧桌子上。他的样子似乎没变。仿佛看不出时间在他身上的变化。但也许，某个失误，时间齿轮散架、脱落，让他很年轻时就把时间用完了。他那时突然就老了，就把自己的未来给压缩掉了。所有的时间成了一纸薄薄的过去，装进瓶子里，带着它返乡。

此后他只能活在没有时间的时间里。

那是这座岛本身的状态。

桌上有一本小小的红色封皮的马来语简明辞典，你无意识地翻着。

你突然明白了老谢的意思。

Pulau，岛。Belakang后，后于，背后，背面，未来，之后。Mati死亡，停止，中断，枯死。无生命。

这里是昨日之岛。明日之岛。

也许你们搭乘的飞机早就失事了，摔进无限湛蓝的太平洋里。

空巢期的你们，不是快快乐乐地要去峇里岛看帅哥吗？

难怪L一直流着泪。她岂不是被折回到M离去的那个下午了，那个悲伤的瞬间。

"可以到里头参观一下吗？"你听到自己的声音也像是隔着瓶子传来，带着厚玻璃壁坚毅但半透明的回声。

　　小屋墙上有一面墙报，上头泛黄的剪报红色大标题写着"新加坡监禁最久的政治犯谢◇◇被囚禁绝后岛改行当行为艺术家"。

　　你看到房里有个巨大的沙漏，金色的沙子缓缓流泻，如雨声——没错，那让你想起平生听过的无数次雨声，那些有幸进入回忆深处的，所有的雨声。甚至，雨的寒意与湿意，那皮肤紧缩的感受。墙边搁着古船被撕裂的疤也似的残骸，犹勉强看得出半个船首的弧度。而整个小屋内里片片数英寸厚、带着岁月的裂纹而微微鼓起的地板，分明像是废弃的船舱的局部。你甚至看到其中一张桌子上有个肥胖的细颈瓶子，里头烟云缭绕。

　　瓶底有一小片土地，浮于薄薄的蓝色的水上。你看到小小的绿色丛林，沙滩、墓园、防风林；破败的小屋，檐下廊里喝咖啡与看书的人，都只有蚂蚁大小。你看到 L，两个白发人、走动的女孩。当你微微蹲下，就可以透过敞开的窗看进那小屋。看到那里头的沙漏、船骸、瓶子，与及专注地看着瓶里的世界的蚂蚁般的你自己。如果你看得更仔细，你会看到那个你也在看着一个瓶子里头的你看着另一个你看着另一个瓶子里头的你看着那无限缩小的你看着——

　　而耳畔只剩下雨声。这世界所有的雨声。

　　有的梦变成一朵朵云。有的云变成了梦。

（字母M，从 mort 死亡）

二〇一四年四月十九日初稿

小说课

之一、暮色里的灰猫

〔情节／国王死了，然而王后然而然而……〕

窗外蝉鸣，此起彼落的，在树的高处。

讲台上，讲课的年轻老师兀自口沫横飞地讲着，怎样的手段能让读者持续被吸引到故事上头。得过几个文学奖，出版过几本畅销小说的老师一头乱发，讲到激动处——不幸的是，他常激动——他的口水真的飞溅出来。事缘于他的嘴巴上下半部好像不能完全咬合，下巴似乎比上颚大上了半号（小乙脑中浮起左右脚不同号的鞋子）。

她想起最近读到的一本讲ＤＮＡ的科普书，有一章谈到欧洲皇室因为怕尊贵的皇家血统被污染而喜欢亲上加亲，堂表通婚有时还嫌不够纯，亲兄妹或姐弟搞，或老爸和女儿，就跟猩猩猴子一样，结果很多糟糕的隐性基因都获得表现，长出猪尾巴，满身黑猩猩毛，长出穿山甲般的鳞片，长出刺猬般的刺。有个王室的末代子孙竟然下巴比上颚长得大一号，每逢进食都非常痛苦，喝水也会从两旁漏下来，因此长期营养不良，精神不佳，也长不高。

燠热，她可以感受到肤表正散发着阵阵的热气。教室两旁绿色落漆的风扇发出阵阵震动，努力旋转着，但好像没什么风。汗水从发际淌下，她感觉腋下讨厌地汗湿了。仿佛闻到某人飘散出一丝羊膻味。她怀疑是那走个不停的老师，凉鞋在老旧的讲台上踩出许多声响，猛摇着画着孔雀的扇子，汗湿了上半身。

动物园的气味。兽栏的气味。

黑板涂满了奇丑无比的字——笔画都被拖得太长，远离中心，和不相干的字发生乱七八糟的纠缠。他的手不断挥动，手势夸张。关键词：场景与对象。他费劲地擦掉一些废字，画上一口变形的箱子，笔画藕断丝连。开始讲一个女人和一口皮箱的故事。（"如果是推理小说，箱子里多半有一具尸体，也许是干尸，也许是婴尸，也许是断肢——一只手，脚，或头颅，玻璃瓶里一套生殖器。"）

老师忽而插进一句：作业要开始动手了哦，不要拖到最后再来哀求延期。

第七堂课了。还有一半左右。第十三周就要交作业，最后一周老师要发回作业暨现场讲评。

有一滴汗沿着背脊往下溜，钻进裤子里了，她的脸没来由的发烫，像雨湿的萤火虫的屁股突然亮了一下。头昏。脚底，屁股大腿和椅子接触处似乎也都汗湿了。左侧的阿冒眯着眼睡得上半身晃呀晃的像摆渡，后侧几个男生目光飘浮，看来也都神游了。她心想，汗湿后的背，乳罩的肩带势必一览无余了。

而蝉在声嘶力竭地鸣叫，仿佛在歌颂热夏。

写什么呢？

怎么写？

"你有故事吗？"老师进来之前，小乙曾悄声问那无时无刻摆出诗人模样（好像随时有人会偷拍他）的阿冒。"故事？什么故事？"他笨笨地回应。

〔叙事者／虚构／悬疑〕

小乙想起故乡那些燠热然而安静得多的午后。父亲一如往常地躺在藤椅上垂着双手打着鼾，张大了嘴淌着口水；老狗鸭都拉趴在他椅旁熟睡。父亲有时会突然醒来，挥挥手赶走意图停歇在唇上的苍蝇，或者抓抓痒，一只母蚊吸饱了血刚离开他额头。发现她不在身边会大喊一声，她的应答有时来自红毛丹树上，有时来自山竹树深处，有时是杨桃树枝叶间，或是更远的哪里。听到她的声音，他就安心地立即回到梦里。闹钟响时，他即弹起身，披衣，又喊她的名字，要她小心看家，当心"痀狗牯"[1]，即骑上摩托车回到园里去。那是母亲离开这个家多少年后的事了？

---

1. 指发情的公狗，色狼。——原注

　　木瓜树总是累累硕果，总有一两颗熟黄了，白头翁还是什么鸟把它底部啄开了，吃了个大洞，晶亮晶亮的黑色种子裸露，洒了一地。她厌恶那股烂熟的味道。就像她深厌父亲在那放工具的寮子里，搂着榴梿街那个恬不知耻的寡妇阿土嫂，撩起伊的上衣吸吮伊肥大的奶，甚至露出屁股压在床板上做那公狗母狗才会做的事，还发出令人燥得浑身发热的声音。还有那空间里留下的淫秽的味道，甚至会附着在铁器上，锯子上，钉子上，黏黏的。那墙上贴着幅年轻香港女星的半裸照，挤出半颗泛黄的奶，大红的裙子，都褪色了。

　　那阿土嫂一有空就会过来小乙这里瞧瞧，父亲的叮嘱吧，怕她一个人在家被欺负，经常过来看头看尾，主动把她泡着的父亲的脏衣服整盆拿到井边去刷洗。小乙的衣服，早早洗好晾着了，她喜欢一有空就把事情处理好，就像学校老师交代的功课，一有时间就先把它整整齐齐地做好。（阿冒说，每个人都有故事。你一定也有吧。这老师很有名的〔她抬头看看，那口皮箱还没被打开，老师掏出手巾擦去下巴不断泛滥的口水〕。文学奖奖金可以买很多书呢。也可以回一趟家里。但家有什么好回的？）小乙很不喜欢父亲那些被汗水反复浸渍的衣裤，有一股很难闻的味道。用洗衣粉泡着还是觉得臭，踩一踩，一盆水还都是黑的，常常要泡不止一遍，换了清水重新放肥皂粉泡过。因此经常就被阿土嫂顺手接了过去，好几年了，伊就像是这个家的主妇那样，哼着流行歌曲晾晒那些伊费了好大力气才刷干净的衣物。杂货店的阿伯常问她说，听说伊即将要成为她家的女主人了，是不是真的。小乙记得阿土嫂有个高瘦的儿子阿光，比她高个几届，但他们没说过几句话，他脸上很多挤烂的青春痘，油油的，她不太敢靠近。但父亲和阿土嫂都说，功课有问题可以问他，他成绩很好的。她想，他身上一定有一股什么可怕的味道，谁知道独处时会不会对她怎样。

〔层次／意外／事出有因〕

　　然而那回，当她俯身观察一个蚁窝，捡一些饭粒让它们搬回地下的洞穴，却出事了。她喜欢它们的勤快，穴口粗大的砂粒辐射状的排列，蚂蚁繁忙地进出。小学画画作业她都画它们，颜色简单，只有黑和白（沙子的黄色省略了也不会怎样）；线条简单，用点和线即可，蚂蚁的身躯是稍大的黑点。闻到异味要转身逃开已经来不及了，那个被称作"傻仔"的流浪汉已经像垃圾山那样压了下来，把她压趴在蚁窝上，一双魔掌从后头用力抓她胸部，随即撩起裙子硬扯她的内裤，把她扳过来，褪到膝盖了。她看到那张丑陋的脸咧嘴笑着，口水滴在她肚皮上，"傻仔"自己的下半身早就脱光了。好臭。死了还比较好。她先是咬牙挣扎，然后大哭，拼命要把他推开，但那垃圾山简直难以撼动。突然听到"傻仔"大叫一声，手一松放开她，她听到狗的吼声，原来是鸭都拉及时醒来，用缺牙的嘴用力地咬着他的脚踝。"夭寿！"几乎同时，她听到不远处一声熟悉的女人的吆喝，她翻了个身，快速把内裤穿回去，弓身拔腿就跑，拖鞋都来不及穿。

　　跑到十数米外，惊魂未定地回头看，鸭都拉已经被踹开，那人兀自大声吆喝，作势要打狗。他短裤只拉到膝间，胯下那坨东西黑魆魆，那根和公狗一样的东西还红通通地挺着。快步高举着棍子喝骂的是阿土嫂，但伊显然不敢太靠近，可能怕殃及池鱼。那人龇牙咧嘴地发出怪声，一只手扯着裤子，另一只手胡乱挥舞，快速移动套着破皮鞋的脚，咿咿呀呀地逃走了。

　　——有安怎么？（有怎样吗？）

　　小乙用力摇摇头，泪水在眼里滚动，阿土嫂的表情有几分狐疑，目光在她胯间飘移，好像在找什么蛛丝马迹。

　　那一天接连发生了许多事。

　　之后就谣传小乙给那白痴"强奸"了，给破了身，小乙恨死了，她知道阿土嫂的嘴巴脱离不了干系。以致多年以后父亲工伤老病，阿土嫂像个妻子那样不离不弃地照顾他，伊叫阿光给她写信说父亲想念她，要她常回家看看，但小乙就是不情愿返乡。就像她此后不爱穿裙子，也格外留心身后的动静。

　　那天父亲匆匆回家后，要她给医生检查，她不肯，坚持没事，即便父亲暴怒失控斥骂，她也不为所动。她听出父亲竟然担心她怀了那白痴的种。她觉得可笑之至。

　　那"傻仔"平时就在附近溜达，一身破烂衣服好似未曾更换，陈年的尿味汗味粪便，馊水汤汁，还有不知什么乱七八糟的脏污，内急时就拉下裤子，张开腿、跨蹲在街边水沟上，露出大屁股，当众就拉出屎来。不会说话，有时会对路过的行人大声呼喝，但他似乎认得自己的家人，会定时到特定人家去取饭喝水。据说他的父母亲是亲兄妹，还是祖父和孙女，反正是胡乱交配的产物。和另外几个变态一样，有时会躲在暗巷里，遇到小女生经过，就褪下裤子，露出那根和公狗一样的东西在那里使劲搓揉，还会笑嘻嘻大喊"喂"，要人家看他干的蠢事。小乙记得那一身恶心的味道，平时也十分留神陌生男人的身影，那天怎么就疏忽了呢？怎会没闻到那股恶臭呢？小乙家在镇的尽头，自成天地，有围墙，果树，但铁门很少拉上。哪会想到这回那白痴竟会跑那么远还闯进来。

她上下学必经那人经常出没的地方。那尘土飞扬的黄土路，两旁开着几间生意清淡的小店，杂货店，冷饮店，脚踏车修理店，早餐店。她往往顺手买个面包当午餐，椰渣的，奶油的，或两个咖喱饺，一个大包；有余钱就再买个冰条，黄梨口味的，或红豆，橘子汁的。她从不东张西望，角隅里常有不想看到的东西，有时是粪便，有时是死猫死狗，当众交配的公狗母狗，玩自己卵叫的咸湿佬。

那天黄昏，气冲冲的父亲提着刀硬拖着小乙去理论，威胁要报警，最后争论的焦点竟集中在小乙是否被"强（奸）到"。小乙气死了，这下完了。

父亲自然拉了阿土嫂去作证，她斩钉截铁地说，她看到了。她看到白痴脱下裤子，露出"硬扣扣"的可怕大家伙，还硬扯掉了小乙的内裤，她什么都看到了。

小乙说不出话来，只是掩面痛哭。她知道她说什么都没有人会相信的。她知道一切都完了。这下惨了，不闹没人知，一闹所有的人都在那里乱讲。她第一次想到死。

　　对方也不甘示弱，男男女女十几个围了出来，你一言我一语的，那些男的脸孔都有几分相似之处，尤其是不太安分的眼神、随时准备流口水的嘴角（小乙自忖，如果我这样写，老师会不会怀疑我在影射他啊），都是遗传的印记。"傻仔"好像是制造过程中被机器多压了两三下，比较扁，比较宽，比较歪斜。那些不安分的眼睛都不断往她胸腹间烙。平日她走过时，他们也是毫不客气地盯着她的胸臀，好似要在那白校服上烧个洞。

　　小乙搞不清楚那些人的亲戚关系，从来都不知道那些尘土飞扬的小店都是他们"自己人"的。一个妇人（平时卖雪条倒很和气）特别牙尖嘴利，大声说，我们阿宝虽然头壳生下来就坏掉，有时有会脱裤吓查某囡仔[1]，三十年来未曾有听讲有备去强奸啥人；她说白痴其实很乖，虽然有时会好奇去掀查某囡仔的裙子，但不会去脱别人的底裤，他自己没穿。

　　父亲在挥刀吼叫，他一向口才不佳。小乙这才想起母亲，想起很小的时候看过他们吵架，母亲一开口，父亲完全没有招架的余地，张大了嘴说不出话，像粗硬的破折号——也许因此而经常动手，猛力挥掌，要她闭嘴。

---

1. 闽南语，指女孩子。

〔薛丁格的猫／有老虎的故事比较好〕

　　火车站。北上的火车鸣着汽笛。幼小的她紧紧抱着母亲的大腿。母亲穿着黑底小白花长裙，摸摸她的头，亲一亲她脸颊，最终却和父亲合力掰开她幼小的手。她蹲在小乙面前，拭去她的泪水，自己也流着泪说，"妈要去找工作做，带着你没办法。"然后父亲一把将她抱起，母亲提着她的皮箱，上了火车。

　　大人在吵架，白痴在一旁望着她咧嘴傻笑，一只手搔着处处打结的乱发，另一只手犹起劲地在胯下抓痒，很快那里又鼓起来。哪个长辈猛力在他头上扇了一掌。白痴呀呀呀地怪叫，抚着被拍打处，比手画脚地抗议。那老人又高举着手，白痴头一侧，一闪，往右挪了几步。

　　"要有证据啊！"有人从后头大声说了句。

　　阿土嫂重复地说："我亲目看到了！"

　　于是那些人和父亲均又转而问小乙，但她只是摇头哭泣。

　　问而不答，父亲勃然大怒，举掌就要打，阿土嫂适时抓着他暴怒的手。

　　从那时开始，她就想远远地离家，不再返乡。

　　父亲的兄弟放了工，也听闻消息骑着摩托或开着车赶来了。眼看事情有扩大的趋势，不知是谁去报了警。天渐暗，蚊子也多，警车汽笛一响，人自然就散去了。

　　家族里的人聚在她家，大声高谈。伯母和婶婶把她叫去房间仔细问，她斩钉截铁地说"没有没有，鸭都拉咬他的脚。""可

是阿土嫂说有看到。"小乙火大了,"不信就算了。"不理会
她们要检查她身体的暗示。她想起小时候,有几位她很喜欢的
堂兄表哥常找她玩,就曾多次扮演医生,脱掉她底裤,仔细检
查过她的身体了。他们到外地念书多年,很少回家,也都有女
朋友了。

小乙听到有人献议,"没法度,只好通知伊老母来处理了。"
有人说那就赶快去给伊打个电话。

那一晚,小乙一夜难眠,虽然有养了七八年的黑猫"暗暝"
默默地陪她睡。

她想起从小听到伯母婶婶她们挂在嘴上的,许多女人被强
奸的传闻,没想到有一天竟差一点发生在自己身上。

十年了,母亲未曾回来看过她。只知道她当初是去投靠小
乙的姑姑,她的中学同学,也是最要好的朋友,是家族里最会
念书的,甚至考取了教师资格。因为和家里的兄弟打财产官司
(祖父留下了几十依格[1]橡胶园,祖父殁后,祖母坚持只给儿子
不给女儿),英殖民的法律让她打赢了,分到她应得的那一份,
但也因此和兄弟决裂。她还鼓励姐姐也如法炮制,分到了地卖
了,带着现款开开心心随夫南迁新加坡,而她与丈夫北迁槟城,
在那里买了房子,教书为生。母亲没别的依靠,只好北上找她。

小乙听说她不久就委托律师南下处理离婚事宜,随即改嫁
给一位姑姑介绍的小学老师,短短几年内生了两个孩子,当然

---

1. 即 acre,英亩的意思。——原注

再无暇理会她。虽然每年生日和农历新年都会收到她寄来一两张红老虎压岁钱。有时会给她寄张卡片或短笺，但小乙从来不回。她几乎已忘了这个母亲，也很少听人提起她，只依稀听说她也当了老师。

然而此时，小乙只希望母亲能带她离开这里。什么条件她都可以接受。

〔偷故事的人／如果没有皮，牙齿也好〕

天刚亮，母亲就出现在大厅，白底黑螺纹的旗袍。一接到电话，她即向学校请了假，行色匆匆地从槟城搭夜班火车南下。她看来老了些，多了些皱纹，揉着疲惫的双眼，但小乙觉得她还是很美丽。她用力搂着小乙，抚着她的背，在她耳畔悄声说，你长大了，你受委屈了，对不起，妈妈来带你离开。声音有点沙哑，不知是哽咽还是感冒。她拖了个蛇皮果斑纹的旧皮箱，推给小乙嘱她准备收拾非带不可的东西。

接着就和前夫谈判，说不管怎样，小乙的名节被搞坏了，不能再留在这地方，那些"三星"[1]一定会欺负她。学校也不能再去，丑事很快就会传过去，她会成为笑柄。这年龄很敏感，她会活不下去。必须带她到一个没有人认识的地方重新开始。母亲显然有备而来，向前夫陈述她想好的计划：再过三年小乙

---

1. 指小流氓。——原注

中学毕业，到时申请到台湾念师范大学。她查过了，不用学杂费还每个月有津贴，毕业后回来教书，一世人平平稳稳。她都算过了，接下来每一年的生活费、学费大概要多少，她家有个小房间可给小乙住，其他的就要她父亲帮忙分摊……父亲沉默无语，点点头。拈着前妻抄给他的账户数据，好像都没意见，只是有几分落寞。那画面让小乙感受到父亲猝不及防的感伤。

随即她去陪小乙收拾衣物，那些书、玩具、信件……挑挑拣拣的，大部分都被要求留下，旧衣服和那只猫也是。那种种事物中，小乙最不舍得的就是那只猫。但母亲不许，说她对猫过敏，"暗暝"又太野，没办法带。小乙知道，"暗暝"自由惯了，生存是没问题的，只是她会很想念它。

父母随即去给小乙办了转学，一干手续办完后，傍晚就搭上往槟城的火车。临别，父亲送她一个意想不到的礼物：一颗老虎牙齿，有点钝的两英寸长犬齿，有明显的磨损的痕迹。祖父曾经和英国佬一样爱打猎，打死不少大老虎，皮陆续都卖掉了，父亲只分到一颗牙齿，据说是相当好的护身物，辟邪。那牙齿玉米黄，小乙仔细闻过，有股淡淡的烂肉味。她心想，这老虎可能也一大把年纪了，也许是猎人打山猪时，从山猪身上发现的。她听过那样的故事，衰老的老虎不是壮年公山猪的对手。

火车往北走时，漫长的季风雨季开始了。火车穿行在雨里，穿进渐深的夜里，在车里听不到雨声。

就那样，在母亲那里住了下来，小小的房间似佣人房只开了个很小的窗，但她不介意。母亲另外的两个孩子，一个小一，一个小二，都热切地喊她姐姐，不会排挤她。小乙也认分地承担了不少家务，好在煮饭洗衣拖地等都难不倒她。转进去的女校很单纯，想念父亲时就在外头的公共电话打几分钟讲几句，父亲每三个月也准时把钱汇进母亲指定的户头。就那样过了三年，她想念家里的猫，想念父亲，想念老狗鸭都拉，但就是不想回去，好像那是个处处粪便的地方，她的脚不想再踩上去。

父亲也给小乙写过一封信（之后就是阿光的转述了），那字体，那站不稳的笔画，拙稚得如同小孩，还有好多别字，让她错觉那是比她小得多的孩子给她这个姐姐写的信。信中报告了老狗鸭都拉的死讯，是被车撞死的。小乙走后"傻仔"常找它麻烦，看到它就丢石头、挥棍子，有一次大概不小心乱冲就给啰哩撞死了。他写道，自你走后，"暗暝"就离家出走了，再也没有回来。

学校重视英文，鸭都拉之死让小乙无限感伤，就写了篇英文随笔《My Friend Abdulah》刊登在校刊，深情地写鸭都拉曾拼死救过她，当然不会仔细写那是件怎么样的事。

小乙偷偷问过母亲，以她的条件，当年怎么会爱上父亲？怎么看都不匹配。"年轻啊！"母亲感叹地说，"你也看过他年轻时的照片，多好看的一个男人。一不小心就怀孕了，那个年代，只好赶快结婚。""人不笨，就是爱玩，不爱念书，没一技之长，守着一点祖产过日子；脾气又坏，爱喝老虎啤，可惜了。"

继父是小学华文老师，姓游，个性温和。家里二楼有间全家共享的书房，壁橱有几百本本地和台港陆的文学书，要小乙有空就自己多翻翻。有一天，小乙在书架上偶然发现一本薄薄的蓝色封面的小书，《暮色中的灰猫》，短篇小说集，陌生的笔名，但本名竟然是继父。她把自己的发现秀给母亲，原来她早就知道了；继父很腼腆地拿起笔，在扉页题签了送小乙，题词有点肉麻，"给我美丽聪慧的女儿"。他说他年轻时也有过文学梦，有一年犯傻，用年终花红自费出版了这本小书。但出版后文坛反应非常冷淡，文友也没好评。印了五百本，堆满半个房间，卖不动，送学校、送会馆、送同事亲友、邻居，每年拿一大叠送给有兴趣的学生，"和你妈结婚后，继续送了五年，大概也没什么人会把它看完。出书真是件可怕的事，以后就不敢了。"好不容易送完，才发现送过头，只剩下孤本。此后遇到真正有兴趣的文学青年来索书，倒无可送了，"最后一本送给你，是个完美的句点。"

依着母亲当年的安排，毕业后小乙填选了生物系，录取了，准备飞去台湾。她喜欢母亲那口蛇皮做的旧行李箱，向母亲要了带出门当作纪念。父亲卖了小块地，钱汇了给小乙带出国，嘱咐她念书不要有后顾之忧。

她心底有个奇怪的遗憾，在老虎的故乡马来半岛上不曾见到老虎，第一次见到老虎竟是在他乡木栅动物园。她也知道，很多马来西亚人都只能在动物园见到老虎，马六甲的动物园，或新加坡动物园。同学会迎新活动上，逛木栅动物园看到活生生的老虎时，她才兴起那样的感慨。为此，她为自己买了个老虎玩偶，不知怎地，那些玩偶看起来都像猫，也许太小只了。不够大，是不会有老虎的感觉的。

　　负责带队的外校阿拉伯语系学长阿冒（被同侪谑称"哈利冒"[1]）是个正牌文青，高高瘦瘦的，话多，说从小就憧憬沙漠，想要移民撒哈拉。自视甚高，不断对她示好，说她的微笑温暖了他深秋的心。他的文艺腔让小乙忍不住想笑，于是冷冷地对他说，"我讨厌沙漠。"散步时听小乙提起陪伴她成长的黑猫，阿冒随即跑了许多条街为她找来一只日本进口的黑猫布偶。他喜欢写句子很长的诗，全心攻略文学奖，一心要成为"第二个陈大为"，一直暗示希望她可以是"钟怡雯第二"，还怂恿她转国文系，令人啼笑皆非。

〔自传性／自身经历／在他人的故事里〕

　　小乙自忖，如果那样写，就算不是真的，也会被读的人认为是亲身经历。即便不是被强奸，内裤也一定被脱掉了。《暮色中的灰猫》也有几篇阴暗的小说，好像是小乙故事的几个不同变奏，女孩被逼奸或诱奸或猥亵的故事。没想到那么斯文的一个人，会写些那么灰色阴惨的故事。继父解释说：都是些自小听来的故事。那类故事很多的，报纸上常有报导的，社会上可能真的有很多那样的事，天底下其实没什么新鲜事，很不容

1.　harimau，马来文，指老虎。——原注

易写好。原来在听到母亲转述她的故事之前，写小说的继父就听过并且写过许多那样的故事了，她早就在他写的故事里了。他说，亲身经历过的人反而不易下笔，自我暴露是非常痛苦的。他的体会是："自传性必须藏在背景深处，像只暮色中的灰猫。"

作业迟交，最后一堂课她也没去。作业她是托阿冒代交的，封在牛皮纸袋里（附了回邮信封和一张道歉的卡片），警告他不能偷看，阿冒用分行长句写的作业要给她看却被她婉拒了（听他说是大禹治水时被两头蛇咬伤的故事）。

一周后，收到老师以回邮信封寄来的包裹，附了一本他上课反复预告过的新作品，惊悚小说《暗夜里的黑猫》，题赠给她，在她的名字前竟写了四个抖颤的字："后生可畏"。那行李箱里原来藏的是只黑猫。

作业上有许多细致的批语，小乙觉得最有趣的两句是：

〔第十二课。类型小说的法则：相似元素的不寻常密集堆叠。〕那个继父真的不是个变态吗？

二○一五年五月十四日初夏试笔

之二、公木瓜树

〔小说课第十讲：多出来的故事〕

老六洗完了澡，开始用他的晚餐，一面在欣赏他的那些斗鱼。二号芭的特大种，有冲力，肯缠。峇东丁宜的咸芭种，短小精悍，灵敏无比。红梨园的长身种，惯于偷袭，咬嘴不放。

——宋子衡，《猫尸》

老师讲课时依然喷着口水，像大热天跑了太久的狗，舌头都快掉出来了。他叮嘱说："一定要去试试文学奖，那是本课程的终极考核。"

窗外有一棵木瓜树，看来是公的。开了丛丛白花，花簇带着细长的柄，很多蜜蜂嗡嗡叫着钻进钻出，味道飘进教室还蛮香的。很快就会被砍掉吧。没有多少人能容忍公的木瓜树，花开得那么张扬，又不结果。

但她记忆中就有故人特地养了一棵，做实验。

小乙想起那些年，有一些周末，功课比较不忙时，继父会带她去和他那几个文友吃饭聊天。他们的年岁和继父接近，有时是他们来拜访，或者相约到某一位的家，或到咖啡店去。她几乎都只是静静地在一旁喝冷饮，听他们讲话，或者安静地看书。话题从最近的政治时势，各自职场里乱七八糟的事，共同认识的熟人身上发生的事（生病，家里死了人，离职……有了外遇），到文学话题，最近读到哪些构思巧妙的佳作，谁又出了一本不应出版的烂书，谁哪篇文章哪个句子用错了典故，正确的应是什么；哪个词用错了；哪篇小说如果用另一种写法会好得多；哪个新人看来很有天分，诸如此类的。不知道是因为有她在场的关系，总觉得他们一副很正经很长辈的样子。从话语与眼神交会的缝隙里，她可以感觉到他们自觉避开了她不在场时不是禁忌的男女话题。母亲鲜少参与。有时某位的太太会因故与会，也和她母亲一样一直打着哈欠吵着是不是该回去睡觉了。

几个初老的男人，教书的，开店的，当书记的，烧窑的，打铁的，都是艺文爱好者，多住得远，甚至远在怡保、麻坡。常往来的只有两三位，都住岛上。他们自己也常开玩笑说，可能只有葬礼才凑得齐。二十岁左右就认识了，都喜欢写点东西，也有过壮阔的文学梦，二十多年后，都认命了。他们至少都出过一两本书，甚至一起搞过小出版社。对时局和写作，一肚子意见。小乙很快看出，里头一位被戏称为 Y 教授的叔叔是这批人的意见领袖，他是位中学英文老师，书读得最多也最细心，常怂恿她选外文系，以便来日返乡教英文，永远不愁没工作。"这可是红毛统治过百多年的地方啊。"

Y 教授主动借她 Alice Munro 的两本英文小说《Something I've Been Meaning to Tell You》和《Lives of Girls and Women》，她查字典勉强读完第一本，第二本到高三毕业了还读不完，叙事节奏太慢，读了前面忘掉后面。Y 教授只好在送别的茶会上，拿来签了名把它当成礼物送给她带去台湾。

小乙感觉他们喜欢她在场，听他们讲话。有传承的意思吗？

她也不是很确定。送她他们自己的作品，时不时会打听她读了有什么看法。他们的孩子都比小乙小几岁，都很认真地在拼成绩，大多计划念本地大学，只有Y教授的子女打算去澳洲或加拿大。他们英文都比中文好很多，对父辈写的东西连翻一翻的兴趣都没有，更别说是他们那些无聊的文学话题。

继父在同侪里算晚婚的，也许因为年轻时爱上一个马来女人，母亲反对，犹豫不决多年，被耽搁了。

Y教授写的几本书也有送小乙，郑重其事地题签，称她"世侄女"。小乙发现他的小说文字比继父难看多了，那些华文语法怪异，像硬生生译出来的。写最多的除了初恋，和舞女真真假假的恋情，就是一个南来移民裁缝父亲的故事，结局都写得苦涩。从他们的聊天中，写作对他们每个人来说都好像是件很痛苦的事，菲薄的稿费对生活没什么帮助（压稿、退稿是经常事），作家的虚名也没人尊重，甚至还会被取笑，是"傻仔"的代称。就不知道他们为什么还那么坚持？有一回，Y教授淡淡地回答她，也许只是想更了解自己吧。有些事情一直忘不掉，写出来也许会好过些。如果还不行，就再写一次。再一次。就像做梦那样，有的梦会重复做。小乙问过他，小说里那个悲伤的女人是真的存在的吧？为什么他四十岁以后的小说那么悲伤？

离乡前一年，继父生日那天邀几个老朋友们来家里小聚，Y教授那天多喝了两杯威士忌，脸红通通的，神情更像个孩子，侧着头在小乙耳边用华语夹杂广东话讲个不停，一度眼眶还红了。他太太就在一旁，但她不懂华语，只会讲英语、马来语和潮州话，插不上嘴；但有时会伸手轻轻拍他的背，像安抚孩子。
Y教授谈到几年前爱上一个很迷人的混血女人（他双手比了个
动作，意思大概是：奶很大），痴迷时几度想抛妻弃子；但又
想到妻子是他初恋情人，虽然她老了，但他永远不会忘记她年
轻时美丽的样子，也不会忘记她年轻时深情的样子，"但我竟
然差点抛弃她和我们的孩子！"说着竟然男孩式地呜呜地哭起
来，他太太只好轻轻搂着他，用英语频频向大家说，对不起，
他喝多了，随即扶着他离去。那次聚会只好匆匆散了。

　　稍后继父补充说，那次事件闹得很严重，搞到连Y教授
任教的学校都满城风雨。他们那些政府学校的教员课后喜欢
去有女人陪酒的地方喝两杯，很多花边新闻。那个叫玛丽的
混血女人长得高挑漂亮，身材很好（母亲插话："你看过？"
继父红着脸点点头，拍拍她肩膀，"耐心听我讲完。"）很
多人都喜欢她。但她也真是人看多了，知道其他那些穿衬衫
的都是公猴来的，都只是想玩她。只有Y教授是实心人，有
可能动真情。但也没想到他认真起来是那么痛苦，他几乎就
要朝她要的方向去做了——和妻子离婚，娶她。但她也感受
到这个原本幽默单纯的有妇之夫变得非常痛苦，有一阵子几
乎天天借酒浇愁。

　　"她找过我谈，也偷偷去看过Amy（Y教授的老婆）和他
们的小孩，看她送小孩上学，尾随她上巴刹买菜，那是她羡慕
的正常家庭的生活。她还问过Y教授希望她为他生几个小孩？
Y教授最意乱情迷那阵，她还偷偷跟着Amy在同个时间同一家

店吃过叻沙，就坐在隔壁桌，就近观察。看到那以前笑嘻嘻开开心心的小女人眼里含着泪望着大街上的行人发呆，她突然觉得很难过，并没有胜利的感觉，想说自己是不是太自私了。她突然决定退出。那时她找我喝过一次咖啡，问我有什么看法，就在小印度转角那间咖啡店。

"她也动了真情，所以选择她认为对 Y 最好的方案，也就是自己离开。她跟我说，'一个人伤心，好过三个人伤心。'她不知道 Y 也很伤心，而且伤心很久，那就像是他第二次初恋。那时她要我在 Y 找她找不到向我诉苦时转告他，她回泰国去了，不会再回来。别去泰国找她，她不久后可能会到澳洲或加拿大。几年后我们各自收到她从新西兰寄来的一张明信片。"继父从书架上找出一本书，翻出那张明信片，蓝天白云青草，两个小小的人和一群绵羊，空白处是细细如蚁的英文。原来她早有 B 计划，嫁给了个退休丧偶的洋教授，跟他回新西兰养羊去。

最后的初恋显然让 Y 教授伤心了很多年，伤心的原因之一是他觉得自己几乎背叛了最初的初恋。他的小说一再重写的就是这个。他太太不懂中文，不能从他的写作去体会他的心事，不能理解他中年后的悲伤，他的忏情。但她有耐心，默默地在一旁陪伴。夫妻俩都是很纯真的人。

这给小乙结实地上了一课。

见过多次的"粗鲁叔"的故事也很有趣。他是个专业铁匠，铺子开在大路后那里，打一些锄头菜刀什么的。聚会时经常只穿件白背心汗衫，露出一块块古铜色的肌肉和大丛刷子般的腋毛，猪哥味很重。脸上也是横肉遍布，和继父、Y教授的斯文文人模样全然不同。讲话的方式也不同，经常会不小心冒出"奶""卵叫""脚尻"之类的不雅字，一被朋友呵斥（"莫乱讲，有侄女在！"）就向小乙鞠躬道歉："歹势[1]！歹势！阿叔是粗鲁人。"初次见面就那样了，因此小乙就叫他"粗鲁阿叔"。他的妻子是个黝黑瘦小的妇人，有种被榨干式的衰老。三个儿子都二十多岁了，都在吉隆坡工作，逢年过节才会回乡。

他屋旁有一小块空地，种了几棵果树，就有一棵树身有人头大的公木瓜树，树形弯曲成怪异的梯状，好像有几处断折。远远看去，树身上有成排的黑色细小凸起物，像半边拉链。小乙木瓜树看多了，公树很少被留下的。

就像是什么不祥的东西，很少看到被养到那么大棵，还结了果的。小乙靠近了仔细端详那棵树，竟是树干被打进一根根生锈的铁钉，从露出的"柄"来看，是三英寸长的大钉。隔两三英寸左右就打一根，树皮有的部分烂掉了，露出网状的纤维；好几处烂的幅度过大以致向下断折，靠一层表皮撑着继续长，重新向上。结果后，也许太重，又下垂，折而不断，就那样坎坎坷坷地长得叶子高过了屋檐。那是"粗鲁叔"的得意之作，用那么极端的方式，让公木瓜树也结实累累，已活了将近二十年。结出的木瓜，肉厚，还甜得很。树身网状空洞里还住着一窝窝黑蚂蚁。

---

1. 闽南语，即不好意思。

　　离乡时"粗鲁叔"就送她一个"没路用的对象"——两根从树身拔出来的陈年铁钉，它们身躯锈蚀得忽大忽小不成直线得都快断了，像晒干的蚯蚓。他特地截了段相思树，挖空，刨制了个盒子盛装。那盒子被继父文雅地称作"椟"，看来更适合装钢笔。小乙想象，如果把它放在博物馆的玻璃展示柜里，从上方打着灯光，看来就像个铁器时代的文物了。继父送她一枝帕克钢笔，和一本厚厚的空白笔记本，鼓励她多写，"写什么都好"。不出书后，他自己都只写在笔记本上，堆满了一个书架。

　　但那"椟"和残钉她没带出国，留在继父家。母亲为她准备了个厚皮箱，把那一干乱七八糟的东西都装在一起。

　　"粗鲁叔"的小说文字一样粗粝不修边幅，动词横冲直撞的，好像一头公牛跑进了小学教室。小乙和他说了自己的看法，"粗鲁叔"很开心，说自己是粗人，只读了几年小学，平时工作忙，读书的时间也不多。他的小说里堆满了尸体和死亡、臭水沟和后巷，猫尸狗尸之外，妓女和流氓也常出没。继父说，"粗鲁叔"出身贫寒，青少年时在社会底层打滚过，听过很多可怕的故事。后来在报社排字房打杂时遇到贵人，爱上铅字。听他讲故事听多了，那人用稿费引诱他写作，很有耐心地帮他一字一句地改。但他的文字就像他那一身肌肉，很难改的，只是改掉明显的错字，及教他怎样依层次展开叙事而已。"我们也经常帮他改的。"继父微笑着说。小乙想，那个"贵人"说不定是他和Y教授的复合体，他是不是用小说的语言对她说故事呢？

　　小乙也注意到"粗鲁叔"小说里老是写一个年轻男人被成

熟的女人引诱，从最开始的短篇到晚近的长篇；初初是隔壁喂婴儿吃母奶的妇人，然后是楼上寂寞风骚的寡妇，之后变成失婚饥渴的表嫂。也许他初恋的方式与众不同。但她不敢多问。她有时可以感受到他眼里闪过的燃烧的欲火，会大胆地盯着她的胸脯和腰、臀，欲言又止；是这些长辈中最放肆大胆的，因此她也最为小心，不留任何独处的机会。

有几回，苏丹生日、印度人、马来人过年之类的连续假期，继父开车载着她和几个老友去找远方的一位文友，路程很远，都是山路，抵达时天都黑了。有时遇上塞车，开到月明星稀，乌鹊南飞，都还找不到路，几个大人还会为该拐哪个弯而吵起来。长辈们说，这一带以前最多老虎了，现在看到算你行大运。石虎比较多，要看到还是要看运气。

有心的话，最后总是会找到的。那人总是守在窑火边，顾守那一窑烧制中的陶杯，神情疲惫地就着窑火翻阅书本。窑边钉了个很粗略的书架（每一片板的大小厚薄都不一样），摇摇晃晃的，书塞得乱七八糟，都翻卷蒙尘了，有一本被白蚁吃到到处是洞的《百年孤寂》，残存的封面依然华丽，是丛香蕉树开花结实。窑旁，一片尺许宽的薄木板，夹着一叠稿纸，有时写了半页纸，有时只写了几行，每个字看起来都饱受煎熬，像窑火边的蚂蚁。继父要小乙唤他"雨叔"。是个瘦弱的老头。

那是个温暖的聚会。路上继父会在小镇上的某家茶餐室砍一只白斩鸡，或包半只鹅；Y教授从家里带一瓶威士忌，"粗鲁叔"买一大块脆皮烧肉。"雨叔"唤老妻泡壶唐茶，就那样聊到半夜，胶杯（盛放胶汁的陶杯）烧好后再到屋内小睡。"雨嫂"在储藏室给小乙用长凳并张小床，睡得腰酸背痛。天一亮，"粗鲁叔"就拎起斧头帮着劈柴。小乙拿起破布逐一抹去架上书封的灰尘，用蚊香烙死白蚁。怕迷路，他们午饭后就离开了，即便雨叔总是依依不舍，目送久之。他也有书赠小乙。不知怎的，她总是进不去那些故事，他的文字好像在抗拒故事，人物在抗拒文字，因此一本都看不完。

　　最后一次拜访他时，他送小乙一个新烧的陶杯，上半部抹了叶绿色的粗釉，两英寸许底部是土色。摸起来还是热的，外侧还有指纹清晰地捺出来的：祝福。上方刻上"给小乙"，下方有细瘦的树枝刮出的"雨"字签署，日期。陶杯底部挖了个排水的小圆洞，说可当花盆。因此她用报纸郑重地包了几层，带去台湾，铺了粗沙种了棵很尖锐的仙人掌，每年春天它都认真地开着大朵灿烂的黄花。

　　文学奖季过后，以为今年会大有斩获的阿冒，和去年一样全军覆没，连个同乡会小文学奖的佳作都没能捞到，当不成才子，有几分尴尬。小乙以重写的（偷来的）故事试笔，倒一口气拿了两个校园文学奖的首奖。她知道她已引起国文系才子的注意，那人以自认为很有古风的毛笔字写了几首七言律诗送她。小乙把它重新封好，派阿冒限时专送亲手退回给才子。

　　那样的才子式的调情，早在念高中二年级时她就领教过了。

她高中的华文老师，钟怡雯的学弟姓傅，留学时以新旧体诗得
过几个文学奖，薄有诗名，自视甚高，同辈没几个瞧得上眼的。
刚毕业返乡教书两三年，未婚，对她特有好感，写过几首看不
出好在哪里的诗送她。已决心离乡的小乙诈傻装看不懂，还谎
称对文学没兴趣，听说他带了上千本文学书返马，虽很好奇，
也不敢向他借。她把那些才子赠予的诗作交给继父过目，继父
说写得还可以；浅了点、浮了点，那字体看来有点傲慢，像丝
瓜藤蔓那样自以为是的鬈来鬈去。还告诫她"才子最麻烦，自
认高人一等，贪图你年轻貌美而已。我认识的才子在家里都不
洗碗的，像大老爷那样，换个灯泡都不会。这种人如果真的在
一起，恐怕不好相处，不冷不热地保持距离就好。得罪他，
万一恼羞成怒，泼酸把你毁容就不好了。"

　　但小乙偶然在作文里写到陪她成长的黑猫"暗暝"，才子
就把自己收藏的《乌暗暝》送给她，那里头有些小说让她想起
那几个漫长旅途，那些有父辈人友谊温暖的暗夜窑火。赴台前夕，
才子把自己刚出版的诗集《那些有猫的转角》拿到她住处亲手
送给她，希望她读里头的诗时能想起他。继父请他进屋里喝杯
红茶，小乙瞧见他金框眼镜后的眼眶红红的，"寒暑假要多回来，
看看朋友和家人。"

　　出门时她把长辈的赠书都留在房间里的小书柜，希望能专
心地研究蚂蚁和青蛙。《那些有猫的转角》倒是带出门了，后
来阿冒去阿拉伯实习时给他带去沙漠"闲读"。

　　抵台后还收到才子几封感伤的信，露骨地说季风雨时他有

多想念她，她可是一封都不敢回了。为免他漂洋过海来看她，继父来函要她不如直接把话说清楚。才子是不怕失恋的，失恋了才好写诗，说不定会刺激出真正的佳作。雨季过后，小乙就给他寄了张有黑猫的卡片，说她有男朋友了，是个研究云豹的原住民学长，很是健壮开朗的。

　　要不是阿冒的冒失，小乙也不会去参加文学奖。阿冒多事帮她在小说课报了名，还帮她出了报名费，那对他可是一大笔负担。小乙要还他，他竟说"除非你拿到文学奖——我只接受文学奖奖金。"小文学奖的奖金并不多，但比报名费还多出许多。剩余的部分，她提议要分一半给辛苦打工为生的阿冒，但他婉拒了。她知道那是面子上挂不住。只好请他吃了几餐稍微丰盛的，又买了几本诗集送他。没想到诗集那么贵，字少空白多，难怪阿冒会想要写诗。

　　阿冒殷勤如故，依然常到女生宿舍找她，邀她一起到夜市去用餐、买日用品、逛书店、看电影、到动物园看老虎、到醉月湖听蛙鸣。但她总是技巧地避开他更进一步的亲密动作，他的手，他的拥抱，他的唇。看他的样子，基因可能不是很优良。她可不想跟他去阿拉伯，去当他的三毛。

　　他说准备再给自己两年的机会，再不行只好准备将来到吉隆坡的阿拉伯大使馆，或阿拉伯的马来西亚大使馆上班。到时也许再试试看用阿拉伯语写诗，也许可以改行攻读深受阿拉伯文化影响的古代马来文学。真是个天真乐观的男孩啊。小乙不忍心浇他冷水，依马来西亚的种族固打制，那两个地方只怕都不会有他的位置的，即便只是打杂。

　　有一天小乙心血来潮，特地绕到小说课老旧的教室外，发现那棵公木瓜树早就被砍到只剩下及踝的一截头，周边辛苦冒着许多孱弱的新芽。如果在热带，还有机会重生成一棵母树。但这里不比热带，眼看冬天将至，看来是活不了。小乙忍不住询问在附近割草的校工，老人说，依民间做法，打了钉、撒了盐，还是只开花不结果，固执，没路用，怪模怪样，只好把它砍掉了。

　　　　　　　　　　　　　　　　二〇一五年五月十七日

南方小镇

归土

你忍受着最大的痛苦
让白刀子
把你的皮肉割开
用你洁白的乳汁哺养着马来亚——杜红《树胶》

　　双穴的坟位，另一边挖开了，潮湿的黄土堆积成土丘，像果瓤。棺木摆进阴湿的土穴里，仵作嘱咐你的兄弟帮忙看看有没有摆正，两侧土壁挖了数个方形的孔，里头各有一盏油灯。然后大群儿女内外孙曾孙络绎绕着墓穴，象征式地轮流各朝棺木上掷一把泥土。

　　埋，葬。

　　皆散去，次日唯子女复来。

　　墓碑上有父母各自的黑白大头照，亡者，两侧写着祖籍地福建　南安，但只有父方的祖籍。显考妣，名姓，卒年，香炉。

一干儿女媳轮流上香，烧纸钱，掷筊，呼唤逝者魂兮归来朝食。执出信筊后，祭拜者即聚而分食。烧肉、油鸡、鱼、炒面、炒米粉。苍蝇纷飞，晨风微凉。

水烧开了，冲一壶热咖啡。浓郁的咖啡香飘过一座座土馒头。如果死后有灵魂，如果灵魂犹不忍与死去的身体分离，如果死后有灵魂，如果灵魂还留在那荒芜，势必会微微颤动而深深吸一口气的吧。

你信步去看看父母前后左右的邻居，陌生的名字，但也许父母知道他们生前的绰号，毕竟是同镇之人，广东大埔，广东梅县，海南文昌，福建福州，福建安溪，广东陆河，广东潮州……必要时，用华语也可以沟通吧。

那一带都是一般平民的坟茔，占地小，前后左右都紧挨着，没有留下任何通道。想看他人的墓，都得从窄小的排沟缘上走过，脚踩进对方的皇天或后土里。

有一个墓墓碑上是个小女孩的照片，河口／陆河，姓叶，名字旁写着"ＸＸ弟妹立"。最奇怪的是，并立着另一个碑，同样的祖籍，写了同样的姓，照片空着，名字空着，卒年栏只有◇年◇月◇日，推测应该是死者的兄弟姐妹。小哥说，也许是立誓将来往生时陪伴她吧。再往左，赫然有一对老夫妇的墓，彩色照片，同样的祖籍、男的姓叶，兴许便是女孩的父亲。死于庚戌之年的女儿和死于乙酉之年的父亲，隔了三十五年。老父亲下葬时，那女儿的尸骨多半已化为泥土。昔年立誓来日入土相伴的兄姐，都已是中年人，多半各有配偶孩子，不太可能实践当年的承诺，多半也把年轻时的允诺忘了。自己的孩子说不定也比当年早夭的妹妹大得多了。

附近有个墓，碑被砸烂，照片祖籍和姓都被砸掉了。

还有个墓被彻底铲平。哥哥说，上次来时看到那坟被人用挖土机挖开，棺材尸体都被拖出来，不知道有什么深仇大恨。仇家找上门，死了就再也逃不掉了。

稍远处另一区，坟地都大得多，一个要抵上平民区五六个，还盖了小庙似的屋宇，门面贴着华丽的马赛克。别墅区。但远不如你在台湾看到的豪门巨室夸张，占地大到像操场。而且凡是视野好的山头都有旧墓，恬不知耻地占着，庇护自家风水。幼年时曾多次陪父母来扫墓。祖父在里头孤零零地躺了许多年。

埋葬了母亲，顺道去看祖父母已显得陈旧的坟，墓园处处长着草，还好有人还记得位置。幼年时曾多次随父母到这扫墓，祖父在他的墓里孤独地躺了三十年。那些墓上的字，清明扫墓时重新用黄漆描过，"显考贻盘黄公／妣稳娘柯氏之坟墓"。墓左翼小字写着皇天，右侧是后土。

埋葬了两代割胶人（母亲常自称：咱割胶人）。

这座位于镇郊的坟场原来也是一片连绵的胶林，坟场的周边一直也是。但附近的胶林好些都翻种成油棕了，已经不容易见到一整片完整的胶林。橡胶树至少还有个树的样子，油棕像一扎扎巨型的草。一个时代又快过去了。

你记得渐渐老去的阿嬷常说，想回故乡看看。

有好些年，唐山还有伊的晚辈寄信来，从其他宗亲手上转过来，转了好几手，信封都皱得微微地起毛了。字写得整整齐齐的，蓝线条信纸，横写，信里说了好些长辈过世的讯息，你用半生不熟的闽南语念出，你看到祖母听信时表情凝重。信中说数十年来阿公很想念年纪轻轻就随夫远嫁南洋的妹妹，常常提起的，但历经日本人侵略、战乱、逃难，当年寄回家的批信都失落，可能也都烧掉了，没能留下地址。新中国成立后有很多年没办法和外国人联络，就那样过了几十年。那些年里，只要有南洋的乡亲返乡，只要一有机会，甚至会托新加坡那里的宗亲帮忙查探。信里说："只探知您一家落脚州府多年，其他的就不知道了。好不容易遇到有人返乡探亲，问到一点确切的消息，但老一辈的都过世了。"还填充了许多四平八稳的客套话。

祖母说那是伊的侄孙辈，伊离开时他还未出生。伊喃喃感叹，嘴唇不自禁地颤动。"原来兄嫂都已过身多年，我自己也阿呢老了，大哥很疼我，唔甘我嫁南洋千里远咧。"

你看到伊眼角潮湿，湿意沿着皱纹漫开。

伊坐在窗边的藤椅上，解开髻，松开长而鬤而稀疏的灰白的发，就着衣橱的镜子，持篦使劲梳开。伊不识字，要你帮伊回信，写几句话，报个平安，但没有具体的指示。你提到祖父在你出生前就过世了（既然他们和其他南洋的亲戚有联系，多半早就知道了），你从没见过他，更不可能听他说什么唐山故乡的事。关于他的故事，只有零碎的转述，但你写不了几行字。你突然想起对方也是祖父的晚辈，一定也没见过年轻就下南洋的你的祖父，况且他还是祖母那边的亲戚，远得不能再远了。

两封之后，其实就没什么话说了，只好随便写些什么，纯粹为了保持联系。

很快地，收信人也从"姑婆"变成表弟。

胶林里的父母亲过着苦日子，没必要多说，自己学校里的事，琐琐碎碎的，其实也没什么好写的。但那些空白任其空着，好像对不起那几张印着红毛丹榴梿山竹的邮票。祖母过得节俭，但那邮票钱却舍得花。掏一把盾仔[1]，伊会要你到批关[2]帮忙买一些屎怙[3]（stamp）。每回伊叫你帮忙找东西你没找着，伊也会嗔道——死团仔，目睭贴屎怙（眼睛贴了邮票）？

而把那空白填满，需要一些故事，有的没有的，小小的故事。但你常觉得找不到东西写，觉得那比学校的作文还难写，于是经常拖延回信的时间。起了疑心的祖母会催促：批寄了没？

你记得有一回，被问得实在烦，就把好不容易刚写完的作文抄在信纸上，抄了满满两页纸。

具体的细节你忘了。但那作文为了塞满老师要求的页数，你写了大量的细节。如今你只记得写的是那次学校假期，因久旱，沼泽地带水都变得很浅，你们——有时和哥哥，有时是独自一人——几乎天天拎着桶子和畚箕往沼泽深处跑。水变浅之后鱼就容易抓了，即便是有一两斤重的鳢鱼，有时也手到擒来，

---

1. 指零钱。——原注
2. 指邮局。——原注
3. 指邮票。——原注

更别说是那些小鱼、虾子、乌龟。但只消踩踏了一会，水就变得太过混浊，靠眼睛做不了事。你最记得你们得把手伸进黏滞的烂泥里捞，有时会摸到枯枝或残根，刺刺硬硬的，但木头不会动。但如果摸到鱼，鱼一定会挣扎，手必得跟着它动的方向追捕。如果是土虱，稍不小心就会被它鳍畔的刺戳伤，但那滑滑的鱼身的触感并不难辨识。鳢鱼反应灵敏，一碰着，就摆头、弹动腰身，稍不注意，一窜就逃走了。最刺激的是捉鳝鱼，长条形滑溜溜的，一时间很难判断是鱼还是蛇，于是抓着了也是先把它抛离浊水，好确定那是不是蛇。

你甚至写说，你们一直希望摸到神秘的龙鱼。你们相信，那雨林深处一定有大的、不可思议的东西。像龙鱼那样神秘的珍稀事物。其实抓到色彩艳丽的斗鱼就很开心了。

你当然不记得对方紧接着的回信究竟写什么了。大概是些文笔活泼、叙事生动之类空泛的赞美，你根本懒得细看。但你也记得你那时的华文老师（因头不成比例的大，被你们私下以各种方言谑称为大头——他常掏出一叠美丽女孩的照片给你们传看，说那些是他台湾求学时的"女友"）对那篇作文的评价其实并不高，远不如班上那几个懂得花俏比喻的女生。评语无非是"平浅""平直"之类的，也许因为全然不会用比喻，不懂得任何文章技巧。但从小生活于小镇大街上生活丰裕的他对你描述的那生活本身很感兴趣，此后多次问你说，能不能找个机会让他也去那烂泥混水里也摸摸鱼。

唐山表哥最后的来信你也还记得。

信中最重要的一段说，历经多次政治动乱，老宅已相当破落。父母商议要把它翻新成砖房，之后就可以考虑为儿子娶媳妇了。但积蓄还不够，尚欠人民币十几千云云。

展信时，祖母在厨房忙碌。蹲坐矮凳上，削着红萝卜——那菜市场捡回来的红萝卜，烂得只剩下头那小截还可以吃。

地上水渍未干，前一日夜来大雨，淹过了水，凌晨方把黄泥扫尽，猛力洗刷一遍。

灶里两根柴烧着，锅口冒出一圈层叠的泡泡，你闻到阵阵饭香。

门敞开处，飘来鸡屎味。

墙是由长短不一的木板拼凑而成的，多处墙脚都有大老鼠可自在进出的破洞。

庭前，水退后地上兀自泥泞。你的脚踏车仍以铁丝系在晒衣杆上，链子和脚踏上挂着纠成一团的塑胶袋和破布，它们犹维持着水流的动势。

脚踏车右侧的把手蚀了一截，骑车时你的左手只能往里，握着它剩余的部分。

那些信都收在神台下的抽屉里，以火柴、线香、竹柄蜡烛压着。

其后再有信来，你连拆都不拆了。祖母也少问起故乡来信，但时不时心血来潮会说伊想返乡看看。伊的父母过世时伊人在南洋，多半想回去扫个墓吧。

不久来了场大水，匆匆搬家时连神台连同香炉、慈眉善目笑脸常开的大伯公都没来得及带走。

你们搬离那里后，就再也没收到唐山的来信。

祖母返乡的心愿又说了几年，父母依然住在胶林里。二哥每年都换新车，每年年末例行到泰国嫖妓多日，人也越吃越肥。大哥努力拓展事业，来信说，"近日赚进第一桶金，打算再生个孩子。"

不知哪一年开始，伊不再提起返乡的事，一直到过世。

南洋

> 再会吧，南洋！
> 你不见尸横着长白山，
> 血流着黑龙江？
> 这是中华民族的存亡！——田汉，《再会吧，南洋》

祖父母的故乡有的是千年古庙，见证过多少生灭。

你想，也许应该为他们到庙里上个香。

你先是造访鳌的遗址，他的名字是个华丽的纪念碑。你祖父的同代人，也是一个最遥远的对照。他是华侨里的巨人，一度是世界树胶大王，他家生产的轮子和鞋子，曾经卖到非洲和南极。其后毅然返乡（还真是个穷乡啊）兴学，在中国最危急的年代不断募款捐钱，不惜危及自己在南洋的产业，那不可一世的橡胶王国。也一再号召华侨子弟返乡抗日，譬如南侨机工。

你看到那洋楼式气派的中学、大学，也走访了他的墓园，一个
临海的纪念碑。望海，浪起时，有股难言的悲凉之感。大潮时，
低矮的部分多半会浸泡在水里吧。令你纳闷的是，一向重视风
水的中国人，怎会选择一个会泡水的墓址呢？厦大地址选得多
好啊，背靠南普陀寺，面向鼓浪屿，简直是风水宝地。讨厌厦
大的愤世者曾写道："前面是鼓浪屿的涛声，不远处后山点点
是南普陀寺的灯光。"

　　你曾在资料读到，"文革"时陈的墓园被红卫兵砸毁，尸
体还被拖出来，曝晒了好一段日子。

　　然而在离大陆最近的这座蛋形的岛，你一度找不到订好的
旅舍，一遍一遍地经过它，但就是看不到，它仿佛置身于其他
房舍的褶缝里。每一条路，每个巷弄都不对。你拖着行李，沿
着斜坡上上下下，走了一趟又一趟。小巷旁有个年轻人在卖花
生麻糬，炉火烤红了他带着痘疤的脸。走到尽头，那里有几家
水果摊。竟然有人卖山竹与红毛丹，红毛丹的枝梗都被拔除了，
一颗颗毛茸茸的看起来不太真实，你忍不住拿起来摸一摸。妇
人向你力荐，说是南洋进口的。你想起月前你在赤道故乡还吃
了好几公斤。更新鲜，也更便宜。

　　路旁有大娘用长绳拴了一只黑鸡和一只白鸭，在等待被买
去宰杀前，它们除了鸣叫就是大便。另一侧木板胡乱拼搭的一
个小阁楼，沿着铸铁螺旋梯子踅上去，有一家学生风格的咖啡
店摇摇欲坠，播放着嘶哑的反越战的英语老歌。长脸长发女孩
为你煮了一大杯热乎乎的咖啡。墙报上便条纸浮贴着稚气的学

生留言，没有别的客人。临街的窗，初秋轻风微凉，风中有股微焦的花生味。络绎的年轻人上下斜坡，如此接近，又如此陌生。那地方让你想起淡水。

你走进冷清的博物馆，迎面而来的是数艘轿车大小的三桅帆船模型，随即拉开历史长廊——船舱里密密挨着的颗颗不是香瓜波罗而是猪仔的头。蓝色的是海，白色鱼鳞弧是浪。衣衫褴褛的华工塑像露出胸骨，头系毛巾，表情呆滞，或站或蹲或坐，有的衔着长烟杆，衣裤均如破布。十数棵没有树冠、垂着稀疏绿塑胶叶的橡胶树，背景漆成夜色，五六个土色塑胶男女头戴着灯，分散在不同的树头，弯腰割胶；壁画采矿船，戴着斗笠弯腰淘洗锡米的琉琅女。……挑担的小贩，各式小吃的图片，锡罐、水壶、磅秤……店铺、商号、婚丧喜庆的画面，一整个柱面的侨批——父亲大人膝下，母亲大人膝下，□□吾儿……装帧简素的出版品，各式盖满戳记的证件——历史匆匆走过，日军南侵，国家独立，……你发现马共竟然被缺席了，直接被跳过去。虽然博物馆门口高墙上有三颗浮雕的红星。

好几个名人的塑像或站或坐在各自的位子上发呆。拐个弯，一道窄窄的长廊，墙上写着斗大的"华侨机工"字样。墙的尽头是一台电视，播放着纪录片。黑白的画面，一个青年女子在高亢地朗诵着昨日之声：

家是我所恋的，
双亲和弟妹是我所爱的，

但破碎的祖国，

更是我所怀念热爱的！

……

彩色画面。一位满脸老人斑的老先生以你熟悉的方言口音的华语缓缓地诉说着，六七十年前改名换姓偷偷报名北上到滇缅边境协助输送物资的往事，那是抗战时濒临绝境的中国最后的运补线。老人说，离别时，码头欢送的群众人山人海，喊着口号、唱着抗战歌曲，高高抛起帽子，让他们油然生起"壮士一去兮不复返"的豪情。他此生未曾再经历那般激动人心的离别，他在那里掉了一块骨头，以致废掉一只手。另一个老人说，他返乡后被英殖民政府怀疑是马共，经常受政治官员骚扰——经常被请去"喝咖啡"。但更多人死了埋在那里，很少会记得他们。旁白的声音说，超过三千两百个南洋华侨子弟，战后只有三分之一返乡。三分之一死在那里，都只不过二十多岁。三分之一留在中国，战后物资短缺，有的流落街头沦为流浪汉，最终饿死街头。留在中国安家落户的那些人，"文革"时都被打成"敌奸"，个人档案上都有斗大的"敌伪档案"标记，被整肃得很惨，他们的孩子一整代也被牺牲掉，不能上大学，不能入党，没有好工作。因为是祖国的敌人。

不知墙的哪边重复播放着《告别南洋》，青年男女的合唱，大概是旧时代的录音，背景有沙沙的杂音，还可以感受到扩音器声嘶力竭的金属抖颤：

再会吧，南洋！
你海波绿，海云长，
你是我们第二的故乡。

　　旅舍电视里播着纪录片，那重返昔日滇缅战场的退休老将军你认得的，他有着两片招牌的海苔眉，他说，"我九十六岁了，回来看看昔日阵亡的弟兄。"他突然提起南侨机工。"你们一定很奇怪，为什么会去招募南洋的司机来帮忙运输？那时中国车子少，会开车的人跟今天会开飞机的人一样，并不多，那时南洋比较进步嘛……"

侨乡

鼓浪屿四周海茫茫
海水鼓起波浪
鼓浪屿遥对着台湾岛
台湾是我家乡——《鼓浪屿之波》

　　一座极小的岛。人比掉落地上的糖果上的蚂蚁那样多。
　　……清晨的阳光，拂照着长长的青石板路，石头表面有不规则的鳞纹，侧背着书包，水手服，女孩轻快的脚步走过，脸上有笑意。扬起蓝色的裙角，及肩的黑发，叮叮咚咚的琴声如沉重的水滴落银盘。白鞋踏上洋楼斑驳的台阶，小鹿般跃起，没入洋楼宽大的五脚基，那阴凉的回廊。

几片巴掌大的落叶被风拖曳着、时而掀翻，打了几个跟斗。

伊穿过长廊、中庭，画面里的少女转而变成中年女子，成熟的风韵里有充分的自信。一小女孩自屋里跑了出来，似乎叫唤着妈妈。中年女子丰腴的脸庞，笑容里有一种为人母的满足。背后是高大的洋楼，红砖像重叠的句子，斜阳金光打那表面轻轻抹过像一阵金风。那是部反复播放的宣传影片，年轻女人欢快的歌声响彻船舱，歌声中尽是阳光、地名、花与希望，呼唤台湾。船里挤满了人，有孩子在啼哭，渡轮两侧溅起阵阵浪花。

山头上洋楼别墅林立，从高处往下望，层层叠叠红墙灰瓦，但近看，好些其实都已荒废倾圮了。骨架虽仍完好，但门窗都破成大洞，屋瓦亦多处崩落，有的屋顶甚至长着芒草和小树。但从那些骨架，那庭院，仍可遥想昔日之辉煌。有的整理了做观光之用，然而永远失去了家居之感，太新。那些"家人"都离开了，留下的仍是个空壳。仍有人住的，即便门开着，也拒绝让人闯入。昔日的侨乡，衣锦还乡者在家乡盖的豪宅，都难免有几分铺张炫耀。

季风来时，浪涛阵阵如战鼓。许多都是名人的故居。

但更多人选择安家落户，只勉强在那里拥有唯一的一间房子。无力返乡，也无意返乡。

不知哪里楼头飘来女人哀怨的歌声——好像就在耳壳边上，字字急促如刻字：

一只火船起新烟，下晡四点备开船。

眠床阔阔是好翻身，我君一去到番爿。
一暝袂困个看天窗，目屎流落眠床枋。

　　你走进一处行人较少的巷弄，两旁的围墙都高于人。有一棵高大的杧果树，树荫下红墙灰瓦，你闻到熟悉的咖啡香。南洋咖啡馆，陶匾挂在墙柱上，八字胡似的隶书写就，尺许长，字的两端和镌了棵椰子树。你内心微微触动，脚就趄了进去。几张桌子，没几个客人，生意冷清。你挑了个朝外的位子坐下，点了杯"羔丕乌"。果然是家乡的冲泡方式，正待问，有人拍拍你的肩膀。一张大脸出现在你眼前。一个不成比例的大头，咧嘴笑时，眼睛被挤压成三角形，有蛇的微芒。啊，原来是他，"老师你怎么在这里？"你不禁失声问道。是那位当年多次想随你去涧泽摸鱼的华文老师，家里在镇上有多间店面，小儿子，叛逆，偏偏跑去台湾念中文系，可能曾经怀抱过什么隐秘的文学梦，父兄也拿他没办法。你中学毕业后就再没见过他，但他竟没什么变，只好像头变得更大了，也许因为下半身更其缩小了。辗转听说他与这里那里的华校高层处得不愉快，早辞了教职，换了几个工作都很不顺利，老是和老板杠上。最后不得不到中国大陆去投靠他在那里扩展家族企业的哥哥，据说也不是很得意，连你们都知道他很爱抱怨。

　　他也两鬓灰白，肤色黑，眼角皱纹密布。谈到生意上的事，他就猛摇头，"一言难尽。"但他也坦承，那几年的"卖身"赚得这栋老房子（"还好登陆得早，"他脸上不自禁有几分得意，"现在是买不起了。"）和一个很能干的妻子。只见他粗豪地吼一声，一个方脸大耳壮实的女人快步走来，"这是贱内。唐山姑娘。"唐山姑娘是以闽南语说出。他笑笑地抓着女人的肩膀说，妇人一脸憨厚，连声问好。他说孩子都上大学了，他也退休了，开个小咖啡馆自娱，没客人时就自己看看书，写写文章。他慨叹说，流浪中国那几年，最想念家乡的咖啡味，他家那排店最后一家是卖咖啡粉的，每次一炒咖啡，整条街都是咖啡香，从街尾流过来。说话时，他的手掌夸张地从你眼前徐徐划过，模仿香气的轨迹。

"来块糕点吧？我老婆亲手做的，我带她回柔佛找师傅学的。乡愁啊。"然后他自得其乐地哈哈大笑。

你看到柜台上，赫然是红的绿的，洒了椰丝、榨香草兰的汁制成的娘惹糕，和你一见就流口水的热腾腾的咖喱饺。

千年古庙没有想象中大，也看不出如记载的那般古老，树看来也不过数十岁。历经劫难，一再重修，一再更新，也许只有几尊佛像，一对佛塔是旧的。但即使是仿照做旧的你也看不出来。

从清冷的千年古刹出来，你散步在树老荫重的老街，走到十字路口。踅进一条街，低矮的双层楼房，木构的二楼灰色瓦，老旧的木窗敞开，伸出竹竿挂着亵衣。卖菜的、卖肉的、卖小吃的、理发的、打铁的、卖饮料的、卖衣服的、专治鸡眼的……那气味，那些衰老的脸孔、神情，盈耳的乡音都如此熟悉。难怪那些北方人会说，你们的故乡像极了他们的南方小镇。先辈离乡时，有意无意地，一点一滴把他乡建造成记忆中的样子。

你想起祖母的穿戴，自有记忆以来，就是那袭深蓝唐衫，挽髻。那样的身影在伊的原乡随处可见，都老成了同一个样子。

你想起祖母有一回心血来潮讲的故事。那些过番的男人，有的是留下一家大小，自己南下做苦工，大部分男人半年几个月的，会用侨批捎些钱回唐山。但也有从来没寄钱回家的，辛苦挣的钱赌掉了，或吃鸦片、玩女人花掉了。家里人等不到钱饿死、卖小孩的也有。有的新婚没几个月，就把妻子留在家乡照顾父母，自己走了，那些女人多半肚子里怀着孩子。请人写信来回一趟要好几个月，有的几年会回一趟故乡，有的赚到钱，就在南洋另娶老婆，生一堆小孩，就再也不回去了。唐山的女人就一辈子守寡，等着等到死。伊算是幸运的，随夫南下。苦是苦，但一辈子没有分开过，还能亲自给他送终。

那些唐山来的信件都不知道哪里去了。你不记得那些名字，更没抄下那地址。也不知道祖母过世时是否有人通知伊唐山的亲人。多半没有。没有人会注意这些芝麻小事。对方也不会在意吧。生生死死，死死生生，不过是历史的尘沙。

无名之辈，不会被记载于书册。如果不是到墓前，你也不知道伊和祖父名字的确切写法。平日问起，伊有点害羞，笑笑地说 Kua yún，你们都以为是"蛞蚓"，好似是蛞蝓和蚯蚓合在一起的省称。

　　然后你到另一座岛。曾经风声鹤唳的岛，地表下尽是田鼠坑道。秋意浓，夜来风凉。古老的聚落，小巷深弄，青石板路，那些还乡的人盖的房子都有相似的考究，纵然还没到洋楼豪宅的规模。红砖墙，飞檐角，门面特别讲究。主屋屋顶有阳台，别致的樽形石栏杆，拱形山头上有泥塑天使、孟加里、凤凰、飞马、菠萝、花草等；门楣上金色大字匾额："紫云衍派""济阳衍派"等，大门两侧有对联，联侧则是极尽华丽之能事的，以蓝色为主调的马赛克拼贴，多为几何状的花草，万花筒似的。在你凝望时，那菱形方形圆形的多色套叠，好像兀自在旋转。似曾相识。

　　入夜，有一扇陈旧的木门为你打开，一妇人笑笑地走出来。并不认识，但那张脸并不陌生。亲族里的中年妇人也依稀是那副模样。婶婶、阿妗[1]、阿姨，甚至姐姐。她好像在等待你归来，而不只是到来，亲切地问道："吃饱未？"

　　窄小的中庭，一侧摆了花盆，玛格丽特，虎头兰。双扇的木门，外侧是铜环，里侧是木闩。一盏黯淡的小灯，木床，木百叶窗，天花板也都是圆滚滚的原木。兴许是南洋运来的。小小的三合院，不大的天井里摆着松柏盆栽。幽暗的正厅里，墙上有许多墨写的儒家的治家格言之类的陈腔滥调，高处挂着十多幅比真人略小的男女暮年半身画像，微光里脸色灰暗。应该是这房子往昔

1.　闽南语，指舅母。

历代的主人。妇人说，这房子原本荒废了，她承租下来整理了做民宿，东西都是原来的，努力让客人有一种家的感觉。

你想起你在台湾乡下买的房子，是由被好赌吸毒、被地下钱庄追债的败家子手上取得的。据他嫂嫂说，那是他母亲用一辈子在山上采茶的积蓄盖的，房子盖好前老人就病逝了。而他母亲过世不到五年，房子就被贱卖掉了。

清理垃圾时，你们发现楼上公嬷厅有张破旧的电视柜。打开一看，里头赫然有两帧巨幅遗照，也就是一般的父亲母亲的样子。那神情，拍照的瞬间好像就有心理准备这是要做遗照用的。直视着你，好像你是他们的孩子。

你走过遗迹、老宅、气派的洋楼、依然气派的洋楼的残骸、坑道、纪念馆，看到许多陈旧的黑白全家福，离乡返乡的故事、发迹的故事、失踪的故事，听了女人怨诉的褒歌，一生的等待；此生未曾见过番父亲的女儿，恨一个名字。弃的故事。

离开前那一夜月光清朗，周遭废弃的房子都只剩少许墙，白蚁吃剩的梁，月光直照在昔日厅堂欣欣向荣的杂木上，暗处蟋蟀鸣叫。

睡眠的深处有雨声。好像下了一夜的雨。但也许雨只下在梦里，在南方的树林深处，下在梦的最深处，那里有蛙鸣，有花香。

故乡

月儿高挂在天上，
光明照耀四方，
在这静静的深夜里，
记起了我的故乡。——《思乡曲》

南方，古陆块的尽头，小岛，咖啡山。

老人有点面熟，好像在哪里见过。一只眼浊白很可能已经看不到东西，但却戴着镜片很厚的眼镜，背着塑胶水壶，手提长柄镰刀。他的华语的口音有浓重的闽南方言腔，有些词汇还坚持用闽南语发音，有时还会突然哼起七字的闽南古歌。但声音像隔了道墙似地有点浊，歌词听不太真确。老人住得靠近那里，破落的房宅，在这蕞尔小岛上竟然还能以铁篱笆围起一小片土地，屋前竟种了棵榴梿和波罗蜜，树结着累累拳头大的刺果。他家离那里有一小段长满茅草的路。

在那近旁秘密地孵育龙鱼的朋友在电话里说，他知道那坟场不为人知的秘密，他答应送他一条他其实买不起却一直要他打折卖他的金龙鱼仔，他才答应带你走一趟，但你得答应保守秘密。这位养鱼的朋友，常告诉你一个惊恐的讯息：这座岛上的回收净化水，不知道为什么鱼卵孵出来的都是母鱼，没有公的。喝多了这岛上男人的卵孵可能会缩小到比花生米还小。

老友热切的声音好似也来自墙的另一边。他说，别看他那样，可是南洋大学历史系读过几年书的老左，年轻时很激进，吃过不少苦头。那地方他最熟了，他退休后想用这座坟场的数据写一部大小说，不知道被什么卡住了，好像一直没什么进度。

老人微微跛着脚，手持长棍引路。就是这，都快全部铲除掉了。要开路，要盖大楼，死人不能和活人争地啊。争也争不过。这里很多蛇，他说。因为有很多青蛙，有专家调查过，说至少有一百多种。

他说以前他进去考察都要带把镰刀，穿雨鞋，但很多地方还是到不了的，像座深芭。

墓园入口的杂草灌木看得出已清除过一段时间了，都已重新在抽芽了。顶芽，或侧芽，有的甚至重新长出了绿意。但大树还是大树，大到不能再大的那种感觉，好像从恐龙时代以来就在那儿了，但它们的年轮，顶多也就是这墓园的年岁。枝干都和相邻的树纠缠交错，仿佛彼此都是对方的墙。粗壮的树身，树皮黑而潮，苔藓、蜈蚣蕨和各色的攀缘植物都长住在树皮上，死去挨着树皮就地化为养分，新芽从尸骸旁冒生，反复不知道繁衍了多少代了。巨大的鸟巢蕨仿佛真的就有鸟在其上栖止，树冠层层的叶子筛走日照，阴暗的绿意中有水的气息。你心里想，这地方就算有原生种岛民也不奇怪。

树上有猴子探看，松鼠过枝。小径清出来了，有点泥泞，但不算难走。零星的游客，兴许是在寻觅已被遗忘的祖先的丘墓。

连那头老狮子外婆家族的墓群也是在这林子深处找到。

要铲除的新闻出来后，才陆陆续续有人来关切。之前很少人会来这里，清明节也只有最外面那些坟有的会有子孙来祭拜，清除杂草。那里的（墓）比较新。

挂藤有的被砍除了，就像那些从墓的裂缝里长出的杂树和芒草。但即便是墓石上，也着满青苔。

而清晰可以辨识的墓，其实都是经过一番整理的，遮蔽的杂木都被劈除了。于是在大树之间，东一个西一个，数十座散落于光斑树影间，远看确实像一只只巨龟，背着绿草，有的还躲在灌木后头；有时偌大一整片地表坟起，高低起伏的围垄确立分界线，那是有钱人的墓了。有的是沿着斜坡起伏，紧挨着。那是平民的聚落了。此前，除少数例外，那些坟几乎都被杂草灌木覆没，即便是豪门大户占地宽广。树和草的种子飘落、野藤伸过来，一年半载就淹没了。

有的能看到一小截墓碑头，或者有钱人家的石兽、孟加里兵翁仲。年深日久，就像一片寻常的雨林。这里开埠前应该也就是一片大芭。

南国的小岛，海峡的尽头。因此数百年来一直是最繁华的唐人小镇。所以墓地最广大、最古老。因为它有名，风水好，很多有钱有势的人死了都想埋在这里。老人沙沙地说着。听说那些年，甚至有人想从棉兰、马六甲大老远把尸体运过来这里埋。以前有些有钱人尸体还要装在最不易朽的木头做的棺材里，特地用船载回唐山，落叶归根嘛。

你想象有一艘船布置成灵堂，巨大的棺材摆在船舱，一路摇啊摇的，摇到唐山都变成一锅浓汤了。

英国佬早就算到了，唐人那样喜欢土葬，如果墓地一直扩大下去，很快整座岛都要让给死人了。一九六三年左右，葬满了，就不再有新坟，新的死人就搬到石◇岗去，那里只能埋二十年，期满了就要捡骨挖走。

这里为什么荒废成这样？

一个声音问。

你也知道的，他说，唐人拜祖先很少超过三代的（声音像来自地下电台的广播）。阿公的爸妈会去拜的就很少了，更别说是阿公的阿公阿嬷。没见过面，就像是陌生人了。如果有鬼，也是陌生鬼了。我们这里的华人嗯，很多人连自己阿公的名字都不知道的。再上一代更是什么都不知道。五代以上一定忘光光，除非是同一家族的全部埋在一起，后人拜的时候顺便拜一下。你有看过吗？非常有钱的人干脆弄个祠堂，里面密密麻麻地摆着神主牌，但那些名字谁会记得？就算你家有族谱，那些名字也都只是些陌生的名字而已。只有名人的名字像名字。关公的名字所有华人都知道。

华人都是这样的，不断向前看，把过去忘掉。一代一代忘下去，永远只记得三四代，久没人拜，就长了树长了草，只知道那里是坟场，可是没有人在意谁埋在那里。死太久了就好像从来不曾活过。他的声音像旧时代的录音，夹带老旧机械的嘶嘶沙沙声。有的单词还会脱落，像泡过水的书页。

甘蜜世代，胡椒世代。咖啡世代。橡胶世代，可可世代，油棕世代。

　　老人似乎有很深的感慨。详细介绍那些有来头的墓，名字载于史册的大官、曾经称雄一方的富商，及他们的姬妾，诉说尚在世的后裔是哪些人。"史学家比他们清楚。有的大老板看到报道还会叫家里人来寻根一下，有的根本没反应，太久远以前死去的家人就像是别人家的死人。"时而翻开书，指着里头的记载；跟着他缓慢的步伐，你们走到坟场深处。"别人家的死人就跟死狗没两样了。"

　　你细看墓碑上的重新上了红漆的祖籍、泉州安溪、泉州南安、泉州同安、泉州厦门、广东梅县、广东潮州、广东大埔、广东雷州、金门、台湾台中州……熟悉不熟悉的姓，一个个陌生的名字。一大群天地会会众的名字。

　　走到人迹罕至处，走到林子深处。路愈来愈小，以致几乎没有路，只余身体勉强挤出来的路迹。几天没人走，就几乎恢复成原来的样子了。像兽径。这林里野猪、四脚蛇、猴子、鸟都很多的，只差没有老虎。他说。

　　但老先生似乎连那些草木都认得，轻轻一拨就看到路径，只是常需要弯腰，甚至降到用四只脚的高度，几乎是用爬的，因为有粗大至极如巨蟒的藤横过。

　　也不知道走了多久，衣裤都湿得黏在肤表上。你听到自己的喘息声，愈来愈看不到天空，看不到云，没有风。走了大半辈子久似的，感觉走过海峡，走到过去，走进马来半岛原始森林的深处。唯一的差别是随处有墓，虽然有的被乱草整个地覆住了，但有的还能勉强挤出一个小角落，它们就像界碑，像里程碑。你甚至多次看到了挨着树头长着一圈的猪笼草，深绛色短而胖的杯子，水满溢，飘浮着虫尸、蜜蜂、大大小小的蚂蚁。野芋宽大的叶子，蛞蝓吸附在腋处。

绕过一小座土坡，拨开长草，就到了。

一座缀满马赛克的闽南式房子，山头巨大，龙凤兰云浮雕，匾额门联一应俱全，希腊式立柱，门前蹲了两只石狮，石狮旁站了两个泥塑锡克兵。虽然都长满黑霉，大半栋房子均被蔓藤杂草包覆，灰瓦屋顶也长满了草，但房子仍旧是房子，总是比坟墓挑高。

——住家？

老先生摇摇头。

他说他原也以为是住家，仔细看看就知道不是了。大门已被白蚁吃剩下一小半截，跨过绊脚的攀藤，轻易就推开它。只见大厅正中央是个男女主人的泥塑像，坐在泥塑的椅子上，好似仍在闲话家长。地板上是沉积的烂泥，疙疙瘩瘩的蚯蚓粪便。拨开长草绕到屋后，只见高高坟起的墓龟，墓前有道门板大小的碑，碑上写着墓主的祖籍、名姓、生卒年。

他指给你看，东一间、西一间，有的竟还是双层的，但阳台上是一片树林。有的平房整栋被榕树牢牢地缠着了，巨大的根把整面墙的砖石扭曲，黏接处松脱了。或硬生生坐在它上头，瓦片都被卷入根须里。虽然树多草杂，仔细看，简直就是个古村落嘛。好几排的房子，五脚基洋房，百叶木窗，两排房子间留有路——当然也都长满了树。整体来看，几乎就是个典型的唐人小镇了。

　　甚至还有间小庙，大伯公笑嘻嘻地端坐在里头。头顶上吸附着好几只南洋大蜗牛，身上亮晶晶的是干掉的蜗牛涎，额头、嘴角、基座旁一条条蜷曲堆栈的是蜗牛粪。

　　再走一小段路，一棵绑着红腰带的巨树下，你看到不远处有数人围坐地上，身量比一般人略矮小些，好似在商量什么事情，但比画的手姿势僵固，没有在动。走近一点看，是塑像，难怪脸和身体都黑了，头戴帽子，前沿有三颗不是很分明的凸起的长着黑霉的五角星，头顶白白的沉淀飞溅到脸颊大概是鸟粪。你仔细看那些脸孔，都是熟悉的，书上看过的，都是历史上的名人了。有一人眼光向下，看着什么。你顺着他的目光望去，地上有一口涌泉，兀自冒着水，水中隐隐张着鱼嘴，嘴旁有两根短须。这时你注意到它们的背后黑幢幢的，竟是个褐色鳞状的巨大土馒头，有碑。那碑上污血红的隶书让你吓了一跳：明监国鲁王墓。更令人心悸的是，你又看到墓后露出一张多毛而色彩鲜艳的脸在张望，像是舞狮的头，张嘴带着几分笑意。但脑中有个声音告诉你，那应是只年纪很大的老虎，它身上的条纹凌乱，齿牙残缺，眼神非常忧伤，两只眼睛好像都瞎了。

　　你闻到股浓郁的花香，蜜蜂无声而忙碌。只见它背后有几棵树，枝干上密密麻麻地开着＊字形的小白花，那不是咖啡树是什么？

　　你猛回头，带你来的老先生竟然消失得无影无踪。

　　一辆严重锈损的小货车半埋在土里，从重重缠绕的爬藤下伸出半个坚挺的头来。车头灯、窗玻璃当然都没了。但你竟然看到一个崭新的橡胶轮胎胎纹深刻，搁在锈红的引擎盖上，黑得发亮，胎侧极其清晰地浮雕着一个名字：陈嘉庚。没错，你在某纪念馆看过这轮胎，有灯光打在上头。你心念一动，怎么它也在这里？

　　然后好大粒的雨就哗地突然从树叶上这里那里滚落下来，四野迷茫，一会，就什么都看不清楚了。

　　好像从雨水与泥土的撞击里，水花在你耳畔溅出一些字句：

　　弃捐勿复道，努力加餐饭。

二〇一五年一至二月

南方以南

《雨》大陆版跋

　　我的小说在大陆出版简体版并不是头一回。由王德威、黄万华两位教授主编，二○○七年山东文艺出版社出版，列入"新生代作家文库"的《死在南方》，共收长短不一二十一篇小说。但另有六篇是"存目"，只有标题没有正文，那是审批时被要求抽换掉，而我坚持至少在目次里保留的标题，至少留个痕迹。换言之，那二十一篇中，有六篇其实是后来补上的，用以替换那六篇被抽掉的。至于那二十一篇的内文是否和繁体版一样，我就不知道了，因我没工夫去逐一核对。尔后偶尔见到有人引用，心里都有几分怅然。

　　那是北方。中国文学与文化的大本营。

　　当年我们的父祖辈离开的地方，即是北方的南方。

　　在中国当代的学术分类里，马来西亚华文文学往往被归属于"台港暨海外华文文学"的"海外华文文学"，这位置，当

然也是个价值位序。一般而言，除了极少数的专业读者（华
文文学的研究者，作为研究对象），很难想象大陆读者会对马
华文学感兴趣，尤其是纯粹文学上的兴趣。再者，除了极少数
例外，"海外"的华文文学作品不太可能唤起大陆读者的审美
感受。这不纯然是詹明信八〇年代企图藉国族寓言（National
Allegory）来为"第三世界文学"（包括鲁迅）辩护时谈到的"似
曾相识"（在西方早已展现过的形式、形态、手法、写过的题
材，不友善的读者会认为那是一种无谓的模仿）——也即是学
界常论及的现代性时间上的迟到问题——马华文学和中国现代
文学之间的问题，位阶甚至还要更低一些，前者经常是连文学
的基本功都成问题的。有些论者认为那是资源不足的问题（"南
方的贫困"），但实情可能更微妙些。

　　身处中文文学"世界体系"的边缘，自二〇年代诞生之始，
马华文学即深受中国现代文学影响；三〇年代左翼文学（及论
述）的支配，甚至一直延续到七〇年代。"反映现实"的教条
局限了文学想象、文学视野，以致作品普遍欠缺文学的感觉，
文字也嫌过于粗糙。持那些信仰者普遍认为，低技术要求的写
作便足以"反映现实"，浅率的文字更宜民便俗。艺术的要求
似乎被认为毫无必要，其实也做不到。那样的作品当然吸引不
了任何大马境外的读者，对国内有鉴赏力的文学爱好者也毫无
吸引力。然而，五、六〇年代后崛起的新的世代，多深受港台
文学影响（极少数有能力直接经由英、法文汲取资源），甚至

经由留学台湾，逐渐形成了一支寄生于台湾文学内部的马华文学，自李永平、潘雨桐、商晚筠（潘、商后来返马）、张贵兴、钟怡雯、陈大为等。我自己也是这系统的一分子。

然而对某些人而言，这长期在外部的离乡写作，未免不够"本土"，有"台湾腔"。甚至因其中某些成员已落户台湾，而主张应将他们驱逐于马华文学之外，这暗示了在中国的学术分类里，马华文学的位置何以居于台港之外（以"暨"做隔离），主要原因之一或许就在于国籍——新加坡文学就是最显著的例子，因一九六五年的建国而突然有的名分。那其实是二十世纪华人的全新体验，尔后也将是界定华人身份的元素之一。十九世纪末、二十世纪初，中华民国之肇建，让华人—华文（语）—中华文化前所未有地结为一体，且以后二者来界定前者，那也是华文文学成立的契机之一。华语（文），中华文化（"选择的传统"），华人，华文文学，都是"现代发明"。为解决印尼华人的国籍问题，降低新兴民族国家的疑虑，一九五五年万隆会议上，中华人民共和国宣布不再承认双重国籍，鼓励华人入籍印尼（印尼、马来西亚均采出生地主义），或回中国。民国以来，以血缘来界定孩子国籍身份的做法受到了挑战，承认双重国籍对那些民族国家更是一大困扰。中国表态后，不得不取得当地国籍的华人，就必须面对民族国家这全新的处境。

因此我们可以说，（海外）华文文学是近代华人移民的衍生物。对应的背景是诸民族国家的形成——中国自身从帝国转向现代国家，南洋群岛在二战后纷纷自欧洲帝国的殖民地独立建国。直接的效果是，国籍这全新的事物必须面对，华人的中国侨民身份也随之改变，被迫在中国和居留地之间做选择。政治认同和文化认同被迫切分是一种全新的处境和体验，但民族国家的语言文化策略总是带着同化的暴力，相当部分的华文文学因此负载着生存挣扎的痛苦。这种痛苦，不足为外人道，但也不是所有同乡能理解。教育背景或价值立场的差异，让华人必然分化为好几大类，政治上和文化上都不易取得共识。

留台或"登陆"（以大陆为作品最主要的出版地）的马华作家，如果预设的读者主要是"中国读者"，有的就会自觉地减少和自身背景有关的掌故、地方特色的语词和题材；更不以自身的历史处境为反思对象，以免让读者感到不协调，甚至格格不入。我曾把那异乡人的标志称为"背景负担"。但那削除了地域特色的"普遍性"，究竟要付出什么代价呢？然而，即便是第一线的大陆／台湾学者和作家，南下马来半岛参与重要的文学奖评审时，也多未能发掘出真正具地方特色的作品（虽然那样的作品并不多，但也不是没有），更别说是以论述支持它。他们偏好熟悉的路径——样态、语言、和文学的感觉。

从一个更广泛的世界文学背景来看，相较之下，英语文学已经走得很远了。作为资本主义、现代化、工业革命和民族国家的发源地之一，拜大英帝国殖民扩张、殖民教育之赐，拥有横跨五大洲的殖民地，那多样的地域差异自然地被带入英语文学，不必抹平异质而能被"中心"接受。拉丁美洲的西班牙语文学亦然，也都诞生了世界级的伟大作家与作品。华文文学在这方面，还像个初生儿，"中心"对它的存在也还陌生。

在近代中国危机与屈辱的历史里孕生的白话文运动，让二十世纪初的晚期移民及其后裔终于能用接近口语的华文来表述他们的经历、感受和思绪。迥异于三四百年来被视为"天朝弃民"的那些沉默的祖先。那其中的"成功人士"了不起也只留下宗祠、房子、名字、坟墓、后裔，和大量的空白。文言文和旧诗太难，太简洁，太程序化，门槛太高；而白话文，来得太晚。对应的是，中华帝国愚昧的海禁数百年，坐视南洋遍布欧洲帝国的枪炮、话语和帆影。

在那季风吹拂的南洋，比海南岛上"天涯海角"更其远的南方，数百年来，没有文学作品，日子也一样过。可见对那些先辈而言，文学并不影响生存，也没那么重要。换言之，在我们的南方，没有文学并不奇怪；有，才奇怪。

我们的文学其实是"没有"的孩子。

那样荒凉的背景，怎不让我们的写作成了历史的孤儿？

另一方面，即便好像是处于台湾文学内部，其实也是在边缘域上——几乎是外部——总是有意无意地被忽略了，无关紧要的存在。

　　自一九八六年九月赴台留学以来，我在台湾居留也满三十年了，早已超过我生活在马来西亚的时间。

　　这里的好处是自由，写什么没人管。书出版了，印两千本，二十年卖不完，一样有出版社愿意出。对我来说，那也就够了。

　　在马来西亚出版更加困难，也一样没什么读者。

　　日据时代被日本人称作南国的台湾，对来自马来半岛的我们而言，已经是北方了；虽属亚热带，却已有较分明的四季，虽然冬日也只有高山偶尔降雪。

　　亚热带的雨和热带的雨倒是差不多，都是同一个季风带之下。

　　多年前离乡后开始写作，小说中即经常下着雨，胶林；常有归人，回不了家的人。参照的还是我童年迄青少年间的胶林生活经验。《雨》诸篇，是多年以后重返那背景的一个变奏尝试。

　　来自中国的旅人常说我们故乡的小镇肖似于中国南方的小镇。那南方，也就是我们祖先来自的地方。

　　《雨》繁体字版出版于二〇一六年，是本小书，原是献给宝瓶出版社（及其社长朱亚君）的小礼物，感谢她多年来出版了相当数量的马华文学。宝瓶的马华文学出版应已居台湾出版社之冠。

2017/4/24 中台湾

【附录一】不像小说的小说——花踪马华文学大奖赞词

张景云

小说这个叙事艺术发展到卡夫卡（Franz Kafka）就来到一个奇特的高峰，他可以说是一个失败的小说家，然而其对后世小说艺术的影响之深远，却不亚于西方／欧洲数百年来这方面的诸多典律。其所以如此，应该说得力于他这个人的两点决绝，而首要的当然是他的生存意识的决绝。他一再地透过文字来表达一个意思：生存是不可能的；他不能容忍作为在犹太／基督教文明底下一个男人的生存处境，他不能接受生存的"这个版本"，然而他又看不见生存又有什么别的"版本"。他的另一点决绝是附丽于那首要的决绝上，或谓是由其首要的决绝所驱动而产生，那就是他的叙事策略的决绝（其实策略是个完全与他不相称的概念），小说（或谓在他之前的）这个文字艺术形式其实并无法恰当地容纳他这种生存意识的决绝，他挣扎着写写改改，又撕撕停停，大多数（特别是长篇）作品都不能终篇，经其挚友 Max Brod 保存、编辑甚至补缀而成的，就是一些不像

小说的小说了，而这就是他给后世的小说家树立的标杆。后来
的追慕者们肯定没有条件（要求的是心性而非能力）去表达像
卡夫卡那样十足的生存意识上的决绝，在卡夫卡不太成功的不
像小说的小说这方面，后来的人则固然有更多的时间和技艺上
的磨炼去攀登这枝标杆，然而缺乏那首要的决绝，附丽的决绝
就几近娱乐了。

　　在这样的认识上阅读黄锦树，首先得接受比附落差上的增
减和转换。他何以耗费那么大的心思创作这么多的马共小说？
是不是因为他从事马华文学的研究而发现到这个庞大的空洞：
文学作品没有处理这个本来是绕不开的题材，政治霸权下历史
只剩下政治正确的妆点，而他觉得他应该可以填补这个缺憾？
他的时代感是强烈的，这一点他显然远远超越马新两地那念念
不忘某种"不敢说出自己的名字"的文学意识形态的作者们；
他显然了解对那过去的时代的时代感，在一个二十一世纪的小
说家而言，可以是一个题材的矿脉，也可能是一条歧途的开端。
他的读者们可以感觉幸运的是，他完全抛弃历史小说这种体式
（genre）的定式，他是在写小说，而且创作出来的是不像小说
的小说。那么，在这个写作不像小说的小说的过程中，时代感
和历史意识应该如何处理？他告诉自己，他不是历史小说家，
他更不是历史学家，他并不想烹调出一桌关于马共（或华人左
翼运动史）的"我方的历史"或另类史论述。他对霸权历史反感，

但他反击的方式是通过一种新的叙事艺术，一种不像小说的小说，来建构一个霸权毫无专制话语权的"虚构的真实"，而这，正是一个真正的小说家的印记。马华文学不必奢言典律（canon），但应该大胆地把目光投向无论可以或不可以作为标杆的经典（作品或作家），而黄锦树显然是在这条路上积攒了可观的资粮和功德。

附：论马华中品小说 / 张景云

马华小说现象，经过这次密集阅读之后有点感觉，是过去也自己在纳闷着的，这次感觉就很浓厚了，就是小说方面我们 high-brow 奇缺，middle-brow 风行，读者、作者们，甚至文学研究者都是以 middle-brow 为 high-brow。美国文学界 / 文化界很早（大约四十年前）就有批评家警告，high-brow 不仅是 kitsch 糟粕的对立面，其实 middle-brow 对 high-brow 危害更大，但是美国毕竟是个文化大国，他们的小众也足以构成一个市场，或文学共同体，由于这个市场鉴赏力高，middle -brow 只有"水往下流"，趋近 low-brow，而不可能上升去趋近 high-brow，去鱼目混珠被当成 high-brow。马华小说的情况则是大家都以为 middle-brow 的货色就是 high-brow，他们多缺乏现代思想（特别是美学）的装备，因为他们误以为这些装备只是学术界某类人的虚荣，对小说家（艺术家）是多余的，不必花心思去追求，因此以为 high-brow 就是这么一回事。这其实是对现代小说艺术的背叛，因为一个时代的小说（这里只能以欧西为例）必然是那时代的尖端思想（文化与美学，以及政治与社会）的最具包涵性和代表性的艺术表现，其所以如此，因为这个尖端思想必然是最能反映人类当前全处境全面貌的精神手段。不追求这种认识，不追求这样最贴近我们人类今天的 human condition 的现代性（现代性从十九世纪末开始就必然需要不断更迭的重新解释），任何小说／小说家所能做的就只是重温往昔的、缺乏"关乎宏旨"性质的人类精神面貌。（当然 high-brow 这个标签像任何标签都是具有误导性，打出这个东西很容易被人误会是一种虚荣，好高骛远，在马华文化界这样思想修养趋低的社会，要用 high-brow 这个即使是权宜性的名词，也都要准备腹背受敌的。）

附记：

这六百字，是张景云先生二〇一五年十一月三十日给我复函的补充部分的一个完整段落，征求同意后附录于此。我去函是征求《花踪马华文学大奖赞词》同意让我收入《雨》作为附录。

middle-brow 一词，王德威先生二〇〇〇年为《尔雅短篇小说选》写的序论里译为"中品"，刊出时引起轩然大波，以致收入《尔雅短篇小说选》时被迫删掉近八百字的几个批评性段落，后来在收进自己的文集时才把它恢复（王德威，《温文尔雅——〈尔雅短篇小说选〉序论》氏著《众声喧哗以后——点评当代中文小说》台北：麦田，二〇〇一：四一二—四二六）。但那些被删掉的文字，有的可以引来做张景云先生middle-brow之论的补充。

"尔雅短篇小说的主要阵容，是由我所谓的'中品'作家所支持。我藉'中品'一词对应英文的Middle-brow，意味品味不高不低、雅俗共赏……

简而言之，中品作家的首要关怀是世路人情。他（她）们的作品与言情小说相比，多了人间烟火味；与高蹈小说相比，又少了野心与创意。……中品小说的限制，是对文字及人性的钻研每每适可而止；既要追求社会伦理的共识及修辞建言的圆通，就不能孤注一掷……

在文学奖与小说选当道的这些年，中品作家多半不受青睐。但当读者抱怨文学愈来愈'看不懂'的时候，中品作家恰恰就是写来要让我们'看得懂'的。"（页四一七—四一八）

张景云先生的批评看起来比一向温文尔雅的王德威教授更为严厉。以马华文化界刃匕首投枪的风气，公开发表这样的意见，腹背受敌看来是很难避免的，但我认为，马华文学必须面对它。

《温文尔雅》中描绘的中品小说以"看得懂"为准绳，恰恰是十五年后的当下的台湾文学的"王道"，也普遍受到文学奖和选集的肯定。开卷周报就是那样标榜的。

当然，马华文学的处境更为困难，一直以来"以 middle-brow 为 high-brow"实有其不得已处。长期在歪斜的革命文学影响之下，其实连 middle-brow 都很难得了，更别说什么 high-brow 了。如果不怕得罪人直言，可以这么说：很多写作，其实还是非常初级的，仅仅还只是徘徊在门槛边而已。我们的处境远比"非常困难"还困难。

二〇一六年一月二十一日

【附录二】没有位置的位置

黄锦树

去年底，有人出版社的朋友说要推荐我角逐本届的"花踪马华文学大奖"。我想如果那能让《火，与危险事物》多卖几本，"角逐"看看并无不可。有人之决定出版《火，与危险事物》，虽不乏文学史意义，但我总觉得高估了我在大马华文阅读公众中的被接受度。

这些年，大马华文青少年文学的阅读人口有显著的成长，但那似乎和马华文学关系不大。靠政治热情支撑的那几十年（**那时并不要求我们非常在意的"文学质量"**）过去后，马华文学的读者大概只剩下同为作者的那批人（**品味好恶分歧学养参差的文青或老文青，自古文人相轻，能相互欣赏的大概也并不多**），即便在台湾，也很难吸引读者。在国内，它不只竞争不过舶来的台港纯文学（及汪洋般广大丰饶的世界文学），也竞争不过武侠、科幻、言情小说、连环漫画之类的通俗读物。一直都是那样的，看来未来也不可能有多大的改变。即便对大马华文读者而言，也有"为什么要读马华文学"的问题（这可视为"为什么马华文学"的另一种再问题化）。也就是说，马华文学的困境之壁比我们想象的坚固得多（更衰的是，有的局外人还以为它和马华公会有什么关系）。我们穷尽一生的个人努力，也许终究还是改变不了马华文学的实存窘境。虽然，花踪的奖金对年轻写作人还是很实惠的鼓励，即便是在马币大贬的年代。

大马本土论者有个讲法也许部分是对的，用华文写作，永远不可能写出跨族群雅俗共赏的大马"国民文学"（譬如夏目漱石之于日本文学）；没讲对的部分是，在可见的将来，用马来文也不能——即便马来文以国家的力量强行占据了华文、印度文的社会沟通功能。在最坏的情况下，方言母语也会在强势语言里哀号，让它不纯，在国文里抽搐，那是文学的天性。族群分化，分歧的国民想象，一直延续着的不平等结构（**虽然我不久前还读到某大马本土华语语系论者高调地写道，种族问题早已过时**），造成了我方的历史与我方的文学的必然分殊，文学和历史很难避免那样的族群创伤经验。先哲早有名言，自由难，平等更难。受损害者的文学很难被既得利益者青睐，既得利益者的经验不可能在被损害者那里得到共鸣。即便写作者选择官方立场，但官方立场的国民文学也只能是官方文学而已。

对文学的局外人而言，文学语言如同一种方言，文学爱好者似乎是某种方言群，有他们自己的**方言群认同**（也许依文类分，诗与小说各为异类——而散文，人人都会写）。在台湾，我们或被谑称为"马来帮"，既是同乡会，也是某种差异语言小共同体。早期东南亚华人移民确实是依着血缘地缘拉帮结派以求自保，继而以方言会馆、宗亲会馆、商会等以凝聚共同体。而在台湾，我们几乎都是"孤狼"，很少联络更别说见面。人太少，写作也不需拉帮结社，也没有什么利益需要用那样的方式去保护。

这被困锁在特定族群语言里的华文文学，它在国境之外有更广大的竞争群体，以致在汉语文学的家族里（所谓华语语系者），它每每只能忝居末座，甚至位居附录（在美、日、韩的中国现代文学学术体制里），那是个没有位置的位置。这也让**为什么要写作马华文学**——尤其在离境多年之后——成为我们必须持续面对的、尖锐的伦理与文学政治问题。

再过两个多礼拜，我离开马来西亚就满二十九年了；留台的日子，也快要成为我自己的"三十年梦"。最开始的那些年，每回返乡，只要睡两个晚上，几乎就可以把离乡的日子"忘掉"，好像离乡只不过是一场梦，原就不曾离开过。随着离乡的日子愈来愈长，返乡之眠不再有忘却他乡的功能（**也许根本的原因在于从小居住的老家没保留下来**），即便在梦里，也已知此身是客。

　　如果母亲还在，花踪重达两公斤的奖杯就不必劳驾朋友千里迢迢扛来台湾。二十一年前（一九九四），我曾把更重的联合文学小说新人奖的"雏凤"奖杯扛回去给父母。如果母亲还在，头脑还清楚，这个锦上添花的奖，会让她开心好一阵子吧。

二〇一五年九月十二日埔里

【作品原刊处】

《雨天》
《南洋商报·南洋文艺》二〇一五年八月四日

《仿佛穿过林子便是海》
《中国时报·人间副刊》二〇一五年三月二十四日

《归来》
《短篇小说》二〇一四年十二月号

《老虎，老虎》《雨》作品一号
《中国时报·人间副刊》二〇一四年七月三十、三十一日

《树顶》《雨》作品二号
《字花》疑似未刊

《水窟边》《雨》作品三号
《自由时报·自由副刊》二〇一五年一月十三、十四日

《拿督公》《雨》作品四号
《短篇小说》二〇一四年十月号

《W》
《联合报·联合副刊》二〇一四年十月十二、十三日

《雄雉与狗》
《南洋商报·南洋文艺》二〇一四年九月九日

《**龙舟**》《雨》作品五号

《蕉风》五〇九期，二〇一五年十一月

《**沙**》《雨》作品六号

《联合报·联合副刊》二〇一五年四月十六、十七日

《**另一边**》《雨》作品七号

中国大陆某刊物

《**后死**》

《蕉风》五〇九期，二〇一五年十一月

《**小说课**》

分为两部分；《小说课》《中国时报·人间副刊》二〇一六年二月二十日，

           《木瓜树》《自由时报·自由副刊》二〇一五年十月二十日

《**南方小镇**》

《联合报·联合副刊》二〇一五年九月二至四日